天地外國經典文庫

The Last Leaf

最後一片葉子

[美] 歐・亨利 著
O. Henry

黃源深 譯

總序

多元化是香港文化的特徵之一，作為中西文化的薈萃之地，香港文化人手中的讀物，既有四書五經、唐詩宋詞、胡適陳寅恪，也有聖經和莎士比亞、培根和狄更斯。香港文化發展史，其中必不可少的一部份內容就是文化交流史。所謂文化交流，於香港人而言，就是研究和介紹由外國先進思想衍生的普世價值，以及各國的優秀文學作品，作為發展香港文化的借鑒。用著名學者錢鍾書先生的話來說，就是「東海西海，心理攸同；南學北學，道術未裂。」[1] 翻譯家傅雷先生在〈翻譯經驗點滴〉一文中說：「中國人的思想方式和西方人的距離多麼遠。他們喜歡抽象，長於分析；我們喜歡具體，長於綜合。」[2] 可見，同為人類，中國人和西人「心理攸同」；作為不同人種，他們的思維方式各有短長。香港各大學設英國語言文學系、翻譯系、比較文學系，文學院有歐洲和日本研究專業，目的就在於此。在這方面，香港有着足以驕人的成就。茲舉一例。有學者考證，俄國大作家列夫·托爾斯泰最早的中譯本《托氏宗教小說》就是香港禮賢會出版的（時在清光緒三十三年即一九零七年），以此為嚆矢，托爾斯泰的各種著作以後呈扇形輻射到全國各地，被大量迻譯成中文出版，對我國文學界和思想界產生了深遠的影響。[3]再舉一例，上世紀六、七十年代，香港今日世界出版社聘請了多位著名翻譯家、作家和詩人如張愛玲、余光中、劉以鬯、林以亮、湯新楣、董橋，迻譯了一批美國文學名著，其中包括《美國詩選》《老人與海》《湖濱散記》《人間樂園》等書，到九十年代，這一批書籍已成為名譯，由內地出版社重新印行，對後生學子可謂深致裨益。

本經典文庫的第一和第二輯書目共二十冊。所謂經典，即傳統的權威性著作。它們有別於坊間流行的通俗讀物，以深刻、恢宏、精警見稱，在文學史、哲學史、思想史上具有崇高的地位，古今俱備，題材多樣。作為西方現代派文學的鼻祖，奧國作家卡夫卡的短篇小説《變形記》荒誕離奇，寓意深刻，揭示了社會中的各種異化現象。英國女作家伍爾夫的長篇小説《到燈塔去》以描寫人物的內心世界見長，她是最早運用「意識流」手法進行小説創作的作家之一，語言富有詩意。法國作家加繆的小説《鼠疫》《局外人》，是冶文學和哲理於一爐的存在主義名著，與同為存在主義作家的薩特齊名，在上世紀五十年代中亦因此而獲得諾貝爾文學獎。文庫還收有短篇小説集《都柏林人》（愛爾蘭小説家喬伊斯）及《最後一片葉子》（美國小說家歐．亨利），前者由傳統走向革新，更以代表作、意識流長篇小說《尤利西斯》奠下現代派文學的基礎。歐．亨利以堅持傳統的寫作手法而被稱為美國短篇小說的創始人。希臘哲學家柏拉圖的《對話集》，既是哲學名著，也在美學史佔有重要地位，在散文史上開了論辯文學之先河。英國作家奧威爾的小說《動物農場》，與他的《一九八四》同為寓言體諷刺小說的名著，在當今文學史上享有盛名。意大利作家亞米契斯的兒童文學作品《愛的教育》，早在上世紀初就由民初作家夏丏尊從日譯轉譯為中文，是當時傳誦一時的日記體文學作品，夏氏是我國新文學史上優秀的散文作家，譯文暢達，是以初版迄今，在兩岸三地屢屢重版。英國小說家毛姆的長篇小說《月亮和六便士》，以法國印象派畫家高庚為原型，它刻劃的人物人情練達，冰雪聰明，筆致輕鬆流麗，幽默感人。而這位作家的另一部小說《面紗》，雖非他最著名的作品，但有一點值得注意，這是以香港為背景的經典名著，而且在二零零七年經荷里活改編為電影（譯名《愛在遙遠的附近》）。英國小說家赫胥黎的長篇小說《美麗新世界》，與奧威爾的《一九八四》、俄國作家扎米亞金的《我們》，被譽為文學史上三部最有名的反烏托邦小說。美國小說家海明威的中篇小說《老人與海》，因「精通敘事藝術以及對當代風格的有力影響」而獲得一九五四年諾貝爾文學獎。本輯還收有同一作家上世紀長居巴黎時構思的特寫集《流動的盛宴》，兩書體裁雖略有不同，但都表現了海明威含蓄凝練、搖曳生姿的散文風格。兩輯收入風格迥然不同的兩位日本作家的作品，太宰治被譽為「日本毀滅型私小說家」的代表人物；永井荷風則與川端康成、谷崎潤一郎等唯美派大作家齊名。第二輯新增兩部詩集，其一為《莎士比亞十四行詩集》，其二為《泰戈爾散文詩選集》。前者是西洋詩歌史上最深宏博大的十四行詩集；後者雖然詩制精悍短小，但給予中國早期新詩的影響卻不容小覷，我們可以從胡適、徐志摩、冰心等人的小詩中窺見他的影響。

由於歷史和語言的原因，香港的文化交流存在一定局限性，未能臻於全面。它較集中於英美和日本，其他地域文化如古希臘羅馬、印度、德、法、意、西班牙、俄羅斯乃至拉丁美洲則較少為有關人士顧及。顯然，這不利於開拓香港學子的視野，對他們的思想深度也有所影響。有見及此，我們與相關專家會商，擬定出一套外國經典文庫書目，經資深翻譯家新譯或重訂舊譯，向讀者推出一系列包括文學、哲學、思想、人文科學的經典譯著，分為若干輯次第出版。藉以供香港讀者重溫他們所諳熟的英美日作家、學者的著述，也得以新讀希臘、意大利、法國等國先哲的力作。以後各輯，我們希望能將書目加以擴大，向有一定文化程度的讀者尤其是青年學子，提供更多的經典名著。

對迻譯各書的專家和撰寫導讀的學者，我們謹此表示深切的謝忱。

天地外國經典文庫編輯委員會

二零一九年二月二十日修訂

註釋：

[1]《談藝錄·序》，中華書局（香港）有限公司，一九八六年版。

[2]《傅雷談翻譯》第八頁，當代世界出版社，二零零六年九月。

[3] 戈寶權〈托爾斯泰和中國〉，載《托爾斯泰研究論文集》，上海譯文出版社，一九八三年版。

目錄

總序　天地外國經典文庫編輯委員會 …… 7
導讀　如果命運能選擇　黃國軒 …… 17
社會世情小說
最後一片葉子 …… 24
警察和聖歌 …… 34
財神和愛神 …… 44
雙面人哈格雷夫斯 …… 55
燈火重燃 …… 75
帶水輪的教堂 …… 93
一個忙碌經紀人的羅曼史 …… 111

愛情情愛小說
賢人的禮物……118
愛的付出……127
糟糕的規律……137
搖擺不定……156
盲人的假日……164
變化無常的人生……195
菜單上的春天……204
無賴騙子小說
催眠術高手傑夫·彼德斯……216
藝術良心……227

將功贖罪 …… 237
牽線木偶 …… 249
精確的婚姻科學 …… 269
灌木叢中的王子 …… 279

探案推理小說

偵探們 …… 296
薩姆洛克·喬爾尼斯的冒險經歷 …… 306
推理和獵狗 …… 315
響亮的號召 …… 331
吉米·海斯和穆麗爾 …… 342

哲理象徵小説

女巫的麵包 …… 352
天上和地下 …… 358
命運之路 …… 369
第三種成份 …… 404
埋着的寶藏 …… 425

導讀

如果命運能選擇

歐．亨利的傳世名作，最重要的一篇是〈最後一片葉子〉。相信很多人小時候已經看過聽過，被當中的人性之美所觸動。可是，如果以為這足以涵蓋歐．亨利的小說風格和成就，就未免顯得單薄和片面。他留下了三百多篇文學作品，內涵如此豐富，並非歌頌人性光輝這一個主題可以簡單概括的。

他的小說觸及不同的社會層面，每個人物都有不同的個性，以他們的方式生活在世。這些作品不但寫下當時生活環境的現實，還道出了「人」的普遍狀態，就像一面鏡子。今天的讀者仍能從他塑造的人物中，發現自己的精神面貌。因此，千萬不要誤會他只會寫歌頌人性的正向類作品，他之所作遠比這種大眾讀物類型複雜。讀他的小說，你會笑中有淚，淚中有笑，有悲也有喜，一如我們的人生。

為甚麼他寫的故事和人物如此出色？這跟他坎坷的一生有莫大的關連。沒有一定的生活經歷和社會觀察，不可能寫得如此體貼入微。

歐．亨利（O. Henry, 1862-1910），原名是威廉．西德尼．波特（William Sydney Porter），生於一八六二年九月十一日的北卡羅來納州的格林斯勃羅（Greensboro）小鎮。父親是醫生，家境清貧，而母親在繪畫和寫作方面都不錯，歐．亨利遺傳了母親的天賦。母親離世後，父親開始不事醫業，主要由姑姑照顧，她精通文學，而且是開私塾的老師，培育了歐．亨利的文學才華。可是，由於家庭經濟的問題，他始終無法升學，十多歲時，到伯父經營的藥房工作，那裏有很多人聚集，因而認識不同背景的人的社會生活模樣。後來，他有機會到牧場生活休養和學習，又在二十二歲左右遷居德州首都奧斯丁（Austin），在製藥廠做過一段時間。到一八九一年，在一間國際銀行擔任出納工作。在銀行工作期間，他還買下了一間雜誌社和印刷設備，把該雜誌改名為《滾石》（*The Rolling Stone*），自己在上面寫稿和做編輯。然而，他任職的銀行發現賬目虧損，因而起訴他。他曾逃走到中美洲避難，但還是在一八八九年服刑入獄。在獄中，以「歐．亨利」為筆名，把小說寄給獄外的朋友轉交雜誌社發表，漸漸成為知名的小說家。出獄後，於一九零二年移居美國紐約居住，繼續寫作，名聲大噪。直至一九一零年病逝，年僅四十七歲。

他一生留下了許多小說精品，如《四百萬》（1906）、《命運之路》（1909）等短篇小說集，而《白菜與皇帝》（1904）則是尚未被人重視的政治諷刺寓言長篇小說。

當然，他在世界文學的地位，始終還是以短篇小說來奠定。歷來歐·亨利的小說選集不少，不論中外，每個編者都有不同的喜愛和角度。但是，這本黃源深的譯本和精選，別具意義，與眾不同。他細心地作出了五大分類，包括「社會世情」、「愛情情愛」、「無賴騙子」、「探案推理」和「哲理象徵」等，共三十篇；所選的篇章也反映出他獨具慧眼，除了一些熱門之作外，還特別加入了一些能體現歐·亨利風格而又較少人選擇的作品。另外，翻譯方面，黃源深務求精準到位，敢於撥亂反正，例如流傳極廣的名篇〈麥琪的禮物〉（The Gift of the Magi），小說中根本沒有名叫麥琪的角色，「Magi」是複數的賢人的意思，叫〈賢人的禮物〉才允當。譯者嚴謹地作出了指正，以免繼續以訛傳訛。可見，這是一本優秀的選本，在編選和翻譯方面，都有前人所未及的地方。

閱讀歐·亨利所素描出來的世界，思索小人物的生存和活動，我想到的是「命運」和「選擇」二詞。我認為，不論作者要讚頌人性、諷刺社會，還是幽默人生，統統都離不開這兩個關鍵詞。用這個角度切入，我們才能讀出歐·亨利筆下的人間悲喜劇。雖然歐・亨利的小說在敍述上有時出現作者介入或干預的成份，處理結尾時又喜愛扭轉成出人意表的結局，容易讓人感到上帝之手在背後操控，但是隨着他的行文，毫不突兀。反而，像聽他講述近在咫尺的故事，感到自然而親切；即使有些結局沒法透過情節推演可以得知，到最後才一鳴驚人，卻又往往能在情理之中，讓讀者接受人生必然存在着各種變化和可能性。

正如上帝不保證天色常藍，風調雨順，歐・亨利也不保證人間美滿。我們能做的，就只有在命定或非命定的「命運」之下，作出自己的「選擇」，承受一切可能的結果。〈最後一片葉子〉寫的是，瓊希染上了當時難以醫治的肺炎，她失去了希望，生存意志薄弱得很，望着藤葉一片一片落下，數算着自己餘下的時間；她把自己的生命聯想成葉子，在當時的季節和惡劣的天氣下，這無疑是等於自我放棄。可是，一個老畫家叫貝爾曼，苦練藝術半生也仍然一事無成，畫不出真正的傑作，幾乎也是接受了自己的藝術命運，但沒料到他為了瓊希，竟然作出了驚人的舉動。那個選擇，可以說是拯救了兩個靈魂，使他們的命運產生了微妙的變化。

〈賢人的禮物〉是另一篇充滿愛的作品。吉姆和德拉兩夫婦非常貧窮，家居也十分破舊。臨近聖誕節了，德拉想給丈夫一份聖誕禮物，可是沒有足夠的金錢。本來，他們這麼拮据，沒有禮物的聖誕節就是他們唯一的命運了。然而，這對可愛的小夫妻，竟做了一個關鍵性的決定，成功獲得了金錢，買了對方心儀的禮物。他們的選擇，最終超越了物質上的欲望，讓我們看到真愛的靈魂。難怪歐．亨利給他們「賢人」的美譽，有些美德，的確是透過自主的行為對抗命運來完成的。

是所有的選擇都能得到美好的收場嗎？人生可不是兒童遊戲或勵志故事。即使你以為自己在做一個善舉，也可以導致一發不可收拾的下場。這個世界是一個錯綜複雜的網絡，蝴蝶拍一下翅膀也能引起軒然大波。你看〈女巫的麵包〉便知道了。瑪莎．米查姆小姐開麵包店，她對一個中年顧客很感興趣，認為他是一個貧窮的畫家，因為他的手指常有顏料污跡，又常常來買平價又不新鮮的陳麵包。於是，她做了一個決定，本是出於同情心的選擇，卻「聰明反被聰明誤」，導致了一場惡果，這是「命運」的另一種詮釋。

如果要探討「命運」和「選擇」，〈命運之路〉是一篇相對較長的傑作，歐．亨利打破了自己和前人的寫作框架，探索一種新的結構，佈局奇特。如果我們不急於批評作者在人生後期的創作帶有「宿命觀」的話，或許能認真對待作者思索世界的其中一個面向。絕望正與希望相同，都存在於這個世界。這一篇之下再細分為「命運之路」、「左面的支路」、「右面的支路」和「主幹道」幾個部份。戴維．米格諾是一個詩人，他尚未成名，跟約妮吵了一架之後，想往外面的世界闖。歐．亨利讓這位詩人面對三岔路口，設想他的三種命運。究竟他的選擇和命運如何？作者對世界和人生還有怎樣的理解？我寫到這裏，就像帶領讀者來到一個分岔的路口，留待各位自己選擇前進了。

詮釋文學作品有很多方法，這裏我只提出「選擇」和「命運」兩個角度，試圖把握歐．亨利小說的精神內核，旨在重新思考他的藝術價值。在黃源深翻譯的選集裏，我們能看到一個全面的短篇小說大師。他時而悲天憫人，時而黑色幽默；他筆下的角色，時而散發着生命的光輝，又時而被世界的灰暗所籠罩。歐．亨利的小說，正是如此豐富而繁複，簡短而多姿。

黃國軒

黃國軒，香港中文大學中國語言及文學系碩士。火苗文學工作室創辦人。現為大專兼職講師、編輯、專欄作家。編有《字裏風景：馮珍今散文集》。

社會世情小說

最後一片葉子

華盛頓廣場西面，有一個小區，街道像發了瘋似的，分割成小小的長條，稱為「小巷」。這些「小巷」，相互構成奇特的角度和曲線。一條街自身也會交叉一兩回。有一次一位藝術家發現，這條街有其價值所在。設想一個討債的人，拿着顏料、紙張和畫布的賬單，穿行在這條路上，猛地發覺又回到了原地，欠賬卻分文未收得！

於是，藝術家們便很快到來，進了古雅的格林威治村，四處探聽，尋找朝北的窗戶、十八世紀的山牆、荷蘭的閣樓，以及低廉的房租。然後，他們從第六大街運來一些錫鑞杯，一兩個火鍋，把這個地方變成了「聚居地」。

在一幢矮墩墩的三層磚房頂樓，休和瓊希建立了自己的畫室。「瓊希」是喬安娜的暱稱。兩人一個來自緬因州；另一個來自加利福尼亞。她們相遇於第八大街「德爾蒙尼克」飯店的和餐上，談起藝術、萵苣色拉和燈籠袖衣服，彼此十分投合，於是便共建了畫室。

那是五月。到了十一月，一個冷酷無形，醫生稱之為肺炎的生客，大步在「聚居地」行走，冰冷的手指到處碰人。在東邊，這個蹂躪者肆意橫行，受害者成批被擊倒。但在長滿青苔、迷津一般的狹窄「小巷」，他踩踏的腳步卻來得緩慢。

「肺炎先生」並不是一個所謂有騎士風度的老紳士。一個小不點女人，被加利福尼亞西風吹得沒有了血色，並非一個拳頭通紅、氣急敗壞的老傢伙的對手。可是瓊希，還是遭到了他的襲擊。她躺在油漆過的鐵床上，幾乎一動不動，透過荷蘭式小窗的玻璃，瞧着鄰家磚房空空的牆壁。

一天早晨，那位忙碌的醫生皺起灰白的粗眉毛，把休請到了過道裏。

「她還有——就這麼說吧，十分之一的機會，」他說，一面把體溫計的水銀甩落下來。「那個機會就在於她還想活下去。大家如果只顧着在殯儀館排隊，一切藥物也就無能為力。你那位小姐堅信自己活不成了。她心裏還惦記着甚麼嗎？」

「她，她希望有一天能畫那不勒斯海灣，」休說。

「畫畫？廢話！她心裏有值得思念的東西嗎？譬如男人？」

「男人？」休吹口琴似地哼了一下。「難道男人值得——可是，不，醫生。根本沒有這回事。」

「那麼是由於虛弱了，」醫生說。「凡科學所能做到的，我都會盡力去做，用我的努力。但是，病人一旦數起自己葬禮隊伍中的馬車來，我就會把藥物的效率減去百分之五十。但要是你能讓她對今冬大氅袖子的新款式提一個問題，那我可以保證，她有五分之一的機會，而不是十分之一。」

醫生走後，休走進畫室，把一條日本餐巾紙哭成了一團紙漿。隨後，她拿着畫板，吹着爵士樂口哨，大搖大擺地走進了瓊希的房間。

瓊希躺着，臉朝窗子，被單下幾乎沒有動靜。休以為她睡着了，停了口哨。

她架好畫板，開始給雜誌的短篇小說作鋼筆畫插圖。青年藝術家得為雜誌的短篇配畫，鋪平通向藝術的道路，而青年作者，為了鋪平通向文學的道路，創作了那些短篇。

休正在為故事的主角，愛達荷州牛仔畫一幅素描，在他身上添一條馬展用的漂亮馬褲和一副單片眼鏡。這時，卻聽見了一個低沉的聲音，重複了幾遍。她急忙趕到床邊。

瓊希眼睛睜得很大，瞧着窗外，在數數——倒數着。

「十二，」她說，一會兒後是「十一」；然後是「十」，接着是「九」；再後是「八」和「七」，那幾乎是連在一起說的。

休關切地瞧了瞧窗外。那兒有甚麼好數的呢？只有空蕩陰淒的院子，以及二十英尺外空空的磚牆。一根很老很老的常春藤，根部生節，已經老朽，往磚牆上爬了一半。秋日的寒氣摧落了藤葉，剩下幾乎光光的殘枝，還緊貼着風化了的磚塊。

「怎麼回事，親愛的？」休問。

「五，」瓊希說，近乎耳語。「現在落得更快了。三天前差不多還有一百，數起來怪頭疼的，現在可容易了。又掉了一片。現在只剩下五片了。」

「五片甚麼呀，告訴你的蘇迪[1]。」

「葉子，在常春藤上。最後一片葉子掉下的時候，我也得走了。三天前我就知道了。醫生沒有告訴你嗎？」

「啊，我從來沒有聽見過這樣的胡說，」休抱怨着，顯得很不屑。「老常春藤葉子，跟你病好不好有甚麼關係？你以前很喜歡常春藤，所以才會這樣想，你這個淘氣姑娘。別犯傻。哎呀，今天早上醫生告訴我，你迅速恢復的機會是——聽聽他的確切說法吧——他說機會是十比一呢！那種機會，就跟我們在紐約乘有軌電車，或者路過一座新大樓一樣多。好吧，喝點湯吧，讓蘇迪回去畫畫，賣給編輯，為生病的乖乖買瓶紅酒，再買些豬排，讓她自己解解饞。」

「你不用買酒了，」瓊希說，眼睛仍盯着窗外。「又掉了一片。不，我甚麼湯都不需要。只剩下四片了。天黑之前，我要看着最後一片葉子掉下來。然後，我也就去了。」

「瓊希，親愛的，」休說，朝她彎下身子，「你答應我閉上眼睛，不看窗外，等我幹完活好嗎？明天我得交這些畫。我需要光線，不然，我就把窗簾拉下來了。」

「你不能在隔壁房間畫嗎？」瓊斯冷冷地說。

「我寧可待在你身邊，」休說。「另外，我不想讓你老盯着那些傻乎乎的藤葉。」

「你一幹完就告訴我，」瓊希說着閉上了眼睛。她臉色蒼白，一動不動地躺着，好似倒地的塑像，「因為我要看着最後一片葉子掉下來。我懶得等，也懶得想了，甚麼事兒都鬆手，就像一片可憐厭倦的葉子，直往下飄呀，往下飄。」

「想法兒睡吧，」休說。「我得去叫貝爾曼上來做模特兒，畫隱居老礦工。我就走開一會兒，在我回來之前你可別動。」

老貝爾曼是個畫家，住在她們下面的底層。他已經六十開外，鬍子像米開朗琪羅[2]創作的雕像摩西的那樣，從森林之神般的頭上，沿着小魔鬼似的軀體，彎彎曲曲地垂落下來。在藝術上，貝爾曼一事無成，揮舞畫筆四十年，卻未能靠近藝術女神，連她的裙邊都沒碰到。他一直說是要畫一幅傑作，卻從來沒有動筆。幾年來，除了給商業畫或廣告畫之類偶爾塗上幾筆，甚麼也沒有創作。他替「聚居地」裏僱不起職業模特兒的青年畫家當模特兒，賺點小錢。他喝杜松子酒過量，依舊談論他未來的傑作。至於別的，他還是個兇狠的小老頭，毫不留情地譏笑別人的軟弱。他把自己看作隨時待命的獵犬，專門保護樓上畫室裏兩個年輕藝術家。

休找到了貝爾曼，渾身杜松子酒氣，待在樓下暗洞洞的窩裏。角落裏放着一個畫架，畫架上是一塊空白畫布，放置了二十五年，等候傑作的第一根線條落筆。休把瓊斯的胡思亂想告訴了他，並且擔心，瓊斯雖然還攀附在人生邊緣上，但像葉子那麼輕，那麼脆弱，一旦難以支撐，就會跟葉子一樣飄落下去。

老貝爾曼充血的眼睛顯然在流淚，他大聲喝斥着，對瓊希的愚蠢想法表示不屑，並加以嘲笑。

「胡鬧！」他嚷嚷道。「世上哪有這樣的傻瓜，因為該死的藤上掉下幾片葉子，就想着自己要死了。我可從來沒有聽說過。不行，我不想為你的笨蛋隱士做模特兒。你怎麼會讓這種傻事兒跑到她腦子裏去呢？哎呀，可憐的小不點瓊希小姐。」

「她病得很重，而且很虛弱，」休說，「高燒把她的腦子燒壞了，盡生出些怪念頭來。好吧，貝爾曼先生，你不願意做模特兒，那就算了。不過，我認為你是個討厭的老——老客里空。」

「你也真是個女人！」貝爾曼嚷道。「誰說我不願意？走吧，我跟你去。我費了半天口舌，說願意為你効勞。行！像瓊希這樣的好人，可不能在這個地方病倒。有一天我會畫一幅傑作，然後我們都搬走。行啊，好啦。」

他們上樓的時候瓊希睡着了。休把窗簾一直拉到窗台上，並示意貝爾曼到另一個房間去。在那裏，他們憂心忡忡地望着窗外的常春藤。隨後，兩人默默地對視了一會。冷雨夾着雪下個不停。貝爾曼穿着藍色的舊襯衫，坐在一口倒扣着充作岩石的鍋上，扮作隱居的礦工。

第二天，休睡了一小時後醒來，發覺瓊希睜大了眼，呆呆地看着拉下的綠色窗簾。

「把窗簾拉起來，我想看一看，」她輕聲地吩咐道。

休疲憊地照辦了。

可是，看哪！在漫漫長夜，經受了狂風驟雨的襲擊之後，磚牆上居然還殘留着一片藤葉。這是常春藤上最後一片葉子。葉柄仍呈墨綠色，鋸齒形的葉邊卻因朽敗而發黃了。儘管如此，那片葉子依然無畏地掛在枝條上，離地面二十英尺左右。

「這是最後一片了，」瓊希說。「我以為夜裏肯定要掉下來的。我聽見風在颳。今天，這片葉子會掉下來，同時我也要去了。」

「親愛的，親愛的！」休說，朝着枕頭低下憔悴的臉，「要是你不為自己考慮，那就為我想想吧。我怎麼辦呢？」

但瓊希沒有回答。世上最寂寞的，莫過於一個靈魂準備去作秘密的遠行。當維繫友情，維繫人世的結，一個個鬆開時，那怪念頭似乎也把她纏得更緊了。

白晝漸漸逝去。但即使透過黃昏，也看得見這片孤葉貼在靠牆的葉柄上。後來，夜來臨了，又颳起了北風，雨依舊敲擊着窗戶，啪啪地從低矮的荷蘭式屋檐上落下來。

天剛亮起來，狠心的瓊希便吩咐拉開窗簾。

常春藤葉子依然還在。

瓊希躺着，久久地看着它。隨後她叫喚休。這時，休在煤氣灶上熬着雞湯。

「我是個壞姑娘，蘇迪，」瓊希説。「老天有意在那兒留下那片最後的葉子，讓大家看看我有多壞。想死是一種罪孽。現在，你可以端些雞湯給我，還有牛奶，攙點紅酒。還有——不，先拿一面小鏡子來，然後替我墊幾個枕頭，我要坐起來看你做飯。」

一小時後她説。

「蘇迪，將來有一天我希望去畫那不勒斯海灣。」

下午醫生來了，離開時，休借故到了過道。

「機會對半開了，」醫生一面説，一面握住休瘦弱顫抖的手。「好好調養她，你會成功的。現在我得到樓下去看另外一個病人。他的名字叫貝爾曼——我想是位藝術家，也得了肺炎。他又老又弱，病勢又兇險，已經沒有希望了，不過今天送進了醫院，讓他舒服些。」

第二天，醫生對休説：「她已經脱離危險，你贏了。現在要注意的是營養和照料——沒有別的了。」

那天下午，休來到瓊希躺着的床邊，編織一條無用的深藍色羊毛披肩，一副心滿意足的樣子。休伸出胳膊，連同枕頭一把抱住了瓊希。

「我有件事要告訴你，小丫頭，」她說。「今天，貝爾曼先生在醫院裏去世了，死於肺炎。他才病了兩天。頭天早上，門房發現他在樓下住房裏，痛苦而無奈，鞋子和衣服都濕透了，冰冷冰冷的。大家都無法想像，這麼可怕的夜晚，他會去過哪兒呢。後來他們發現了一盞亮着的燈籠，一架拖動了地方的扶梯，一些散亂的畫筆，以及一塊調色板，上面調着綠黃兩種顏色——瞧瞧窗外，親愛的，牆上最後的一片藤葉，在風中紋絲不動，你不覺得奇怪嗎？哎呀，親愛的，這是貝爾曼的傑作——那天晚上最後一片葉子掉下的時候，他畫上去的。」

註釋：

[1] 蘇迪（Sudie），休的暱稱。

[2] 米開朗琪羅（Michelangelo, 1475-1564），意大利文藝復興時期雕塑家、畫家、建築師和詩人。主要作品有雕像《大衛》、《摩西》以及壁畫《末日審判》等。

警察和聖歌

索比躺在麥迪遜廣場的長櫈上，不安地蠕動着。當大雁在夜空中發出尖叫，當缺少海豹皮大衣的女人對丈夫更加體貼，當索比在公園的長櫈上不安地翻來覆去時，你可以知道冬天已經逼近了。

一片枯葉落在索比的膝頭。那是嚴寒遞上的名片。嚴寒對麥迪遜廣場的常客十分關照，每年到來之前都會及時預告，在十字街頭把名片交給北風，那位露天大廈的男僕，好讓那裏的居民作好準備。

索比心裏明白，為了抵禦來臨的寒冬，已經到了由他組成單人事務委員會的時候，所以他在長櫈上睡不安寧了。

索比過冬的雄心，並不算很大。他沒有考慮去地中海航遊，沒有想到令人昏昏欲睡的南方天空，也沒有想去維蘇威海灣游弋。他一心嚮往的，是在島上[1]度過三個月。三個月裏，吃飯、住宿和投合的夥伴，都有保證，又可免受北風和警察之苦。

對於索比，這似乎是最值得神往的。

幾年來，好客的布萊克韋爾島一直是他冬季的寓所。那些比他更為幸運的紐約人，每年冬天都買好去棕櫚灘[2]和里維埃拉[3]度假的票子。像他們一樣，索比寒酸地準備着一年一度去島上的避難。現在，時候到了。前一天晚上，他睡在古老的廣場靠近噴泉的長櫈上，把三份星期日報紙，分別墊在外衣底下，裹住腳踝，蓋在膝蓋上，但仍無法抵禦寒冷。於是，去島上的念頭適時地變得強烈起來了。他鄙視以慈善名義為城裏無依無靠的人提供的施捨。在他看來，法律比慈善機構更加仁慈。他自己有數不清的去處，市政府辦的和慈善機構辦的，都可以獲得符合儉樸生活的食宿。但對心高氣傲的索比來說，慈善佈施是一種負擔。從慈善家手中得到的任何恩惠，都必須償還，不是用金錢，是用心靈的屈辱。就像有愷撒就有布魯圖一樣，施捨你一張床，你就得付出先沐浴的代價；給你一條麵包，你得以個人隱私備受追查來償還。因此倒還不如去做法律的常客，按規章辦事，君子私事不受非法干預。

索比一決定去島上，就當即着手來實現這一願望。辦法很多，也很簡單。最舒心的辦法，是在一家昂貴的飯店美美地飽餐一頓，然後說無錢埋單，不聲不響地被交給警察。其餘的事，一個好說話的地方法官自會去辦理。

索比離開長櫈，步出廣場，穿過平坦開闊的柏油馬路，百老滙大街和第五大街交滙的地方，轉入百老滙大街，在一家燈火閃亮的飯店前停了下來。這裏夜夜都聚集着有錢有勢的人，穿綾戴羅，觥籌交錯。

索比對自己從背心最底下的一個紐扣往上部份，很有信心。他的臉剛刮過，外衣怪體面的，配有一條簡易活結領帶，黑顏色，很整潔，是感恩節一位女傳教士送的。要是能靠近飯桌，不引起懷疑，勝利就屬於他了。他露在桌面上的半身，不會招來侍者的懷疑。索比想，一隻烤野鴨差不多，再來一瓶夏布利酒，然後是一塊卡門貝乾酪，一小杯清咖和一根雪茄。雪茄一元一根就可以了。全部費用不會過高，不致引起管理層窮兇極惡的報復，而野鴨肉足以讓他填飽肚皮，高高興興上路，去他的冬季避難所。

然而，一進飯店門，領班的目光就落在了他磨損的褲子和破爛的鞋子上。一雙強壯的手，利索地把他扭過身來，不聲不響急忙將他推到人行道上，使那隻險遭不測的野鴨，逃脫了不體面的命運。

索比離開了百老滙大街。看來，美食並不是一條路，可以通向他所垂涎的海島。他必須考慮另找門路進入監獄。

在第六大街街角，一家商店的櫥窗十分引人注目。只見燈光閃耀，窗玻璃後面的貨物擺放得精巧有致。索比撿起一塊大鵝卵石，扔向櫥窗，打碎了玻璃。人們紛紛奔向街角，帶頭的是一個警察。索比一動不動站着，雙手插在口袋裏，笑容可掬地面對着銅鈕扣。

「作案的人呢？」警官激動地問道。

「你難道不認為我可能跟這有關係嗎？」索比說，口氣裏不無譏嘲，但很友好，彷彿在跟好運打招呼。

在警察的腦子裏，索比根本不可能是線索。打碎玻璃窗的人是不會待着不走，跟法律的忠僕聊天的。他早就該逃之夭夭了。警察看到，半個街區開外有個人奔跑着去趕車子。他取出警棍，開始追趕。索比繼續遊蕩着，心裏很懊喪，居然兩回都沒有成功。

街對面有一家不很招搖的飯館，供應那些胃口大而錢包小的顧客。店裏器皿粗，氣氛濃，但湯很稀，餐巾薄。索比走了進去，沒有引起懷疑，腳上還是那雙易遭非議的鞋子，身上穿的是那條會洩密的褲子。他坐在餐桌旁，吃了牛排、煎餅、炸麵圈和餡兒餅。然後，他向侍者透露了實情，自己沒有財運，身無分文。

「好吧，準備叫警察吧，」索比說。「別讓老子等着。」

「你甭想要警察伺候你，」侍者說，嗓音糯糯的像奶油蛋糕，眼睛紅紅的像曼哈頓雞尾酒會上的櫻桃。「嗨，騙子！」

兩個侍者乾淨利落地將索比扔了出去，他的左耳碰在了粗糙的人行道上。他像木匠打開曲尺一樣，一個關節繼一個關節爬了起來，撣去衣服上的灰塵。讓警察拘捕彷彿只是一場玫瑰夢，海島似乎非常遙遠。一個警察站在相隔兩個門面的藥店前，哈哈大笑，朝街的一頭走去。

索比穿過了五個街區，才鼓起勇氣再去求人逮捕他。這次他碰上了一個機會，傻乎乎地自以為是「十拿九穩」了。一個外貌端莊悦目的少婦，站在櫥窗前，悠閒地瞧着刮鬍用的杯子，以及墨水台。在櫥窗兩碼以外的地方，一個神情嚴肅的大個子警察，斜靠在一個消防水栓上。

索比打算扮演一個卑鄙討厭的調戲者角色。他的獵物長相那麼典雅脱俗，近旁的警察又那麼認真，他不由得相信，自己的手腕很快就能感受到警方舒適的鐐銬了，保證他在那個整潔宜人的小島上找到冬季的棲身地。

索比整了整女教士贈送的簡易領帶，把縮進的袖口拉到外面，將帽子斜戴到迷人的角度，側身挨近少婦。他向她做了個媚眼，突然咳嗽了幾下，清了清嗓子，又是傻笑，又是假笑，厚顏無恥地使出調戲者一連串可惡伎倆。索比側眼看見那個警察緊盯着他。少婦向一旁移動了幾步，繼續全神貫注地看着刮鬍用的杯子。索比緊隨着，大膽地走到她身旁，抬起帽子說：

「啊哈，小妞兒！不想到我院子裏去玩玩嗎？」

那個警察仍舊看着他們。被騷擾的少婦只要伸手一招，索比差不多就得上路，去他與世隔絕的天堂了。他已在想像，自己能感受到警察局舒適的暖意了。少婦面對着他，伸出一隻手，拽住索比的衣袖。

「當然，小兄弟，」她高興地說，「要是你能請我喝啤酒。要不是警察看着，我早就同你說話了。」

少婦玩起了常春藤攀附橡木的花招，黏住了索比。索比沮喪地從警察身旁走過，似乎注定要與自由結緣。

到了下一個街角，索比甩掉夥伴逃跑了。他在一個街區停下了腳步，那裏有最輕鬆的街道、最輕快的心情、最輕巧的誓言和最輕靈的歌劇。穿裘皮的女人和着厚大衣的男子，冒着冬寒快活地走動着。索比突然擔心，一種可怕的魔力在發威，使他無緣受到拘捕。這一念頭讓他感到有點驚慌。這時，他看到另一個警察在一家華麗的劇院前神氣活現地閒蕩，便立刻抓住了「擾亂治安行為」這根救命稻草。

在人行道上，索比拔直喉嚨大嚷，嗓音沙啞，一派酒後胡話。他又是跳，又是叫，又是罵，鬧得天翻地覆。

警察轉動着手裏的警棍，回過身去，背對索比，同一個公民說了一通。

「是耶魯的小夥子們，慶祝他們給哈特福德學院吃了個零蛋。有些吵鬧，但並不礙事。我們接到指示，隨他們鬧去。」

索比悶悶不樂，停止了勞而無功的叫嚷。難道沒有一個警察會逮捕他？在他的想像中，海島似乎成了不可企及的阿卡狄亞[4]。迎着寒風，他扣好了單薄的外衣紐扣。

一家雪茄店裏，他看到一個穿着講究的男子，對着搖曳的火種在點雪茄，進門時把絲綢傘放在了門邊。索比走進去拿了傘，慢悠悠地走掉了。點雪茄的男子急忙跟了上來。

「是我的傘，」他厲聲說。

「啊，是嗎？」索比帶着譏諷的口吻說，小偷小摸之外又加了羞辱的罪名。「好吧，幹嘛不叫警察？是我拿的。是你的傘呀！為甚麼不把警察叫來呢？角落上就站着一個。」

傘主放慢了腳步。索比隨之也慢了下來，預感到命運又要跟他作對了。警察好奇地看着兩人。

「當然，」那位持傘人說——「事情——是呀，你知道，這些誤會是怎麼產生的——我——假如這是你的傘，我希望你原諒我——今天早上，我是在一個飯館裏撿到的——要是你認出來是你的傘，那麼——我希望你——」

「當然是我的，」索比惡狠狠地說。

原來那位傘主退卻了。警察匆匆朝一個戴夜禮服斗篷的高挑金髮女郎跑去，扶她穿過街道，因為兩條馬路之外，一輛市內有軌電車正在逼近。

索比朝東走去，穿過一條正在改建，掘得坑坑窪窪的街道。他怒悻悻地把傘扔進土坑，咕噥着罵起那些戴頭盔拿警棍的人來，自己一心想要落入他們手掌，卻被他們看作是一個永遠正確的國王。

最後，索比來到東邊一條街，那裏燈光昏暗，不大喧鬧。他朝着麥迪遜廣場走去，回家的念頭還在，儘管這個家不過是公園的長櫈。

但是，在一個異常靜謐的角落，索比停下了腳步。這裏有一個古怪的老教堂，結構散漫，建有山牆。一扇紫色的窗戶，射出柔和的光來。不用說，一個風琴師在撥弄琴鍵，保證下一個安息日彈好聖歌。美妙的音樂從那裏傳來，飄進索比的耳朵，打動了他，把他牢牢地黏在了鐵欄杆的卷曲形圖案上。

月亮高懸，皎潔寧靜。車輛稀少，行人寥寥。麻雀帶着睡意在屋檐下嘰嘰喳喳。這一刻完全是鄉村教堂墓園的景色。風琴師彈奏的聖歌，把索比膠在了鐵欄杆上，因為他曾經很熟悉聖歌。在那些日子裏，他生活中擁有母親、玫瑰、雄心、朋友、一塵不染的想法和衣領。

索比靈敏的頭腦，老教堂的感染力，兩者相結合，使他的心靈突然產生了奇妙的變化。他立刻驚慌地審察起自己落入的火坑、墮落的日子、可恥的慾望、無望的企盼、受損的才智和卑劣的動機，這一切構成了他的全部生活。

剎那間，他內心也激動地和新的感受共鳴了。他被瞬間的強烈衝動所驅使，決計跟絕望的命運抗爭。他要把自己從泥坑中拔出來，重新成為一個男子漢，征服附身的惡魔。時間還來得及，自己還算年輕。他要重樹雄心，毫不畏縮地去實施。那些莊嚴而甜蜜的風琴音符，在他內心燃起了一場革命。明天，他將去喧鬧的市中心找工作。一個毛皮進口商曾答應給他一個趕車人的職位。明天他要去找他，把那個工作要下來。他要在世上活出個名堂來。他會——

索比感覺到一隻手搭在他胳膊上。他急忙轉過頭來，凝視着警察的一張闊臉。

「你在這兒幹甚麼？」警官問。

「沒有幹甚麼，」索比說。

「那就跟我走吧，」警察說。

「在島上關三個月，」第二天早上法官在警庭說。

註釋：

[1] 即位於紐約和布魯克林之間的布萊克韋爾島，島上有監獄。

[2] 棕櫚灘（Palm Beach），美國佛羅里達州度假勝地。

[3] 里維埃拉（Rivera），法國東南部和意大利西北部地區的度假勝地。

[4] 阿卡狄亞（Arcadia），古希臘的一個高原地區，喻指有田園牧歌式淳樸生活的地方。

財神和愛神

老安東尼．洛克沃爾，是洛氏尤里卡肥皂的製造商和業主，已經退休。他坐在自己第五大街大廈的圖書室，瞧着窗外，笑了起來。他右側的鄰居，勢利的俱樂部會員格．范．舒賴特．蘇福克-瓊斯，出門來到等候着的汽車前，照例對肥皂皇宮正面高處的意大利文藝復興雕塑，不屑地搧了一下鼻孔。

「沒出息的老傢伙，擺甚麼架子！」前肥皂大王議論道。「小心讓伊甸博物館把這個凍僵了的老涅謝爾羅達[1]要了去。明年夏天，我偏要把這房子漆成紅的、白的、藍的，看他那個荷蘭鼻子翹得有多高。」

隨後，這位從來不樂意打鈴的安東尼．洛克沃爾，走到圖書室門口，大叫了一聲，「邁克！」一聲音之響，不減當年在堪薩斯草原嗓音刺破雲霄那會兒。

「告訴我兒子，」安東尼對應召的僕人說，「走之前到我這兒來一下。」

小洛克沃爾一進圖書室，老人就擱下報紙打量他，光滑紅潤的大臉盤上，露出既慈祥又嚴厲的表情。他一隻手揉亂了蓬鬆的白髮，另一隻手把口袋裏的鑰匙搖動得叮噹作響。

「理查德，」安東尼·洛克沃爾說，「你用的肥皂花了多少錢？」

理查德有點吃驚，從大學回家才六個月，摸不透父親的脾氣。父親就像第一次參加聚會的姑娘，有很多出人意料的舉動。

「我想是六元錢一打，爸爸。」

「你的衣服呢？」

「一般說來是六十元左右。」

「你是一個紳士，」安東尼毅然說。「我聽說那些紈絝子弟花二十四元買一打肥皂，花一百多買一套衣服。你可以隨便花的錢，比誰都不少，但你一直是既體面又有節制。如今我用的肥皂，還是老牌尤里卡——不僅出於感情，而且是因為這是最純的產品。你花超過一毛的錢買一塊肥皂，那你買的只是劣等香料和標籤。對你這一代，你這樣的地位，你這樣家境的年輕人來說，五毛錢買一塊肥皂已經很不錯了。我說過，你是個紳士。據說，三代才能造就一個紳士。這種說法已經過時。金錢可以造就紳士，造得跟肥皂油脂一樣滑溜。金錢已經把你造就成了一個。啊呀，也幾乎造就了我。我跟左鄰右舍兩個荷蘭裔老紳士差不多一樣粗魯，一樣討厭，一樣沒有教養。就因為我買下了他們之間的房產，他們夜裏便睡不着了。」

「有些東西金錢是辦不到的，」小洛克沃爾說道，心裏有些沮喪。

「聽着，別這麼說，」老安東尼吃驚地說。

「我每次只為錢而賭錢。我查了百科全書，從頭查到『Y』，想找一個錢買不到的東西。下個星期，我打算把附錄都查一遍。天底下我最看重的就是錢。你說說，甚麼東西用錢買不到。」

「首先，」理查德回答，心裏有點怨，「錢不能把人買進上流社會的小圈子裏。」

「啊！真買不到？」這位「萬惡之源」的衛士咆哮着。「你倒說說看，要是當年第一代阿斯特[2]沒有錢買統艙票到美國，哪裏還會有你們今天的小圈子？」

理查德嘆了一口氣。

「我正要說這事兒呢，」老頭說，已不像剛才那麼大聲嚷嚷了。「我就是為這把你叫來的。你有點不對頭了，孩子。我留意你兩個禮拜了。說出來聽聽。我想，二十四小時內我能搞到一千一百萬，房地產不計。要是你的肝臟出了問題，『逍遙遊號』就停在海灣，上好了煤，兩天之內起航去巴哈馬群島。」

「你猜得不壞，老爸，相差不遠。」

「哈哈，」安東尼說，來了興致，「她叫甚麼名字？」

理查德在圖書室內來回踱起步來。這位粗魯的父親身上的友情和同情心，足以掏出他的心裏話來。

「為甚麼不向她求婚呢？」老安東尼追問道。「她會搶着要你呢。你有錢，有貌，為人正派。你的手是乾淨的，不沾尤里卡肥皂。你上過大學，不過這點她不會在乎。」

「我沒有機會，」理查德說。

「創造一個呀，」安東尼說。「帶她出去到公園裏走走，或者乘乾草馬車夜遊，要不，陪她從教堂走回家。機會！哼！」

「你不知道社交的磨房是怎麼運轉的，老爹。她是轉動磨房的一股溪流。她的每小時，每分鐘，都是幾天前就排定的。我一定得把那個姑娘弄到手，老爸，不然，對我來說，這個城市永遠是漆黑的泥潭。而我又不能寫信——我做不到。」

「嘖嘖！」老頭說。「你是想告訴我，憑我這麼多錢，你還不能跟一個姑娘待上一兩個小時?」

「我已經拖得太晚了。後天中午,她就要乘船去歐洲,在那裏待兩年。明天晚上,我要單獨見她幾分鐘。這會兒她在拉奇蒙特姑媽家。我不能上那兒去。不過,她允許我明天晚上備好馬車,到中央大火車站去接她,她坐的是八點三十分到達的火車。我們會飛快駛過百老匯大街,趕往華萊克劇院。在劇院門廳,她母親和同包廂的人在等着我們。你想,在那種只有六七分鐘的情況下,她會聽我表白嗎?不會。而在劇院裏,或者看戲後,我還有甚麼機會呢?沒有。不行,老爸,這團亂麻,用你的錢是解不開的。金錢買不到一分鐘時間,要不然,有錢人會活得更久。蘭屈萊小姐出航之前,我沒有希望同她交談了。」

「好呀,理查德,我的孩子,」老安東尼高興地說。「現在你可以到你的俱樂部去了。幸好不是你的肝臟出問題。可別忘了常到廟裏給財神老爺燒幾炷香。你說金錢買不了時間?嗯,當然,你不可能出錢叫人包紮好『永恆』,送到你的住宅,不過我看到時間老人路過金礦,腳後跟給石頭磨得全是青腫呢。」

那天晚上,埃倫姑媽來了。她心情溫和,多愁善感,滿臉皺紋,被財富壓得直唉聲嘆氣。她的兄弟正看着晚報,她走到他身邊,開始攀談起來,話題是情人的苦惱。

「他全告訴我啦，」安東尼兄弟打着哈欠說。「我對他說，我的銀行存摺由他支配。隨後，他就開始說起錢的壞話來。說是錢幫不了忙，又說上流社會的規矩，是一群千萬富翁扳不動的，動一碼都不行。」

「啊，安東尼，」埃倫姑媽說，「我希望你別把錢看得那麼了不起。財富碰上真情實感就完了，愛情的威力實在太大。他要是早點講該多好！她不可能拒絕我們的理查德。可是現在，我怕太晚了。他沒有機會向她求愛了。你所有的金銀財寶都不可能給你兒子帶來幸福。」

第二天晚上八點，埃倫姑媽送來一個蟲蛀過的盒子，取出一枚老式別致的戒指，給了理查德。

「今晚戴上它，侄子，」她央求着。「是你母親給我的。她說會給你的愛情帶來好運。她讓我等你找到心上人了交給你。」

小洛克沃爾虔誠地接過戒指，在小手指上試了試。戒指滑到手指第二節上停住了。他按男人的習慣，取下戒指，放進背心口袋。隨後打電話叫馬車。

八點三十二分，在車站嘰嘰呱呱的人群中，他逮住了蘭屈萊小姐。

「我們決不能讓媽媽和其他人等候，」她說。

「上華萊克劇院，越快越好！」理查德忠心耿耿地說。

馬車一陣風似的經過第四十二街，朝百老匯駛去。然後，經過一條星光閃耀的小路，這條路把夕陽下柔軟的草地和清晨岩石嶙峋的小山連接了起來。

到了第三十四街，小理查德急忙開啟車窗，吩咐趕車人停車。

「我掉了個戒指，」他爬出車子，抱歉地說。「是我媽給我的，我不想讓它丟了。我不會耽擱你一分鐘——我看到它落在那兒。」

不到一分鐘，他拿着戒指回到了馬車上。

但就在那一分鐘裏，一輛穿越市區的車子正好停在了他們的馬車前面。趕車人想往左面借道，但一輛重型快運車擋住了去路。他想往右邊試試，卻還得倒退，避讓一輛不該停在那兒的傢具運送車。他想往後退，但掉了韁繩，出於責任感開始罵罵咧咧。總之，他被堵在了車輛和馬匹的一片混亂之中。

這是一次道路堵塞，有時候這種堵塞會突然弄得大城市裏商業停頓，活動中止。

「幹嗎不往前趕路？」蘭屈萊小姐不耐煩地說。「我們要遲到了。」

理查德從座位上站起來，四下張望着。他看到了一條車輛的洪流，有大篷車、大卡車、馬車、運貨車和有軌電車，把百老匯、第六大街和第三十四大街的岔路口大片地方，堵得水洩不通，彷彿一個胸圍二十六英寸的少女，硬要擠進二十二英寸的緊身褡去。而在所有的橫馬路上，各類車輛都急匆匆吼叫着全速駛向交匯點，闖入散亂的汽車群，剎住車輪，動彈不得，喧嚷聲中又增加了司機的咒罵。曼哈頓的所有車輛，彷彿都擠軋在他們周圍了。人行道上，成千上萬的人在觀望，連其中最老的紐約佬也沒有見過如此規模的交通堵塞。

「真對不起，」理查德入座時説，「不過，看來我們給堵在這兒了。一小時內擁堵緩解不了。都怪我，要是我沒有掉戒指，我們——」

「讓我瞧瞧那個戒指，」蘭屈萊小姐説。「既然沒有辦法，我也就無所謂了。反正看戲也沒勁。」

那天晚上十一點，有人輕輕地敲起了安東尼．洛克沃爾的門。

「進來，」安東尼叫道。他身穿紅色晨衣，讀着一本海盜冒險小説。

敲門的是埃倫姑媽，看上去像個頭髮花白不小心流落人間的天使。

「他們訂婚了，安東尼，」她輕聲説。「她答應嫁給我們的理查德。去劇院的路上他們堵了車，費了兩個小時，乘坐的馬車才脱身。

「啊呀，安東尼兄弟，別再吹噓錢的力量有多大了。真愛的一個小標誌——一枚象徵愛情天長地久、超越金錢的小戒指，才是我們的理查德找到幸福的原因。他在街上丟了戒指，下車去找了回來。還沒能繼續趕路，就出現了堵車。他們的馬車陷在裏面的時候，他向心上人求愛，她當場就答應了。比起真誠的愛，錢不過是糞土，安東尼。」

「好吧，」安東尼說。「很高興這孩子如願以償了。我告訴過他，這件事我會不惜代價，如果——」

「可是，安東尼兄弟，你的錢有甚麼用呢？」

「姐姐，」安東尼．洛克沃爾說，「我的海盜陷入了倒霉的困境。他的船剛被鑿壞，而他能很好判斷錢的價值，不想任它沉沒。我希望你讓我把這一章繼續看下去。」

故事到這兒該結束了。我也像讀者諸君一樣，滿心希望到此結束。但是我們還得尋根究底，看看事實真相。

第二天，一個繫圓點藍底領帶，雙手紅通通，自稱叫凱利的人造訪了安東尼．洛克沃爾的住宅，並立刻被接進了圖書室。

「好吧，」安東尼說，伸手去拿支票簿。「這鍋肥皂熬得真好。讓我想想——你預支了五千元現金。」

「我自己墊了三百元，」凱利說。「我得超出預算一點點。運貨快車和馬車，一般是五元一輛。但是大卡車和兩匹馬拉的車，卻漲到了十元。電車司機要價十元。一些貨車隊要二十元。警察宰得最兇，要五十元，我付了兩個，其餘的都是二十元和二十五元。可這不是幹得很漂亮嗎，洛克沃爾先生？幸虧威廉·埃·布雷迪[3]不在室外的小小堵車隊現場，我不想讓威廉妒忌得心碎。而且，我們從來沒有排練過。小夥子們很準時，分秒不差。兩小時之內，連一條蛇都到不了格里利[4]塑像下。」

「這兒是一千三百，凱利，」安東尼說，撕下一張支票。「一千元是給你的，還有三百元是你墊付的錢。你不會瞧不起錢吧，凱利？」

「我？」凱利說。「我準會把發明貧窮的人揍一頓呢。」

在門邊，凱利讓安東尼叫住了。

「堵車那會兒，你有沒有在甚麼地方看到過，」他說，「一個赤裸裸的胖男孩[5]，拿着弓，往四處射箭？」

「嗯，沒有，」凱利迷惑不解地說。「我沒有看到。要是正像你說的，怕是我還沒到那兒，警察就把他抓走了。」

「我想這小傢伙是不會在場的，」安東尼哧哧地笑着説。「再見，凱利。」

註釋：

[1] 涅謝爾羅達（Nesselrode, 1780-1862），俄國政治家，曾參與締結英俄同盟，結束克里米亞戰爭。此處諷刺荷蘭移民蘇福克-瓊斯。

[2] 阿斯特（John Jacob Astor, 1763-1848），美國皮毛業商人，生於德國，一七八三年移居美國，後成為豪富。

[3] 布雷迪（William A. Brady, 1863-1950），美國著名劇院經理，曾創辦並經營遊樂場。

[4] 格里利（Horace Greeley, 1811-1872），美國報刊編輯，《紐約論壇報》創辦人，提倡教育改革，反對奴隸制度。曾競選總統失敗。紐約有一個以其命名的廣場。

[5] 指羅馬神話中的愛神丘比特（赤裸，長有翅膀，手持弓箭）。

雙面人哈格雷夫斯

諸位，彭德爾頓．塔爾博特少校是莫比爾人。他和女兒莉迪亞．塔爾博特小姐來華盛頓定居，在離最清靜的大道五十碼的地方，選擇了一幢供膳宿的房子。那是一種老式的磚砌樓房，帶有門廊，門廊下直立着高高的白色圓柱。幾棵偉岸的洋槐和榆樹遮蔽着院子，一棵當令的梓樹把粉紅色和白色的花，雨點般灑在草地上。沿着籬笆和小徑，是一排排高高的黃楊灌木。正是這個地方的南方風貌，讓塔爾博特父女賞心悦目。

在這幢舒適的私家膳宿房，他們預訂了房間，包括塔爾博特少校的一間書房。少校正在撰寫一部書的最後幾章，那書叫《亞拉巴馬州軍隊、法院和法庭瑣憶》。

塔爾博特少校是個很老派的南方人。在他眼裏，現代社會很乏味，也沒有甚麼可取之處。他的思想還停留在內戰前時期，那時，塔爾博特家擁有數千畝種植棉花的良田，以及從事耕種的奴隸；他們的家宅是酬賓擺闊之地，招徠的客人都是南方的貴族。他承繼了那個時期的一切，舊有的自豪感、面子觀念、老派的拘禮以及（你也許會想到的）服飾。

這類衣服，五十年內自然沒有人做過。少校儘管個子很高，但行起派頭十足卻已過時的屈膝禮來，禮服的衣角照樣拖到地上，他稱這樣的屈膝禮為鞠躬。這種服飾，甚至令華盛頓人都感到驚奇，雖然他們對南方議員的禮服大衣和寬邊帽，早就習以為常了。一位寄宿者稱這為「哈伯德神父」袍，的確，這套衣服腰高，下襬大。

少校的衣服怪裏怪氣，襯衣前胸的大塊地方，都是縐褶和纏結，戴的是一條狹長的黑領帶，領帶的結常常滑到一邊。在瓦達曼這樣一流的膳宿房，這身打扮既討人喜歡，又引人發笑。一些百貨公司的年輕職員，自稱常要「戲弄他」，讓他談最感親切的題目——他親愛的南方傳統和歷史。談話中，他會隨意引用《瑣憶》這部書。但他們都小心翼翼，不讓他看透心中的謀劃，因為儘管他已經六十八歲，但入木三分的灰色眼睛會死死地盯着你，弄得其中最大膽的也很尷尬。

莉迪亞小姐是個三十五歲的老姑娘，圓鼓鼓的小個子，頭髮梳得溜光，緊緊地盤在頭上，看上去更加顯老。她一樣是個老派人，但和少校不同，並沒有抖露南北戰爭前的榮耀。她懂得勤儉度日的常理，家裏一應賬務，全由她打理，有人上門要賬，也由她接待。膳宿和洗衣賬單之類，少校很不屑，也很厭煩。這些東西不斷送來，非常頻繁。少校覺得納悶，為甚麼不能在方便的時候一次性結清呢——譬如說，《瑣憶》出版，付了稿費的時候？莉迪亞小姐會一面沉着地繼續幹手中的縫紉活，一面說，「只要錢還能維持，我們可以過一天付一天。要不，就得合在一起付了。」

瓦達曼太太的寄宿者幾乎全是百貨公司職員和生意人，白天大都外出，但其中一位，從早到晚都待着。這是個年輕人，名字叫H．霍普金斯．哈格雷夫斯——這裏的每個人都以全名稱呼他——他受僱於一家很受歡迎的雜耍劇院。近幾年來，雜耍已上升到了備受尊敬的地位，而哈格雷夫斯又那麼謙和有禮，所以瓦達曼太太不會反對把他放在膳宿者的名單上。

哈格雷夫斯是劇院裏有名的多面手方言喜劇演員，擅長於演多種角色，德國人、愛爾蘭人、瑞典人和黑人等。哈格雷夫斯雄心勃勃，常常談起自己的宏願，決心在正統戲劇中大顯身手。

這個年輕人似乎迷上了塔爾博特少校。只要那位紳士一開始回憶他的南方，嘮叨某些生動無比的軼事，哈格雷夫斯往往是聽眾中最專注的一個。

少校私下裏稱他為「演員」，並一度露出疏遠之意。可是，這個年輕人態度隨和，對老紳士的掌故顯然又很欣賞，很快便把老紳士徹底俘獲了。

不久，兩人便成了莫逆之交。少校騰出每個下午，把書稿唸給他聽。說到某些軼事，哈格雷夫斯會恰到好處地笑出聲來。少校十分感動，一天對莉迪亞小姐說，哈格雷夫斯這個小夥子很機靈，對舊政權懷有真誠的敬意。談起往昔的日子——要是塔爾博特少校願意談，哈格雷夫斯會聽得入迷。

像幾乎所有回憶往事的老人一樣，少校喜歡在細枝末節上打轉。他一旦描繪起老種植園主輝煌，乃至君王似的日子，就會沉思良久，回憶出替他牽馬的黑人的名字，或是某件小事發生的確切日期，或是某年生產的棉花的包數。但哈格雷夫斯從來沒有不耐煩，或者不感興趣。相反，他會就那個時期生活相關的各類話題，提出問題，而且總能得到及時的回答。

他談到獵狐呀，負鼠晚餐呀，黑人住處的方形舞會和黑人民歌呀，還有種植園屋子大廳舉行的宴會，那時方圓五十英里內都發請帖；還有偶爾跟相鄰的紳士們鬧的口角；還有少校為了基蒂·查默斯跟拉斯白恩·卡伯特森的決鬥，基蒂後來嫁給了南卡羅來納開墾地的主人；還有莫比爾海灣獎金可觀的私人遊艇賽，以及老奴隸古怪的信仰、不節儉的習慣和忠心耿耿的美德——這一切都吸引着少校和哈格雷夫斯，兩人一談就是幾小時。

晚上，有時劇院的事了結之後，年輕人上樓到自己房間，少校會出現在書房門口，躬着身子招呼他進屋。哈格雷夫斯進了房間，會看到一張小桌子上放着水瓶、糖碗、水果和一大束新鮮的綠色薄荷。

「我想，」少校會這樣開始——他總是一本正經的——「你也許已經發現，你的職責——在你就業的地方——是夠艱巨的，使你，哈格雷夫斯，難以欣賞一個詩人寫作時很可能會想到的東西，也就是給自然消除疲勞的『甜漿』——我們南方的一種冰鎮薄荷酒。」

看少校調酒也讓哈格雷夫斯着迷。少校動起手來着實像個藝術家，也從來不改變操作過程。他搗碎薄荷的動作多優美！他估計的成份多精確！他多麼講究！多麼周到！他添加了紅紅的水果，同墨綠色的合成飲料相映。然後，他把精選過的麥管插進亮晶晶的飲料深處，請你品嚐，顯得好客而又有風度。

在華盛頓住了大約四個月後，一天早上，莉迪亞小姐發覺他們幾乎身無分文了。《瑣憶》已經完稿，但是出版商並不理會亞拉巴馬常識和智慧的結晶。父女倆雖然出租了莫比爾的一幢小房子，但租金收不回來，已經拖欠了兩個月，而本月的膳宿費三天後就得付清。莉迪亞小姐把父親叫來商量。

「沒有錢了？」少校露出驚奇的神色說。「為了這些小錢，三番五次把我叫來，真讓人惱火。說實在，我——」

少校在口袋裏找了找，只找到兩塊錢，又把它塞回背心口袋。

「我得立刻着手解決這個問題，莉迪亞，」他說。「請你把傘給我，我馬上到市中心去。區議員富爾漢姆將軍幾天前答應過我，會施加個人影響，讓這本書早日出版。我這就到他的旅館去，看看他想了甚麼辦法。」

莉迪亞露出悲哀的微笑，看着他扣上「哈伯德神父」袍的扣子離去，又像往常那樣在門邊停下來，深深地鞠了一躬。

那晚天黑時他回來了。議員富爾漢姆好像已見過讀稿的出版商。那人說，如果書中的軼事經過仔細刪削，去掉一半左右，消除充斥全書的地區和階級偏見，他可以考慮出版。

少校勃然大怒，但一見莉迪亞小姐，便遵守自己的行為規範，恢復了平靜。

「我們得弄到錢，」莉迪亞小姐說，鼻子上端露出一絲皺紋。「把那兩塊錢給我，今天晚上我要打電報給拉爾夫叔叔，問他要些錢來。」

少校從背心上部口袋取出一個小小的信封，扔在桌子上。

「也許我欠慎重，」他和顏悅色地說，「不過，這點錢少得可憐，所以我買了今晚的兩張戲票。這是一個寫戰爭的新戲，莉迪亞。在華盛頓首次演出，我想你很樂意去看看。據說，戲裏對南方的態度很公正。說實話，我自己也想看。」

莉迪亞小姐雙手往上一甩，默默地露出失望的神情。

不過，票子既然已經買了，總得充份利用。於是，那天晚上，他們坐在劇院裏，聆聽着活潑的序曲，連莉迪亞也不由得想到，那一刻要讓煩惱退居次位。少校呢，穿着潔白的襯衫和那件與眾不同的袍子，紐扣都扣得嚴嚴實實。一頭白髮，梳理得鬈曲溜光，確實顯得高雅華貴。帷幕升起，開始了第一幕「一朵木蘭花」，舞台上出現了典型的南方種植園場景，少校塔爾博特顯得頗感興趣。

「啊呀，你瞧！」莉迪亞小姐大聲叫道，指着節目單，擠了一下他的胳膊。

少校戴上眼鏡，順着她的手指，看起「演員表」那行字來。

韋伯斯特．卡爾霍恩上校：扮演者H．霍普金斯．哈格雷夫斯。

「這就是我們那位哈格雷夫斯先生，」莉迪亞小姐說。「那一定是他首次登台，演出他自己說的『正統戲劇』，我為他高興。」

到了第二幕，韋伯斯特．卡爾霍恩上校才出場。他一上台，少校塔爾博特就哼了一聲，兩眼瞪直，彷彿泥塑木雕一般。莉迪亞小姐也含糊地小聲尖叫起來，還揉亂了手中的節目單。原來卡爾霍恩上校化妝得跟塔爾博特少校幾乎一模一樣，猶如兩粒豆一般相像。長而稀疏根部鬈曲的白髮；一副貴族派頭的鷹鈎鼻子；前胸縐巴巴滿是纏結的寬大襯衫；狹小的領帶，領結幾乎歪戴到了一隻耳朵下面，看上去完全是少校模樣的翻版。此外，他穿的那件袍子，同少校那沒有先例的衣服完全一樣，使這番模仿真正到了家。這套服裝領子很高，很寬鬆，法蘭西第一帝國時代流行的腰身，密密層層的鑲邊，前下襬比後下襬長一英尺，這種袍子是不可能按別的式樣仿製的。從那一刻起，少校和莉迪亞小姐着了魔似地坐着，觀看一場仿冒塔爾博特的表演，恰如少校事後説的那樣，看着一個高傲的塔爾博特「在腐敗的舞台上，陷入慘遭誹謗的泥坑」。

哈格雷夫斯演來得心應手。他抓住了少校的細小特徵，説話的腔調、口音、語調、自命不凡的架勢，學得分毫不差——為了達到舞台效果，一切都作了誇張。他表演了那絕妙的鞠躬，少校深情地認為那是一切敬禮的典範。經他這一表演，觀眾中便突然爆發出熱情的掌聲。

莉迪亞小姐端坐不動，不敢窺視父親。有時候，她會舉起放在父親身邊的手，掩住臉，彷彿要遮蓋自己的笑容，因為她儘管並不贊同這樣的表演，但還是忍不住要笑出來。

哈格雷夫斯的大膽模仿，在第三幕達到了高潮。這是上校在自己「窩」裏招待鄰近種植園主的場景。

他站在舞台中央的一張桌子旁邊，朋友們成群圍着他。他嘮嘮叨叨，說着「一朵木蘭花」中那段獨一無二，富有個性的獨白，一面熟練地給聚會調製冰鎮薄荷酒。

塔爾博特少校靜靜地坐着，但氣得臉色發白。他聽着自己最好的故事被轉述；他的寶貝理論和愛好被公之於世，細加描繪；《瑣憶》中所反映的理想被戲弄、誇張和歪曲。他最喜歡講的故事——他跟拉斯白恩．卡伯特森的決鬥，也沒有被放過，只不過講起來比少校更富激情，更自負，更有生氣。

獨白以古怪、有趣、機智的小小演講作結束，說的是製作冰鎮薄荷酒的藝術，一面說，一面還用動作來幫忙。在舞台上，塔爾博特少校微妙而好炫耀的技藝，被再現得幾乎分毫不差，從他十分講究地處理香草——「即使是多加了千分之一轂粒的壓力，先生們，你榨取的就不是這棵天賜植物的芳香，而是苦澀」——到精選麥稈。

本場結束，觀眾中響起了暴風雨般的歡呼聲，對表演讚賞備至。演員刻劃這類人物，那麼準確，那麼有把握，那麼透徹，劇中的主要人物反而黯然失色。觀眾反覆歡呼，哈格雷夫斯走到幕前鞠躬致意，他有些孩子氣的臉，因為勝利的喜悅而漲得通紅。

莉迪亞小姐終於回過頭來，瞧着少校。少校薄薄的鼻翼，像魚鰓一樣扇動着。他把兩隻顫抖的手都放在椅子扶手上，要使自己站起來。

「我們走吧，莉迪亞，」他幾乎說不出話來。「可惡的——褻瀆。」

他還沒能完全站起來，莉迪亞就把他拖回到了座位上。

「我們要待到最後，」她斷然說。「你難道想抖露原創的袍子，來為複製品做廣告嗎？」於是兩人一直留到最後才走。

演出的成功，一定弄得哈格雷夫斯那晚遲遲才睡，因為第二天早飯和中飯時，他都沒有露面。

下午三點左右，他輕輕地敲了敲塔爾博特少校的書房門。少校開了門，哈格雷夫斯雙手捧着一大摞早報進了屋——因為太得意了，沒有注意到少校的舉止有甚麼反常的地方。

「昨晚，我非常成功，少校，」他得意地開腔了。「我有機會一顯身手，而且我認為，獲得了成功。《郵報》是這麼說的：

「他以荒唐的誇張、離奇的服裝、古怪的用詞、老式的家族自豪感、真正的好心腸、苛刻的榮譽感、可愛的單純，來理解和刻劃舊時南方的上校，在今天舞台的人物刻劃上，可謂是最出色的。卡爾霍恩上校的袍子本身，就是天才的產物。哈格雷夫斯先生俘獲了觀眾。

「對一個首夜出場的演員來說，這番話聽來怎麼樣，少校？」

「我很榮幸，」——少校的口氣，顯得不祥地冷淡——「昨天晚上觀看了你出色的表演，先生。」

哈格雷夫斯頓時神色慌亂。

「你也去看了嗎？我不知道你會——我不知道你喜歡看戲。啊，我說呀，塔爾博特少校，」他坦率地大聲說，「你別生氣。我承認，從你那兒得到了很多啟發，使我把這個角色演好。不過你知道，演的是一種典型，而不是個人。觀眾能理解，就足以說明這一點。那家劇院一半的觀眾是南方人，他們認可這個戲。」

「哈格雷夫斯先生，」少校說，依然站着，「你不可原諒地侮辱了我。你嘲弄了我本人，出賣了我的秘密，利用了我的好客。如果我認為你還知道一點紳士的秉性，或者應有的秉性，那麼我就要向你挑戰，儘管我是一個老人。我請你離開我的房間，先生。」

演員顯得有點惶惑，似乎難以充份理解老紳士的這番話。

「我真抱歉，讓你生氣了，」他遺憾地說。「這兒的人看問題，跟你們那兒的人不同。我知道，有人為了能將自己的個性搬上舞台，好讓公眾認識，連賣掉半座房子都在所不惜。」

「他們不是亞拉巴馬人，先生，」少校盛氣淩人地說。

「也許不是。我的記性不錯，少校。讓我從你的書裏引用幾句吧。在——我想是在米勒奇韋爾——舉行的宴會上，有人向你祝酒，你致答詞時說了這樣的話，並有意印成文字：

「北方人只有在情感和熱忱能轉化為商業利益時，才有此類感情可言。只要不帶來金錢的損失，他們會不怨不怒，忍受別人對他自己或親人名譽的詆毀。他施捨起來出手大方，但事先必得大造聲勢，把事跡鐫刻在銅板上。」

「難道你認為這樣的刻劃，比昨晚你看到的卡爾霍恩上校的形象更公正嗎？」

「這段描寫，」少校皺着眉說，「不是沒有依據的。有些誇——演說總該允許有一定自由度。」

「那麼表演呢，」哈格雷夫斯回答。

「問題不在這裏，」少校堅持着，寸步不讓。「這是針對個人的諷刺，我絕不寬容，先生。」

「塔爾博特少校，」哈格雷夫斯說，露出迷人的微笑，「我希望你能理解我。我想讓你知道，我從來沒有想要侮辱你。在我的職業生涯中，一切生命都是屬於我。我索取需要的，能夠取到的，並讓它回歸舞台。好吧，如果你願意，就讓事情到此為止吧。我進來看你是為別的事情。我們交朋友有幾個月了，我打算冒再次得罪你的危險。我知道你缺錢用——別在乎我是如何發現的，膳宿房不是能保守這類秘密的地方——我希望你讓我幫你脫離困境。我自己也常常陷入這類困境。整個季節，我的收入不錯，還積了些錢。這兩百塊錢——甚至還可以再多些——你儘管用——等你有了——」

「住嘴！」少校伸出雙手，喝道。「看來，我的書畢竟沒有説謊。你以為你的金錢是甚麼軟膏，可以治療一切名譽的創傷。無論如何，我不會接受一個點頭之交的借款。至於你，先生，我寧可挨餓，也不願考慮剛才談論過的，經濟上為解一時之困而接受侮辱性的施捨。我請求重複我的要求，請你離開我的公寓。」

哈格雷夫斯二話沒說走了。而且當天搬出了房子，晚餐時，瓦達曼解釋說，他已搬到更靠近市區劇院的地方。在那兒，「一朵木蘭花」連續一週的演出已經預訂出去了。

塔爾博特少校和莉迪亞小姐的境況十分急迫。在華盛頓，沒有誰可以讓少校無所顧忌地伸手借錢。莉迪亞小姐給拉爾夫叔叔寫了信，但值得懷疑的是，這位親戚恐怕也自身難保，不一定能幫上忙。少校不得不向瓦達曼太太鄭重致歉，說膳費要遲交，「房租要拖欠，」還含糊其辭地提及「匯款會晚到」。

終於，一個根本沒有料到的人來解救了。

一天傍晚，看門的女傭上樓來說，一個老黑人要見塔爾博特少校。少校吩咐把他帶到書房裏來。一個老黑人立刻來到門口，手裏拿着帽子，向少校鞠了一躬，一隻腳笨拙地擦了一下地板。他的衣着十分得體，穿的是一套寬鬆的黑色西裝。又粗又大的鞋子，金屬般閃亮，看得出來是用高溫上光的。他濃密的頭髮已經灰白，幾乎全白了。一個黑人，過了中年以後很難估猜他的年紀。這一位也許像塔爾博特少校一樣，有些年歲了。

「你肯定不認得我了，彭德爾頓少爺，」他一開口就這麼說。

聽到這老式而熟悉的稱呼，少校便起身上前。毫無疑問，這是舊種植園裏的一個黑人。可是他們都早已遣散，少校既聽不出他的口音，也認不出他的臉來。

「我想是認不得了，」他和氣地說，「除非你能幫我回憶一下。」

「你不記得辛迪家的莫斯了嗎，彭德爾頓少爺？戰爭一結束我們就搬走了。」

「等一等，」少校說，用手指尖擦起額頭來。跟那些親切的日子有關的事，他都喜歡回憶。「辛迪家的莫斯，」他記起來了。「你是照看馬的，馴馬駒子。不錯，我現在記起來了。投降以後，你改名為——別提醒我——米切爾，去了西部——到內布拉斯加去了。」

「是呀，先生。是呀，」老人的臉綻開了愉快的笑容——「確實是他，沒有錯。是內布拉斯加。是我——莫斯．米切爾。他們現在叫我莫斯．米切爾老叔。老爺你爸爸，給了我一群騾駒子，作為本錢。你還記得那些騾駒子嗎，彭德爾頓少爺？」

「我好像記不起來了，」少校說。「你知道，戰爭的第一年我就結婚了，住在古老的福林斯比地區。不過，坐下，坐下，莫斯叔叔。我看到你很高興。但願你發財了。」

莫斯叔叔坐了下來，小心地把帽子放在座位旁邊的地板上。

「是的，先生。近來我幹得很風光。我才到內布拉斯加那會兒，他們都圍着我看那些騾駒子。在內布拉斯加，見不到這樣的騾子。我把它們賣了，得了三百塊。是的，先生——三百塊。」

「然後我開了個鐵匠鋪，賺了點錢，買了些土地。我和老太婆養了七個孩子，兩個死掉了，其他的都還不錯。四年前，鐵路通了，在我的土地上要造一個城鎮監獄。所以，彭德爾頓少爺，莫斯叔叔的現金、財產和土地，合在一起已經有幾千塊的家當了。」

「我聽了很高興，」少校親切地說。「聽了很高興。」

「你的那個小丫頭，彭德爾頓少爺——你叫她莉迪亞小姐的那個——我敢肯定，那小不點兒已經長大，誰也認不出她來了。」

少校走到門口，叫道：「莉迪亞，你來一下好嗎？」

莉迪亞小姐從房間裏出來，已完全是大人樣子，但面帶愁色。

「啊呀呀！我是怎麼說的？我知道這孩子長得很好。你不認識莫斯叔叔了，孩子？」

「這是辛迪嬸嬸的莫斯，莉迪亞，」少校解釋道。「你兩歲的時候，她離開森尼米德去了西部。」

「哎呀，」莉迪亞小姐說，「莫斯叔叔，在那個年紀，是很難盼我記得你的。我很高興，像你說的一樣，我『長得很好』而且早就很幸運。不過即使我記不起你了，我還是很高興見到你。」

她確實很高興，少校也如此。某種鮮活而可以觸摸的東西，把他們同愉快的往昔聯繫在一起。三人坐着，聊起過去的日子，少校和莫斯回憶種植園的時日和情境，相互糾正和提醒着。

少校問老人，離家大老遠地來幹甚麼。

「莫斯叔叔是一個好奢侈的人，」他解釋道，「來參加這個城市的浸禮教大會。我不傳道，但在教堂裏是個住宿的長老，能夠支付自己的費用，所以他們派我來了。」

「那你怎麼知道我們在華盛頓呢？」莉迪亞小姐問道。

「有一個黑人，在我落腳的旅館幹活，是莫比爾人。他告訴我，一天早上看見彭德爾頓少爺從這幢房子裏出來。」

「我來的目的，」莫斯叔叔繼續說，他的手伸進口袋——「除了看看家鄉人，——是把我欠彭德爾頓少爺的錢還給他。」

「欠我？」少校吃驚地說。

「是的，先生——三百塊。」他把一疊錢交給少校。「當年我走的時候，老爺說：把這些騾駒子帶走吧，莫斯，等你有了錢再還。是的，先生。這就是他的話。戰爭弄得老爺他自己也窮了。老爺早就去世了，債主傳給了彭德爾頓少爺。三百塊，現在莫斯叔叔完全有錢還債。他們築鐵路收購了我的土地，我把錢存了起來，付騾駒子欠賬。把錢數一下，彭德爾頓少爺，這是付騾子的錢。是的，先生。」

塔爾博特少校熱淚盈眶，一手拉住莫斯叔叔，一手搭在他肩上。

「親愛的，忠心耿耿的老僕，」他說，嗓音有些顫抖，「不瞞你說，彭德爾頓少爺一週前就花掉了身上的最後一塊錢。莫斯叔叔，既然某種程度上說，這是還錢，也是舊政權時代忠誠的象徵，我們願意接受這筆錢。莉迪亞，親愛的，把錢收起來。該怎麼來花，你比我更在行。」

「拿着，親愛的，」莫斯叔叔說。「這錢屬於你，這是塔爾博特的錢。」莫斯叔叔走後，莉迪亞小姐大哭了一場——因為高興。少校把臉轉向牆角，呼啦呼啦使勁抽他的泥製煙桿。

接下來的幾天，塔爾博特父女恢復了平靜和安寧。莉迪亞小姐臉上已沒有愁容。少校穿上了禮服袍子，成了活脱脱一個蠟像，他記憶中的黃金時代的化身。另一個出版家讀了《瑣憶》的稿子，認為只要稍加潤色，重要篇章降低一點調子，這確實可以成為一本叫得響賣得好的書。總而言之，情況很好，而且多少還給人一些希望，它往往比到手的幸福更加甜蜜。

交了這份好運後一週的某一天，女傭把一封莉迪亞小姐的信送到了房間。從郵戳上看信是從紐約寫來的。莉迪亞小姐知道紐約沒有熟人，心裏有些納悶，便坐在桌旁，用剪刀開啟信封。她讀到如下內容：

親愛的塔爾博特小姐：

我想你會很高興聽到我交了好運。紐約一個專業劇團，約我演「一朵木蘭花」中的卡爾霍恩上校，週薪二百塊，我已經接受。

還有一件事我想讓你知道。但還是不要告訴塔爾博特少校為好。我急於酬謝他在我研究這個角色時所給予我的巨大幫助，並對因此給他帶來的壞心情作出補償。他拒絕了我，但我畢竟還是做成了。那三百塊錢，我輕而易舉就能省下來。

你的真誠的H・霍普金斯・哈格雷夫斯

又及：莫斯叔叔我扮演得如何？

塔爾博特少校穿過走廊，見莉迪亞小姐的門開着，便停了下來。

「早上有甚麼郵件嗎？莉迪亞，親愛的？」他問。

莉迪亞小姐把信塞進衣服的縐襇。

「《莫比爾新聞》到了，」她立刻說。「在你書房的桌子上呢。」

燈火重燃

當然，問題是有兩面性的。讓我們來看看另一面吧。常聽人說起「店員姑娘」。但這樣的人並不存在。店堂裏的確有幹活的姑娘，她們不過以此謀生罷了。可是幹嗎要把她們的職業變成修飾語呢？我們還是公平對待為好，因為大家從來不把住在第五大街的姑娘叫做「婚嫁姑娘」。

盧和南希是好朋友。家裏吃不飽，只好來大城市找工作。南希十九歲，盧二十歲。兩個都是鄉下姑娘，漂亮而活躍，卻又無意在舞台上出頭露面。

高高在上的小天使，領着她們來到一家既便宜又體面的膳宿房。兩人都找到了工作，靠工資過日子，依然是好朋友。六個月過去了，我請求讀者諸君上前同她們見面。愛管閒事的讀者，這兩位是我的女性朋友，南希小姐和盧小姐。你同她們握手的時候，請留意一下她們的服裝——要小心翼翼。是的，要小心翼翼，因為就像馬展上穿狐皮大衣的女士一樣，誰要是盯着看，她們會立即顯出不滿。

盧是手工洗衣房的計件熨衣工，穿一套不合身的紫色套裙，帽子上的羽毛高出正常的四英寸。但她的白鼬皮手筒和圍巾價值二十五塊，而別類獸皮當季櫥窗標價才七點九八塊。她兩頰粉紅，淺藍色的眼睛閃閃發亮，一副心滿意足的樣子。

南希，你會叫她店員姑娘，因為這麼稱呼慣了。今天已無典型可言，但任性的一代總要尋找典型，所以這便是所謂的店員姑娘典型：她的頭髮墊得很高，前胸卻癟得有些誇張。她的裙子屬於劣等貨，但喇叭形式樣很得體。她沒有毛皮衣服抵禦刺骨的春寒，不過穿着平絨短夾克，還開心得不得了，彷彿穿的是波斯小羊皮衣。這位典型的不倦追求者，在她的臉上和眼睛裏，有着典型的店員姑娘的表情：對上當受騙的女人腔，默默地表示不屑和厭惡，悲哀地預示將來還要報復。即使她放聲大笑的時候，那表情也依然存在。同樣的表情也見於俄羅斯農民的眼睛。將來，加布里埃爾[1]來摧毀我們的時候，活着的人會在他臉上看到同樣的表情。那表情會使男人難堪和羞愧。不過誰都知道男人會對着這表情傻笑，獻上花去——花上紮着繩子。

現在，提起你的帽子，走吧。盧會高高興興地對你說，「再見，」而南希的臉上會露出甜蜜的冷笑，不知怎地，那微笑沒有抓住你，卻像一隻白色的飛蛾，飄過屋頂，飛向星空。

她們倆在拐角上等候着丹。丹一直是盧的朋友。因為忠實？這個嘛，原來瑪麗要僱用十二個傳喚人去尋找自己的羊羔時[2]，丹恰好就在身邊。

「你不冷嗎，南希？」盧問道。「哎呀，你真傻，在那個老店鋪幹活，一週只掙八塊錢！上個星期，我掙了十八塊五角。當然，熨衣活不如站櫃枱賣飾帶那麼瀟灑，可是值得。我們熨衣工掙的錢，沒有一個少於十塊的。而且我認為也不見得比幹其他活矮一截。」

「你幹你的，」南希翹起鼻子說。「我還是幹我的八塊一週，睡在走廊上好。我喜歡跟好東西和有身份的人打交道。瞧，我的機會多好！嘿，我們一個賣手套的姑娘，前些日子，嫁給了匹茲堡的一個——鋼鐵製造商，或者是鐵匠甚麼的——反正那人有百萬身價。有一天，我也會抓住一個有錢的。我不是自誇我的長相甚麼的，不過大魚來了我會抓住不放。可是洗衣房姑娘能有甚麼機會呢？」

「哎呀，我就是在那裏碰上丹的，」盧得意地說。「他進來取禮拜天用的襯衫和領子，看見我在第一熨衣板，忙着熨衣。我們都希望在第一熨衣板幹活。那天埃拉·馬金尼斯病了，我接替了她的位置。他說先是注意到了我的胳膊，又圓又白，我剛好把袖子捲起來了。有些很好的人會到洗衣店來，他們把衣服放在公文包裏送來，突然跨進店門，你一看就知道了。」

「你怎麼穿這樣的背心呀，盧？」南希說，低眉盯着那件不討人喜歡的東西，眼瞼厚厚的眸子裏，甜甜地露出不屑。「顯得格調很低。」

「這件背心怎麼啦？」盧說，氣得瞪大了眼睛。「哎呀，我是十六塊錢買來的呢，實際上值二十五塊。一個女的拿來洗，後來就沒有取走。老闆把它賣給了我。背心上有好幾碼長的手工刺繡。你還是說自己那件難看的便服吧。」

「這件難看的便服，」南希鎮靜地說，「是照范·阿爾斯泰妮·費希爾太太的衣服仿製的。姑娘們說，去年商舖開給她的賬單是一萬二千塊。我這件是自己做的，花了一塊五角。十英尺之外，分不出真假。」

「啊，好吧，」盧耐着性子說，「要是你想挨餓，而又要擺闊，那就隨你便吧。反正我幹我的活，拿高工資。下班後，弄件花哨好看的衣服穿穿，只要買得起就是。」

正好這時候丹來了。他是個嚴肅的青年，戴着現成買來的領帶，遠離城市輕薄的惡名。丹是個電工，一週掙三十塊。他用羅密歐式的悲哀目光，打量着盧，想像她的繡花背心是一個網，蒼蠅們會樂於在裏面安營紮寨。

「我的朋友歐文先生——跟丹福思小姐握握手吧，」盧說。

「認識你很高興，丹福思小姐，」丹說着伸出手來。「我經常聽到盧說起你。」

「謝謝，」南希說，用冷冰冰的指尖碰了碰丹的手指，「我聽她提起過你——有幾次。」

盧咯咯笑了起來。

「你那種握手的樣子，是從范．阿爾斯泰妮．費希爾太太那兒學來的嗎，南思[3]？」她問。

「要是學到了，你可以放心照做，」南希說。

「呵，我可用不上，太時髦了。那種高貴的握手，是要突出鑽戒。還是等我有了幾枚戒指後再試吧。」

「先學起來再說，」南希狡猾地說，「那就更有可能弄到戒指了。」

「好吧，為了解決這場爭論，」丹說，露出輕鬆愉快的笑容，「讓我來提個建議。我沒法帶你們倆上珠寶店，買想買的東西，那就去看看小歌舞劇怎麼樣？我有票子呢。既然不能跟戴鑽石的人握手，不妨去看一下舞台上的鑽石。」

這位盡職的紳士緊貼人行道走着，盧在他旁邊，衣服亮麗，顯得有點神氣活現。南希走在內側，身材苗條，穿得像麻雀一樣素淡，但步子跟真的范．阿爾斯泰妮．費希爾一模一樣。於是，他們便出發去享受夜晚樸實的餘興了。

我並不認為，大家都把一家大百貨公司當作一個教育機構。但是南希工作的那一家，對她來說卻有幾分像。她周圍都是漂亮的東西，透出情趣和典雅。如果你生活在奢華的氛圍中，你也會變得奢華，不管是你自己出的錢，還是別人出的。

南希服務的對象，大多是女人。那些人的衣裝、風度和地位，在社交界都被奉為圭臬。她開始向她們收取買路錢——從每個人身上吸取認為最好的東西。

她會模仿和練習這個人的手勢，那個人富有表情的皺眉，還有其他人的種種姿態：走路的樣子，拿錢包的方式，微笑的神態，招呼朋友的模樣，同地位低的人說話的表情等等。從她最敬愛的榜樣，范．阿爾斯泰妮．費希爾身上，她借用了最優秀的東西，那就是低沉柔和的嗓音，它像銀鈴那麼清晰，又像鶇鳥的音調那麼完美。她置身於社交界高雅脫俗和富有教養的氛圍中，也不禁受到了感染。據說，好習慣優於好原則，那麼，好舉止也許優於好習慣。你父母的教導，也許無法使你保持新英格蘭意識，但如果你坐在一條直背椅子上，把「稜柱體和朝聖者」幾個字重複四十次，魔鬼就會從你身旁逃遁。南希用范．阿爾斯泰妮．費希爾的聲調説話時，渾身上下都感受到了「貴人行為必高尚」這句話的振奮。

在百貨公司這所大學校，還有另一種學習的機會。每當你看到三四個店員姑娘聚堆，把金屬手鐲弄得叮噹作響，給明顯輕浮的談話作伴奏時，別以為她們聚在那兒是要評論理髮師做的後腦勺髮式。她們的相聚，可能比不上審慎的男人機構那麼莊嚴，但其重要性，並不亞於夏娃和第一個女兒共商，讓亞當明白在家裏的位置那個時刻。這是一次女人的會議，目的在於共同捍衛和交換與世界抗衡的戰略理論。世界是一個舞台，男人是台下的觀眾，不住地往舞台上扔花束。在一切動物的幼崽中，最無助的是女人——她有幼崽的典雅，卻沒有其敏捷；有鳥的美麗，卻沒有其飛翔能力；有蜜蜂甜蜜的重負，卻沒有——呵，我們就別用這種明喻了，因為也許有人被蜜蜂螫過。

在這種論戰會上，她們把武器傳來傳去，交換每人為對付生活的挑戰所鑄就的策略。

「我對他説，」薩蒂説道，「你太放肆了！你把我當作誰了，這樣同我説話？你們想他怎麼回答我？」

於是，褐色的，黑色的，淡黃色的，紅色的和黃色的頭都湊在一起。答案找到了，今後，凡與共同的敵人男人交戰，決計避開鋒芒。

因此南希學會了防禦術，而對女人來說，防禦就是勝利。

百貨公司提供的課程很廣。也許沒有一所大學能如此適合她實現平生的野心——獲取婚姻的獎賞。

她售貨的位置很有利，音樂室就在旁邊，讓她可以聆聽並熟悉最優秀的作曲家的作品，至少耳熟能詳，在社交場上，這可以冒充能欣賞音樂。南希雖然心裏有些朦朧，實際上卻躍躍欲試，渴望涉足這樣的社交界。那些商品給了她潛移默化的影響，藝術器皿呀，昂貴而精美的織品呀，還有對女人來說幾乎就等於文化的裝飾品。

其他姑娘很快就明白了南希的野心。「南希，你的百萬富翁來了，」只要走近櫃枱的人像是這樣的角色，他們都會叫喚她。男人有這樣的習慣，女人購物時，他們會到處轉悠，踱到手帕櫃枱，蕩到麻紗布廣場。南希假冒的高貴派頭，以及實實在在的美貌，是她的魅力所在。於是不少男人來到她面前，展示自己的風度。其中有些也許真是百萬富翁，其餘的當然不過是鸚鵡學舌之徒。南希知道如何鑑別。手帕櫃枱的盡頭有一扇窗子，她看得見下面大街上等候購物者的一排排汽車。她打量着，發覺汽車跟其主人一樣有所不同。一次，一個迷人的男子買了四打手帕，隔着櫃枱，拿出國王科菲帖的派頭，向她示愛。他走後，一個姑娘說：

「怎麼啦，南希，你怎麼沒有跟他熱絡起來？我看他不錯，是個很有身份的傢伙。」

「他？」南希說，微微一笑，那是范．阿爾斯泰妮．費希爾式的笑，極冷淡、極甜蜜，也最不帶感情。「跟我不對路。我看到他把車停在外面。引擎是十二匹的，司機還是個愛爾蘭人呢！你看到了，他買的是甚麼手帕呀——絲手帕！腳上還長了跗骨。對不起，寧缺毋濫。」

領班和出納是百貨公司裏最「典雅」的女人中的兩個，她們有幾位「大款紳士朋友」，平日裏偶爾在一起吃飯。有一次，他們也邀請了南希。飯局設在一家富麗堂皇的餐館。除夕夜的餐桌，這裏提前一年就預訂完了。到場的兩個「紳士」朋友，一個已經全禿，因為富裕的生活不長頭髮，我們可以證實。另一個年紀很輕，有兩方面足以證明他的財富和老辣，一是他賭咒說，凡酒都有瓶塞的味道；二是他戴的是鑽石袖口鏈。年輕人在南希身上發現了不可抗拒的魅力。他同店員姑娘們氣味相投。而這一位，既有自己階層不加掩飾的魅力，又有上流社會的腔調和舉止。於是，第二天，他到了百貨公司，拿着一盒子鑲了褶邊，經過草葉漂白的愛爾蘭內衣，一本正經地向南希求婚，被她拒絕了。這一切，並沒有逃過十英尺開外，一個梳高捲式髮型的褐色皮膚女人的耳目。那個被拒的求婚者一走，她就把南希夾頭夾腦痛罵了一頓，並且還嚇唬了她。

「你這個討厭的小傻瓜！那傢伙是個百萬富翁，是老范．斯基特爾的親侄子。而且他説話也誠懇。你瘋了嗎，南思？」

「我瘋了？」南希説。「我沒有要他，是嗎？無論怎麼説，他不是一個一眼就可以看出來的百萬富翁。他家裏一年只許他花二萬塊錢，為了這事，那晚的餐桌上，那個禿頂傢伙還嘲笑了他呢。」

高捲式走近她，瞇起了眼睛。

「哎呀，你需要甚麼呢？」她問道，因為沒有吃口香糖，聲音有點沙啞。「那還不夠嗎？你難道要做一個摩門教徒，嫁給洛克菲勒、格拉德斯通．道和西班牙國王這幫人嗎？二萬塊一年，你還不稱心？」

那雙淺薄的黑眼睛直視着南希，南希不覺紅了臉。

「倒不完全是為了錢，嘉莉，」她解釋說。「幾天前的一個晚上，他的朋友和他一起吃飯，談起一個姑娘，他說沒有同她一起去看過戲，他完全在說謊。哎呀，說謊的人我可受不了。說到底，我不喜歡他，就那麼回事。我要把自己賣出去的話，也不會選大拍賣的日子。說甚麼我也得弄到一個有人樣的。不錯，我是在尋找獵物，但我要找一個有點作為的人，而不是像儲蓄罐一樣，能發出點聲音的東西。」

「到病理生理病房去找你要的吧！」高捲式說着走掉了。

南希繼續以每週八塊的收入，培育着這些崇高的想法，如果說不上是理想。她露宿在荒野小徑，那些未知的大「獵物」出沒的地方，吃着乾麵包，一天天縮緊皮帶。臉上依稀透出一個天生的男獵手的微笑，英俊、甜蜜而又陰冷。百貨公司就是她的森林。她多次舉槍，瞄準獵物，那獵物似乎長着大大的鹿角，個頭很大。但是，內心深處獵手的，或者女人的可靠本能，使她引而不發，繼續徘徊於野徑。

盧在洗衣房裏倒發了。她從每週十八塊五角中拿出六塊付膳宿。剩下的主要用來買衣服。跟南希相比，她沒有甚麼機會改變自己的格調和風度。在蒸氣瀰漫的洗衣房，除了幹活，還是幹活，剩下就是腦子裏轉一轉晚間的娛樂。她熨過很多昂貴華麗的織物，於是，通過手頭的金屬，一種對服飾的愛好漸漸地傳導到了她心坎裏。

下班時，丹在外面等她。不管她在何種燈光映照下，丹永遠是她忠實的影子。盧的衣着，在格調上沒有甚麼變化，卻越來越顯眼了，有時候，丹會投去誠實而困惑的目光。可這並不是背叛，而是對衣着所引來的路人的目光感到不屑。

盧對自己的男朋友也一樣忠心耿耿。不管他倆去哪兒外出活動，南希一定同往，這是鐵定的規律。丹熱心而愉快地承受着額外的負擔。也許可以這樣說，盧提供的是色彩；南希貢獻的是風度；丹承受的是找樂三人幫的負擔。這位陪伴，穿着整潔卻明顯現成的西裝，戴着一樣現成的領帶，永遠有着親切、平庸的智慧，從不大驚小怪，也不跟人發生衝撞。他是那種好人，在場時你可能會忘記，走掉後，卻會清晰地記起來。

對情調高雅的南希來說，這種老一套的娛樂，滋味有點苦澀。但她很年輕，年輕人很貪吃，卻不可能是美食家。

「丹一直要我馬上同他結婚，」一次盧告訴她說。「可是我幹嗎要這樣？我是獨立的，自己賺的錢，想怎麼花就怎麼花。他不會同意我結婚後繼續工作。哎呀，南思，你死守住那個老店，餓着肚皮，想着穿戴，何必呢？你要是肯來的話，我現在就可以在洗衣房給你找個活兒。我覺得，要是你賺的錢比現在多得多，你也就不必那麼高傲了。」

「我想我並不高傲，盧，」南希說，「不過我寧願靠一半的定量生活，而且一直這麼下去，我已經養成了這樣的習慣。我要的是機會，並不想永遠站櫃枱。我每天都在學新東西。我向來反對富人雅士，即使明明是在服侍他們。我不會錯過見到的任何線索。」

「逮住了你的百萬富翁了嗎？」盧問，笑着戲弄她。

「還沒有選中呢，」南希回答。「這會兒到處在找。」

「天哪！還想着要東挑西挑！可別讓他從你身旁溜走，南思——即使他就缺那麼幾塊錢。不過，當然你在開玩笑——百萬富翁可不會考慮我們這樣的打工妹。」

「要是考慮的話，也許對他們倒有好處，」南希冷靜而機智地說，「我們某些人可以教他們怎麼把錢保管好。」

「假如有一個真的跟我說話，」盧大笑，「我明白我會害怕的。」

「那是因為這樣的人你一個也不認識。大款和其他人的區別，存在於你的仔細觀察之中。你那件絲綢紅襯裏配你的外套，你不覺得太鮮艷了點嗎，盧？」

盧看着朋友那件素淨而沒有光澤的橄欖色上衣。

「啊，不，我並不這麼想。不過嘛，放在你那件好像褪了色的東西旁邊，可能會是這樣。」

「這件上衣的款式，」南希得意洋洋地説，「同范·阿爾斯泰妮·費希爾太太那天穿的衣服一模一樣。我花了三塊九角八分買布料，而她的，我估計還要再花一百塊。」

「啊，行呀，」盧輕描淡寫地説，「我覺得這成不了百萬富翁誘餌。要是我比你先逮住一位，可別大驚小怪呀。」

説真的，這需要一個哲學家來判定兩個朋友所持理論的價值。盧待在吵鬧悶熱的洗衣房，拿着熨斗乒呀乓呀幹得很歡，卻缺少某種自豪和講究，正是這種氣質讓姑娘們忠於櫃枱前的職守，過最儉樸的生活也在所不惜。盧的工資足以過小康生活，她的衣着也因此而得益。她終於有時候不耐煩地側眼去看丹，看他整潔卻不雅的衣服。丹一直是個忠貞不渝、堅定不移的人。

至於南希，她的情況跟成千上萬的其他人差不多。絲綢、寶石、飾邊、飾品，以及出身好情調高的上流社會所享用的香水和音樂，都是為女人而造的，也是女人該得的公平合理的份額。要是她樂意，而這些又是她生活的一部份，那就讓她接近這些東西吧。她不像以掃[4]，因為她並沒有背叛自己。她保持着與生俱來的權利，賺得的食品也總是少得可憐。

這就是南希所處的氛圍。她在這樣的氛圍中成長，吃着儉省的飯，謀劃着廉價的衣服，心裏既堅決又滿足。她已經了解女人了，還正在研究男人，這頭動物的習性和適應性。有一天，她會擊落需要的獵物，但她承諾，這該是最大最好的獵物，小一點都不行。

於是，她不斷地剪着燈芯，讓燈燃得亮亮的，在新郎出現的時候好接納他。

然而，她吸取了另一個教訓，也許是不知不覺地。她的價值標準開始改變。有時，她心目中美元的符號漸漸變得模糊，轉換成了另外的字母，拼出了諸如「真誠」、「名譽」以及間或「善良」等詞彙。讓我們來做一個類比，譬如有一個人，在大森林裏捕獵麋，或者駝鹿，不意看到了一片小小的林中谷地，長滿苔蘚，濃蔭蔽日，一條小溪流淌着，潺潺有聲，於他，這是一種悠閒和舒適。在這樣的時刻，獵人的矛就變鈍了。

因此，南希覺得納悶，有時波斯的羊羔是不是被牠們所喜愛的人按市場價值報價的。

一個星期四的晚上，南希離開商店，拐了個彎，穿過第六大道向西朝洗衣房走去。她準備跟盧和丹一起去看一個音樂喜劇。

她到時丹剛好從洗衣房裏出來，臉上露出怪怪的緊張表情。

「我是想過來一下，看看有沒有她的消息，」他說。

「誰的消息？」南希問。「盧不在嗎？」

「我以為你知道了呢，」丹說。「打從星期一以來，她既不在這兒，也不在住的地方。她把所有的東西都從那兒搬走了。她告訴洗衣房的一個姑娘，可能要到歐洲去。」

「沒有誰在哪兒看到過她嗎？」南希問。

丹瞧着她，下巴咬得緊緊的，從容的灰色眸子裏閃出堅毅的光芒。

「洗衣房的人告訴我，」他嚴厲地說，「他們看見她坐在一輛汽車裏路過。我想是跟一個百萬富翁，就是你和盧永遠在算計着的那種人。」

南希第一次在一個男人面前顫抖了。她把微微發抖的手擱在丹的袖子上。

「你沒有權利對我説這樣的話，丹，好像這事跟我有關係似的。」

「我沒有那個意思，」丹説着，口氣緩和了下來。他在背心口袋裏摸了起來。

「我有今晚演出的票子，」他說，輕鬆地獻起殷勤來。「要是你——」

南希一見勇氣就會羨慕。

「我同你一起去，丹，」她說。

三個月後南希才又見到盧。

一天黃昏，這位店員姑娘貼着一個幽靜的小公園匆匆趕回家去。她聽見有人叫她的名字，轉過身來，正好盧撞進她懷裏。

第一陣擁抱以後，她們像毒蛇一樣抽回頭來，準備攻擊，或是迷惑人，上千個問題在她們敏捷的舌頭上打轉。隨後，南希注意到盧已經發跡，顯示在昂貴的毛皮衣服上，閃光的寶石上，以及裁縫手藝的創意上。

「你這個小傻瓜！」盧大聲而動情地叫道。「我看你還在商店裏幹活，跟以前一樣寒酸吧。你要捕捉的大獵物怎麼樣啦——沒有甚麼進展，是吧？」

隨後，盧打量了一下，看見一種比發跡更好的東西出現在南希身上——在她的眼睛裏比寶石還閃亮，在她的臉頰上比玫瑰還要紅，像電光一樣閃動着，急於從她的舌端放射出來。

「是呀，我還在商店裏，」南希說，「不過下週我就要離開了。我已經捕到了獵物——世界上最大的獵物。你現在不在乎了吧，是不是，盧？我要跟丹結婚了，現在，他是我的丹了，啊呀，盧！」

公園的角落，一批臉蛋光光的年輕警察在轉悠，他們使這支力量更耐用，至少表面看來是這樣。他看到一個穿着昂貴毛皮大衣，手上戴着鑽石戒指的女人，靠着公園的鐵欄杆蹲着，使勁在抽噎，而一個穿着樸實、身材苗條的打工妹緊緊依偎着她，竭力在安慰。但是這個吉布森[5]畫筆下的警察，是個新手，所以便走了開去，裝作沒有看見。他很明智，知道他所代表的武力，對這類事情是無能為力的。不過，他還是在人行道上把警棍敲得震天價響。

註釋：

[1] 加布里埃爾（Gabriel），基督教和伊斯蘭教中的天使，掌管着雷電。

[2] 出自《聖經》。

[3] 南希的愛稱。

[4] 以掃（Esau），《聖經》故事人物，他將長子名分賣給其孿生兄弟雅各。

[5] 吉布森（Charles Dana Gibson, 1867-1944），美國插圖畫家。

帶水輪的教堂

在避暑勝地的目錄上，找不到「湖地」這地方。它位於坎伯蘭山脈低矮的山嘴，克林奇河的一條小小支流上。湖地本身是一個自給自足的村莊，坐落在一條荒僻的窄軌鐵路線上，一共二十四戶人家。你不由得納悶，是鐵路迷失在松林，驚懼和孤獨中開進了湖區呢，還是湖地迷了路，蜷縮在鐵路上，等待車輛把它帶回家去。

你還會覺得納悶，為甚麼會叫做「湖地」，因為這裏既沒有湖，又是塊不毛之地，不值得一提。

離村子半英里的地方，有個「雄鷹山莊」。那是一座古老寬敞的大廈，由喬賽亞·蘭金經營着，為嚮往山間空氣的遊客提供實惠的住宿。雄鷹山莊管理不善，卻討人喜歡。裝修很古老，沒有現代設備。而且就像你自己的家那樣，乏人照管，倒很舒服；亂七八糟，卻依舊讓你稱心。這裏有乾淨的房間，上好而豐富的食品。餘下的，得靠你自己，以及松林提供的方便了。大自然賜予了礦泉、葡萄、鞦韆、槌球——甚至連槌球的拱門也是木質的。至於娛樂，那就多虧一週兩次的舞會了，在小提琴和吉他伴奏下，在鏽蝕的涼亭裏舉行。

光顧雄鷹山莊的，是那些把娛樂當作需要和享受的人。他們都是些大忙人，像時鐘一樣，需要花兩週上緊發條，確保整年都轉個不停。在那兒還能見到些學生，來自地勢較低的城鎮。偶爾也有藝術家，或是地質學家，醉心於闡釋山上古老的地層。一些喜歡清靜的家庭，也上那兒度假。此外，還常有耐心的婦女會一兩個疲憊的會員，「湖地」一帶管那個機構叫「古板女人協會」。

雄鷹山莊倘要發行一個目錄，就會在目錄裏向客人描繪一個「有趣的地方」，那裏離山莊四分之一英里。這是一座很老很老的磨坊，卻已不再當磨坊使用。按喬賽亞·蘭金的說法，「嗨！這是美國僅有一座帶水輪的教堂，也是嗨！世界上唯一有長椅和風琴的磨坊。」每逢週日，雄鷹山莊的遊客都上古老的磨坊教堂做禮拜，聆聽牧師把淨化的基督徒比作精選的麵粉，在閱歷和苦難的磨石上碾成有用之材。

每年初秋，一個叫艾布拉姆·斯特朗的會上雄鷹山莊來，一度成為那裏的貴客。在「湖地」，人稱「艾布拉姆神父」，因為他的頭髮那麼白，面容那麼堅毅、善良、紅潤，笑聲那麼愉快，而黑色的衣服和寬大的帽子，又使他外表上活像牧師。就是新來乍到的客人，處上兩三天，也用那熟悉的稱呼了。

艾布拉姆神父遠道來到湖地。他住在西北部一個喧鬧的大城鎮，家有磨坊，不是有長櫈和風琴的小磨坊，而是那種山一樣的大磨坊，十分難看，貨車像螞蟻圍着蟻塚一樣，成天圍着它爬行。此刻，我得向你訴説艾布拉姆神父和磨坊（也就是教堂）的故事，因為兩者是不可分割的。

當教堂還是磨坊的日子，斯特朗先生是磨坊主。天地間沒有比他更愉快、更灰頭土臉、更忙碌、更幸福的磨坊主了。他住在與磨坊一路之隔的小屋裏，手頭的事兒很多，活卻很輕。山區的人吃力地翻過岩石嶙峋的山路，把穀物帶給他。

磨坊主生活中的快樂，都來自小女兒阿格拉伊亞[1]。給一個蹣跚學步的黃毛丫頭取這樣的名字，確實是夠大膽的。可是山區人喜歡響亮莊重的名字。孩子的母親在一本書裏偶然看到了這個名字，於是便一錘定音，給她取上了。在孩提時代，女孩根據字面意義，拒不接受這個名字，堅持叫自己「杜姆斯」。磨坊主和妻子，想從孩子的嘴裏套出這個神秘名字的來歷，卻沒有結果。最後，他們終於能自圓其説了。原來，屋子後面的小花園裏有一排杜鵑，孩子對此情有獨鍾。也許她發現「杜姆斯」同她喜歡的那個響當當的花名，有着密切的聯繫。

阿格拉伊亞到了四歲，就和爸爸在磨坊作一番小小的表演，每天下午都如此，只要天氣好，從來不間斷。她媽媽做好晚飯，會梳好頭，圍上乾淨的圍裙，派她穿過路到磨坊去接爸爸回來。磨坊主見她進門，便顧不得渾身雪白的粉塵，走上前去，一面揮手，一面唱起那一帶流傳的老磨坊主之歌來，歌詞大致如下：

輪子轉動着，
穀物碾磨着，
滿身粉塵的磨坊主很愉快。
他整天唱着，
工作就是遊玩，
因為他思念着自己的乖乖。

接着，阿格拉伊亞會笑着向他跑去，一面叫道：「爹爹，來，把杜姆斯帶回家去。」磨坊主會一下子把她拎起來盪到肩上，大步走回家吃晚飯，一面唱着磨坊主之歌。每天晚上都是如此。

一天，過了四歲生日後才一週，阿格拉伊亞失蹤了。最後看到她的時候，她在小屋前面的路邊採野花。一會兒後，她媽媽怕她溜得太遠，出去看看，但這時她已經不見了。

當然，他們想盡了一切辦法找她。鄰居們聚在一起，搜索了一英里範圍內的森林和山巒，打撈了磨坊的每英寸溝渠，以及水壩下溪流的一長段，卻沒有發現她的一絲蹤跡。此前的一兩個晚上，有一家子流浪者在附近樹叢中紮營，因此便猜想孩子被他們拐走了。可是堵住了他們的馬車一查，並不見阿格拉伊亞。

磨坊主尋尋覓覓，在磨坊又待了近兩年，才死了這條心。他和妻子遷移到了西北部。不到幾年，他在那個地區重要的磨粉城市，成了一家現代磨坊的業主。斯特朗夫人卻因女兒的失蹤而一蹶不振。搬到那兒兩年後，便撇下磨坊主讓他獨自承受失女的悲哀了。

艾布拉姆．斯特朗發跡以後重訪了湖地和老磨坊。對他來説，此情此景是夠傷心的。但他很堅強，總是顯得高高興興，和藹可親。就在那時候，他靈機一動要把磨坊改成教堂，因為湖地人太窮，造不起教堂；山區的人更窮，無力相助。結果，近二十英里內沒有表達信仰的地方。

磨坊主盡量不改動磨坊的外觀。那個大水輪依舊留在原位。到教堂來的年輕人，常把他們姓名的縮寫，刻在漸漸腐朽的軟質木料上。水壩已部份被毀，清澈的山溪毫無阻攔地流下岩石河床，泛起了漣漪。磨坊裏面變化更大。轆桿、磨石、皮帶和滑輪自然都已拆除。室內放了兩排長櫈，中間留出一條過道，末端有一個高起的小平台和講壇。頭頂的三面是樓座，走內樓梯可達。樓座內還有一架風琴——真正的管風琴，那是老磨坊教堂教民們的驕傲。菲比．薩默斯小姐是風琴師。每星期做禮拜的時候，湖地的孩子們自豪地輪流替她鼓風。班布里奇先生是這裏的牧師，他騎着一匹老白馬，從松鼠谷過來佈道，從不缺席。這裏的一切費用，由艾布拉姆．斯特朗先生支付。他付給牧師五百塊一年，菲比小姐二百塊。

結果，為了紀念阿格拉伊亞，這個老磨坊變成了她居住過的社區的福音。這孩子短暫的生命，似乎比不少人七十年帶來的好處還多。不過，艾布拉姆．斯特朗為她建造了另一座紀念碑。

他西北部的磨坊出產了一種「阿格拉伊亞」牌麵粉，是用迄今所能生產的最堅實、最優良的小麥製造的。國內很快就發現，「阿格拉伊亞」牌麵粉有兩種價格。一種是市場最高價，而另一種是分文不取。

一旦人們因為災害而陷入赤貧，譬如火災、水災、颶風、罷工或者飢餓，「阿格拉伊亞」牌麵粉就會慷慨地緊急調運過來，不取分文。分發的時候小心謹慎，但都是免費贈送，飢餓者一分錢都付不起。那兒流行着這樣的說法，一個城市的貧民區一旦發生嚴重火災，第一個到達現場的是火警隊長的車子，接着是「阿格拉伊亞」牌麵粉派送車，然後才是救火車。

這就是艾布拉姆．斯特朗為阿格拉伊亞建立的另一座紀念碑。也許對詩人來說，這樣的立意過於功利，不太美。可是對有些人來說，這樣的想像似乎也很美妙：純粹、雪白、聖潔的麵粉，肩負着愛和慈善的使命而飛翔，這也許可比作所要紀念的失蹤孩子的靈魂。

有一年，坎伯蘭地區遇上了荒年。到處穀子歉收，當地也毫無收成。山洪毀壞了財產。甚至林中的獵物也很稀少，獵人們沒有多少可以帶回去養家活命。湖地周圍災情特別嚴重。

艾布拉姆．斯特朗一聽到這消息，便立即傳出救援口信，窄軌鐵路車輛也開始在那裏卸下「阿格拉伊亞」牌麵粉。磨坊主吩咐，把麵粉存放在老磨坊教堂的樓座上，每個上教堂的人可以帶一袋麵粉回家。

兩週以後，艾布拉姆．斯特朗來到雄鷹山莊，開始了他一年一度的訪問，並再次成了「艾布拉姆神父」。

那時節，雄鷹山莊的客人比往常要少，其中一位叫羅斯．切斯特。切斯特小姐來自亞特蘭大，在一家百貨公司供職，生來第一次外出度假。公司經理太太曾在雄鷹山莊消夏。她喜歡羅斯，勸她上那兒度過三週的假期，還寫了封親筆信，讓她帶給蘭金太太。蘭金太太親自悉心接待了她。

切斯特小姐身體不大結實。她二十歲左右，因為長年足不出戶，臉色蒼白，身子嬌弱。可是在湖地過了一週，便容光煥發，精神十足，完全變了個樣子。那正是九月初頭，坎伯蘭最美的季節。山上的樹葉，轉為絢爛多彩的秋色，空氣醇如香檳，夜間涼意宜人，讓你光想鑽進雄鷹山莊舒適溫暖的毯子裏。

艾布拉姆神父和切斯特小姐成了好朋友。老磨坊主從蘭金太太那兒知道了她的情況，很快對這位纖弱孤獨，在世途中掙扎的姑娘感興趣了。

切斯特小姐覺得山鄉很新鮮。多年來，她一直住在亞特蘭大平坦暖和的城鎮，一見坎伯蘭那麼多姿多彩，很是高興，決意好好享受逗留在這兒的每分每秒。她量入為出地過着日子，回家時還剩多少錢，掐算得準確到幾分。

切斯特小姐很幸運，結識了艾布拉姆神父這樣的朋友和夥伴。他熟悉湖地一帶山間的所有道路、山峰和斜坡。通過他，她體驗到了松樹林裏崎嶇的林蔭小道給人肅穆的愉悦，光禿禿巉岩的崢嶸，早晨的明淨滋潤，夢幻般金色下午的神秘悽切。她的健康有所改善，心情也輕鬆多了。她的笑聲親切熱忱，很像艾布拉姆神父出名的笑聲，不過女性化罷了。兩人都是天生的樂觀主義者，明白如何平靜愉快地面對世界。

一天，切斯特小姐從一個遊客那兒得知艾布拉姆神父丟失孩子的事情。她趕緊走開，去找艾布拉姆神父，發現他坐在礦泉邊他愛坐的粗糙長櫈上。這位小朋友握住他的手，滿含熱淚地看着他時，磨坊主驚訝不已。

「啊，艾布拉姆神父，」她説。「真對不起，我今天才知道你小女兒的事情。總有一天你會找到她的——啊，但願你能找到她。」

磨坊主低頭看着她，臉上浮着堅毅自然的笑容。

「謝謝你，羅斯小姐，」他説，依舊是往常那種愉快的口氣。「但是，我不存在找到阿格拉伊亞的希望了。開始幾年，我以為她是被流浪漢偷走了，還活着。但現在，我失望了。我想她是淹死的。」

「我知道，」切斯特小姐說，「這樣的懷疑讓你多麼難受。而你依然那麼愉快，隨時都想着減輕別人的負擔。多好的艾布拉姆神父！」

「多好的羅斯小姐！」磨坊主微笑着順着她的話說。「還有誰比你更為別人着想呢？」

切斯特小姐忽然心血來潮。

「呵，艾布拉姆神父，」她大叫道，「要是能證明我是你女兒該多好！那樣不就富有傳奇色彩了？你願意我做你女兒嗎？」

「說真的，我很願意，」磨坊主誠懇地說。「阿格拉伊亞真要是還活着，我只希望她出落成像你一樣的小女人。也許你就是阿格拉伊亞，」他順着打趣的心境說下去，「你還能記得我們住在磨坊時的日子嗎？」

切斯特小姐立刻陷入了嚴肅的沉思，一雙大眼睛迷茫地凝視着遠處甚麼東西。她那麼忽地嚴肅起來，艾布拉姆神父覺得很有趣。她如此坐了好久才開始說話。

「不，」她終於說，長長地嘆了口氣，「你說的磨坊，我甚麼都記不得了。我想，見了那個有趣的小教堂，我才第一次看到磨麵粉的磨坊。如果我是你的小女兒，我總該還記得，是不是？真遺憾，艾布拉姆神父。」

「我也一樣遺憾，」艾布拉姆神父哄她說，「要是你不記得是我的小女兒了，羅斯小姐，你總還記得是其他人的女兒。當然，你記得自己的父母。」

「呵，是的，我記得很清楚——尤其我父親。他一點都不像你，艾布拉姆神父。啊，我不過是假定而已。來吧，你休息得夠久了。你答應過我，下午去看鱒魚戲水的池塘。我還從來沒見過鱒魚呢？」

一天午後，艾布拉姆神父獨自朝老磨坊走去。他常常上那兒坐着，思念往昔住在路對面小屋裏的日子。時光撫慰了他的哀傷，讓他不再為那段記憶感到痛苦。不過，九月陰沉的下午，艾布拉姆．斯特朗一坐上老地方，就是「杜姆斯」頭上飄着黃色的鬈髮，每天奔跑着進來的地方，湖地人在他臉上常見的笑容便消失了。

磨坊主緩步走上彎曲陡峭的路。這裏的樹木很茂密，一直長到了路邊。他在樹蔭下走着，手裏拿了帽子。右側，松鼠在舊柵欄上嬉戲。麥茬兒上，鵪鶉在叫喚幼崽。低沉的太陽，給朝西的溝壑送去一縷淡黃色的光。九月初頭！——離阿格拉伊亞失蹤週年的日子只有幾天了。

老朽的水輪上佈滿了山藤，暖和的陽光透過樹木，斑斑駁駁地落在水輪上。路對面的小屋還在，但下一個冬天的山風一來，肯定就會倒塌。早晨的陽光和野葫蘆的藤蔓覆蓋着小屋，屋子的門掛在一個僅剩的鉸鏈上。

艾布拉姆神父推開磨坊的門，輕手輕腳地走了進去。隨後，立定了，一時感到驚疑，只聽見裏面有人，哭得很傷心。他瞧了瞧，看見切斯特小姐坐在一條灰暗的長椅上，低頭在看攤在手上的一封信。

艾布拉姆神父走近她，把一隻壯實的手穩穩地搭在她肩上。她抬起頭來，輕輕地叫了一下他的名字，還想往下說。

「別說了，羅斯小姐，」磨坊主慈祥地說。「別開口說話了。你覺得傷心的時候，沒有比這麼安靜地哭泣一通更好了。」

這位老磨坊主飽經憂患，所以似乎懂得一種魔法，能驅除別人的憂愁。切斯特小姐平靜了些，立刻取出帶樸實鑲邊的小手帕，揩去一兩滴已經落在艾布拉姆神父大手上的眼淚。然後她抬起頭來，眼淚汪汪地微笑着。切斯特小姐常常眼淚未乾就會笑起來，就像艾布拉姆神父會笑對自己的哀傷。兩人在這方面很像。

磨坊主沒有發問。但慢慢地，切斯特小姐開始向他訴說了。

這是一個老掉牙的故事，對年輕人來說，似乎總是那麼重大；對上了年紀的人呢，也會帶來懷舊的微笑。不難想像，愛情是主題。亞特蘭大有個年輕人，人品好，有魅力。他發現，切斯特小姐有着同樣的品質，勝過亞特蘭大或是從格陵蘭島到巴塔哥尼亞高原之間的任何人。切斯特小姐把這封她為之哭泣的信交給艾布拉姆神父。信寫得溫柔而富有男子氣，有點誇張和急迫，是那種人品好、有魅力的年輕人寫的情書的風格。他懇求與切斯特小姐立即成婚。他說，自從她外出三個星期以來，生活已經無法忍受。他懇求她立即答覆。要是首肯，他會不顧窄軌鐵路的不便，立刻飛往湖地。

「那麼問題在哪兒呢？」磨坊主看了信後問道。

「我無法嫁給他，」切斯特小姐說。

「你想嫁給他嗎？」艾布拉姆神父問。

「啊，我愛他，」她回答，「不過——」她低下頭，又開始哭起來。

「好吧，羅斯小姐，」磨坊主說。「你可以對我說實話，我不問你，但我想你可以相信我。」

「我完全信得過你，」姑娘說。「我可以告訴你為甚麼要拒絕拉爾夫。我甚麼也不是，連個名字也沒有，現在的名字是我杜撰的。拉爾夫是個貴族。我全身心愛他，但不能成為他的人。」

「這是甚麼話？」艾布拉姆神父說。「你說你記得父母親。可是為甚麼又說沒有名字？我不明白。」

「我是記得他們，」切斯特小姐說。「我記得清清楚楚。我最初的記憶是，我們生活在很靠南部的一個地方。我們搬遷了好多次，去過不同的州和城鎮。我撿過棉花，在工廠裏幹過活，常常吃不飽穿不暖。我母親有時待我不錯，我父親卻總是虐待我，打我。我想他們都游手好閒，居無定所。」

「一天晚上，我們住在一個小鎮上，靠近亞特蘭大的一條河邊，我父母大吵了一場。他們彼此謾罵奚落的時候，我才知道——啊，艾布拉姆神父，我知道我連——你明白嗎？我連個名字都不配，我甚麼都不是。」

「那天晚上我逃跑了。我一路走到亞特蘭大，找到了工作，還給自己取了個名字，叫羅斯．切斯特，從此以後，就自謀生路了。現在你明白為甚麼我不能嫁給拉爾夫了——而且，永遠不能告訴他為甚麼。」

艾布拉姆神父沒有把她的苦惱當作一回事，這比同情更好，比憐憫更有幫助。

「啊，我的天哪！就是這麼點事兒嗎？」他說。「去，去，我還以為甚麼事情堵着呢。假如這個才貌雙全的年輕人真是個男子漢，他會毫不在乎你的門第。親愛的羅斯小姐，請相信我的話，他看中的是你自己。把你同我說的話老實告訴他，我可以保證，他會一笑置之，而且更在乎你。」

「我永遠不會告訴他，」切斯特小姐傷心地說。「我也永遠不會嫁給他，也不會嫁給別人。我沒有這樣的權利。」

就在這時候，他們看到一個高高的人影突然出現在佈滿陽光的路上，隨後旁邊又多了個矮一點的人影。這兩個奇怪的人迅即朝教堂走去。那個高的是風琴師菲比．薩默斯小姐，上教堂去彈奏；那個矮的是十二歲的湯米．蒂格，今天輪到他給菲比小姐的風琴鼓風。他赤裸的腳趾自豪地揚起路上的灰塵。

菲比小姐穿着丁香花圖案的印度花布裙子，梳着精緻的小鬈髮，懸掛在兩耳上。她向艾布拉姆神父行了一個低低的屈膝禮，對切斯特小姐禮節性地抖了抖鬈髮。隨後，她和助手爬上陡陡的樓梯，朝風琴廂房走去。

樓底下，陰影越來越濃重。艾布拉姆神父和切斯特小姐仍在那兒磨蹭，沒有說話。他們可能都忙着回憶過去。切斯特小姐坐着，頭靠在手上，兩眼凝視着遠處。艾布拉姆神父站在第二排長椅邊，若有所思地看着門外的路和傾塌的小屋。

突然間，他又回到了近二十年前的情景。因為湯米正給風琴鼓風，菲比小姐揿下一個低音鍵，按住不動，測試着風量。艾布拉姆神父覺得，教堂不存在了。深邃低沉的震動，搖撼着木板房，不再是來自風琴的音符，卻成了磨坊機械的轟鳴聲。他確實感到，古老的水輪在轉動，自己又回來了，成了山間老磨坊裏滿身粉塵、快快樂樂的磨坊主。此刻，黃昏已來臨。馬上，阿格拉伊亞會興奮異常，搖搖晃晃穿過路，來叫他回家吃晚飯。艾布拉姆神父的目光凝聚在小屋破敗的門上。

隨後又出現了另一個奇怪現象。頭頂的小樓上，一袋袋麵粉壘成了幾長排。也許，裏面鑽着一隻老鼠。反正，風琴低沉的音符震落了一股細流似的麵粉，從小樓地板的縫隙間落下，把個艾布拉姆神父弄得從頭到腳全是白色的粉塵。接着，老磨坊主走進過道，揮動胳膊，開始唱起磨坊主之歌來：

輪子轉動着，
穀物碾磨着，
滿身粉塵的磨坊主很愉快。

奇蹟繼續上演着。切斯特小姐在長椅上往前探着身子，臉色似麵粉般蒼白，眼睛睜得大大的，像做白日夢一樣，盯着艾布拉姆神父。磨坊主一開唱，切斯特小姐便向他張開雙臂，嘴唇蠕動着，聲氣朦朧地對他說：「爹爹，來，帶杜姆斯回家！」

菲比小姐鬆開了風琴的低音鍵。但是，她已經大功告成。她彈奏的音符打開了封閉記憶的大門。艾布拉姆神父把丟失了的阿格拉伊亞緊緊地摟在懷裏。

你若上湖地遊覽，他們會告訴你這個故事的更多細節。他們會告訴你，後來如何根據線索追尋，弄清了磨坊主女兒落難的經過，也就是九月的一天，吉卜賽流浪者見孩子長得漂亮，便將她偷走後的情況。不過你得等到自己上了雄鷹山莊，舒舒服服坐在庇蔭的走廊上，才能悠閒地聆聽這個故事。我們不妨趁菲比小姐彈出的深沉低音還在柔和地迴盪，就結束我們的使命吧。

但我認為，最動人的一幕還是艾布拉姆神父和他的女兒在長長的黃昏，朝雄鷹山莊走去，幾乎高興得說不出話來的時候。

「爸爸，」她說，有些膽怯和遲疑，「你有很多錢嗎？」

「很多？」磨坊主問。「嗯，看你怎麼講。錢倒是不少，只要你不買月亮，或者同月亮一樣貴的東西。」

「打個電報到亞特蘭大要花很多很多錢嗎？」阿格拉伊亞問。她平時總是細算着花錢的。

「呵，」艾布拉姆神父輕輕地嘆了口氣説，「我明白了，你想叫拉爾夫過來。」

阿格拉伊亞抬頭看他，溫柔地一笑。

「我要叫他等一等，」她說，「我剛找到了父親，就想父女倆先待一會兒，告訴他得等一等。」

註釋：

[1] 阿格拉伊亞（Aglaia），希臘女神，意為「燦爛」。

一個忙碌經紀人的羅曼史

皮徹供職於經紀人哈維．馬克斯韋爾的辦公室，是他的心腹。九點半，馬克斯韋爾老闆和年輕的女速記員輕快地走進門，皮徹平常毫無表情的臉上，露出頗感興趣和驚奇的神色。馬克斯韋爾爽朗地說了聲「早安，皮徹」，便衝向辦公桌，彷彿要騰空越過，一頭扎進等待着的成堆信件和電報。

那年輕女子是馬克斯韋爾的速記員，已經幹了一年。她長得很漂亮，漂亮得絕不像速記員。她不趕時髦，不穿撩人的低領口緊身胸衣，也不戴項鏈和手鐲，不掛金小匣。她不裝模作樣，做出接受邀請去吃午飯的樣子。身上穿的是樸實的灰色套裙，非常合身，也很審慎。戴的是黑色的無邊帽，十分整潔，裝飾着金剛鸚鵡金綠色的翅膀。今天早上，她滿面紅光，既溫柔又羞澀，眼睛夢幻般明亮，雙頰透出純粹的紫粉紅色，表情是幸福中摻雜着回憶。

皮徹仍覺得有些好奇，發現她早上的舉止有點不同。她沒有徑直往毗連的房間，自己的辦公桌走去，卻在外間徘徊，有些猶豫不決。有一回，她還走近馬克斯韋爾的辦公桌，近到足以讓他感到她的存在。

那機器似的傢伙一旦坐上辦公桌，就不再是人了。這是一個忙碌的紐約經紀人，由嗡嗡的輪子和伸展着的彈簧驅動着。

「嗨，怎麼啦？有事嗎？」馬克斯韋爾厲聲問。他打開的信件，像舞台上的一堆雪，堆在雜亂無章的桌子上。他敏鋭的灰色眼睛，冷漠而粗暴，向她射來頗有些不耐煩的目光。

「沒事，」速記員回答，微微一笑走開了。

「皮徹先生，」她對這位心腹職員説，「馬克斯韋爾先生昨天有沒有説過，要另請一位速記員？」

「他説過，」皮徹回答道。「他告訴我另找一個。昨天下午我通知了代理公司，讓他們今天早上送幾個樣品來看看。現在已經九點四十五分了，卻還沒有見到一頂寬邊花式女帽，一塊菠蘿口香糖。」

「那我照常工作吧，」年輕女子説，「等有人來接替再説。」她立即走到自己的辦公桌，把那頂飾有金剛鸚鵡金綠色翅膀的無邊帽，放在老地方。

誰要是沒有看到過一個忙碌的曼哈頓經紀人在交易高峰期的樣子，那他就有礙於從事人類學職業。詩人歌唱「輝煌生活的繁忙時刻」。一個經紀人的繁忙時刻，不僅僅忙碌，而且彷彿置身於車廂，分分秒秒都懸掛在吊帶上，前台後台都擠滿了人。

這一天是馬克斯韋爾忙碌的日子。自動收報機時斷時續地轉出一卷卷紙頭，桌上的電話不斷地發出擾人的鈴聲。人群開始擁入辦公室，隔着欄杆叫他，有輕鬆愉快的，有厲聲吆喝的，有惡聲惡氣的，也有興奮激動的。信差拿着信和電報，跑進跑出。辦公室裏的職員們跳來跳去，活像暴風雨中的海員。連皮徹的臉也鬆弛下來，露出興奮的樣子。

交易所裏有風暴、土崩、暴風雪、冰川和火山。這些自然界的災難，在經紀人的辦公室裏上演着縮影。馬克斯韋爾把椅子推到牆邊，像一個足尖舞演員那樣做着交易。他從自動收報機跳到電話機，從桌旁跳到門邊，跟一個訓練有素的丑角一樣靈敏。

在這越來越緊張的重要時刻，經紀人突然看到，一個天鵝絨和鴕鳥毛的天篷在點頭，天篷下有一簇捲得高高的金髮流蘇，看到了一件仿海豹皮袍子，一串山核桃般大小的珠子項鏈，垂向近地板的一頭是一顆銀質雞心。這些附件，聯繫着一位沉着的年輕姑娘。皮徹正替她作着解釋。

「速記員代理公司派來的女士，是來謀職的，」皮徹說。

馬克斯韋爾轉過半個身子，手裏全是文件和電報紙。

「甚麼工作？」他皺了皺眉，問道。

「速記員工作，」皮徹說。「你昨天叫我打個電話，讓他們今天早上派一個來。」

「你昏頭了，皮徹，」馬克斯韋爾說。「我怎麼會這樣吩咐你呢？萊斯莉小姐在這裏幹了一年，我們非常滿意。只要她希望保留，這份工作就是她的。這裏沒有空缺，小姐。向代理公司撤銷訂單，皮徹，別再帶人來了。」

那位銀雞心離開了辦公室，恨恨地走出去時，雞心顧自搖擺着，在辦公室傢具上磕磕碰碰。皮徹乘機對速記員說，這「老傢伙」像是越來越心不在焉，越來越忘事了。

交易越做越忙，節奏越來越快。六種股票受到了重創，馬克斯韋爾的客戶都是其中的大戶。買進賣出的單子來來回回，快得像飛翔的燕子。他自己的一些股票，也受到了威脅。這人忙乎着，像一架精密結實、高速運轉的機器——高度緊張，全速運行，十分精確，從不猶豫。說話有分寸，決定很恰當，行動像時鐘一樣靈敏和準時。股票、債券、貸款、抵押、定金、證券等等，這是一個金融世界，這裏沒有人類世界和自然世界的位置。

臨近中飯時刻，喧鬧聲轉為短暫的沉寂。

馬克斯韋爾站在桌旁，手中全是電報和交易備忘錄紙條。右耳夾着一支鋼筆，頭髮一根根散亂地垂在前額上。他的窗子開着，讓親愛的門房姑娘——春天，用大地靈活的調風器輸送一點暖氣。

窗外透進一陣飄忽的——也許是消失了的——香氣——丁香幽幽的甜香，一下子怔住了經紀人。因為這香氣屬於萊斯莉，她自己的，唯她才有。

這香氣活生生地把她帶到了他面前，幾乎觸手可及。金融世界猛地縮成一個小點。她就在隔壁，二十步之外。

「確實，我現在就得辦，」馬克斯韋爾衝口而出。「現在就向她提出來。真奇怪，為甚麼早不做呢。」

他衝進裏面的辦公室，急匆匆像一個做空的人要補進一樣。他衝到了速記員的辦公桌前。

她抬起頭來，笑瞇瞇地看着他，臉頰上爬過一抹柔和的紅暈，眼睛溫順而坦率。馬克斯韋爾把一個肘子倚在她桌子上，雙手依舊緊緊抓住飄動的紙條，耳朵上夾着那支筆。

「萊斯莉小姐，」他急急忙忙開始了，「我只有一會兒空，我想抓緊這一刻說件事。你願意做我的妻子嗎？我沒有時間像常人那樣談情說愛，但我真的很愛你。請快說，那些傢伙正在挫傷太平洋聯邦股票的銳氣。」

「啊，你在說甚麼呀？」年輕女子叫道。她站起來，睜大眼睛瞪着他。

「你不明白嗎？」馬克斯韋爾煩躁地說。「我要你嫁給我。我愛你，萊斯莉小姐。我要把這告訴你，所以稍微有點空閒，就緊緊抓住不放了。這會兒，他們正叫我聽電話呢？告訴他們等一下，皮徹。你同意嗎，萊斯莉小姐？」

速記員的舉動很古怪。她先是驚呆了；隨後，熱淚從驚異的眼睛裏流了下來；再後來，目光中露出燦爛的笑容。她的一隻胳膊溫柔地挽住經紀人的脖子。

「現在我明白了，」她輕聲說。「這個老行當一下子讓你把甚麼都忘了。起初我很害怕。難道你不記得了嗎，哈維？昨天晚上八點鐘，我們在拐角的小教堂裏結了婚。」

愛情情愛小説

賢人的禮物

一塊八毛七分，就這麼些了，其中的六毛還是分幣。每次一分兩分積起來的，死乞白賴地從雜貨商、菜販子和賣肉的那兒摳來，直弄得面紅耳赤，因為這樣分分厘厘地討價還價，不用明說，會落下吝嗇的惡名。德拉數了三遍，一共一塊八毛七分，第二天卻是聖誕節了。

顯然，沒有別的辦法了，只好倒在破舊的小沙發上，大哭一場。德拉就這麼做了。由此還生出了一番道德感悟，即生活是由哭泣、抽噎和微笑構成的，抽噎佔了大部份。

這位女主人漸漸平息下來的時候，我們不妨來看看她的家。一套帶傢具的房間，租費一週八塊。雖然還不能說形同乞丐窩，但離行乞確實不遠了。

樓下門廳裏有一個信箱，卻沒有信投進去；還有一個門鈴，世上絕不會有人去按它。牆上還貼着一張名片，名片上印有「詹姆斯·迪林厄姆·揚先生」字樣。

名字的主人在先前家境好，週薪為三十塊的時候，是不會去考慮「迪林厄姆」幾個字的。而現在，他的週薪縮成了二十塊，「迪林厄姆」這幾個字顯得模糊不清了，彷彿它們也在嚴肅考慮，要縮減成為一個謙遜的「迪」字。不過無論何時，只要詹姆斯．迪林厄姆．揚先生回家，走進樓上的房間，詹姆斯．迪林厄姆．揚太太，就是剛才交代過的德拉，就會叫他一聲「吉姆」，並熱烈擁抱他。那敢情不錯。

德拉哭好了，往臉上抹了粉，站在窗邊，呆呆地看着一隻灰貓在灰色的後院一道灰色的柵欄上走着。明天就是聖誕節了，而她只有一塊八毛七分可以給吉姆買禮物。一分分勉力積攢了幾個月，就這麼點結果。二十塊一週的收入很不經用。開銷大於預算，向來如此。只有一塊八毛七分給吉姆買禮物了，她的吉姆。很多幸福的時刻，都在盤算給吉姆買一件好禮物，一件精美、稀罕、貨真價實的東西，一件近乎值得吉姆擁有的東西。

房間的窗戶之間，有一面窗間鏡。在週租金為八塊的房間裏，諸位也許看到過窗間鏡。瘦小靈活的人，觀察鏡中急速掠過的一連串長條子映像，可以對自己的容貌得出大致正確的概念。德拉身材苗條，精通此門藝術。

突然間，她一陣風似的從窗邊轉過身來，站到了鏡子前面。她兩眼閃着亮光，但有二十秒鐘，面容失色。她迅即拉散頭髮，讓它完全披落下來。

話說詹姆斯·迪林厄姆·揚夫婦有兩件東西值得自豪。一件是吉姆的金錶，祖父和父親傳下來的。另一件是德拉的頭髮。如果示巴女王[1]住在對面通風口那邊的房間裏，有一天德拉準會披下頭髮，晾到窗外，讓女王陛下的珠寶和禮品相形見絀。若是所羅門王做了門房，把自己的金銀財寶堆在地上，吉姆一路過那裏就會取出手錶，好讓所羅門王嫉妒得扯起鬍子來。

此刻，德拉漂亮的頭髮散落在周身，漣漪般閃閃發光，像一掛棕色的瀑布，一直拖到膝下，幾乎成了她的袍子。隨後，她不安地急忙收起頭髮。遲疑了一下，佇立不動，一兩滴眼淚濺落在破舊的紅地毯上。

她穿上棕色的舊外套，戴上棕色的舊帽子，眼睛裏依然閃着淚花，甩開裙子，急急忙忙出了門，下了樓梯，朝街上走去。

在一個招牌前面，她停了下來。招牌上寫着「索弗朗妮夫人，專營各類頭髮用品」，德拉跑上幾級台階，定下神來，一面還喘着粗氣。夫人大胖身材，太白皙，太冷漠，顯得不大像「索弗朗妮」[2]。「你會買我的頭髮嗎？」德拉問。

「我收購頭髮，」夫人說。「脱掉帽子，讓我瞧瞧頭髮的模樣。」

棕色的瀑布飄然而下。

「二十塊，」夫人說，她的手老練地提起那一堆頭髮。

「快給我，」德拉說。

啊，隨後的兩個小時，彷彿長了玫瑰色的翅膀，輕快地過去了。別在乎這拼拼湊湊的比喻，反正德拉在店舖裏搜尋着送給吉姆的禮物。

她終於找到了。這肯定是不為別人，而是專為吉姆製造的，其他店裏見不到同樣的東西，她裏裏外外都找過了。這是一根白金錶鏈，造型簡潔樸實，像一切好東西一樣，不靠虛飾，只憑質地恰如其分地顯示自己的價值。這根錶鏈甚至很配吉姆的手錶，她一見就知道必定屬於吉姆。錶鏈就像吉姆的為人，樸實而有價值，以此形容兩者都很合適。店家從她手裏取走了二十一塊。她匆匆趕回家去，只剩下了八角七分。有這條錶鏈配那款手錶，吉姆無論同誰在一起，都可以無所顧忌地看時間了。原先，儘管手錶很華貴，但用的不是錶鏈而是舊皮錶帶，他有時候只好悄悄地看一下手錶。

到了家裏，德拉的陶醉稍稍讓位於理智和審慎。她取出燙髮鉗，點上煤氣，開始修補慷慨和愛情所帶來的毀壞。那永遠是一項大工程，親愛的朋友，巨大的工程。

四十分鐘之內，她頭上佈滿了細密的小髮卷，看上去活像一個逃學的男孩。她看着鏡中的映像，看了很久，看得很仔細，很挑剔。

「要是吉姆見了我之後還不要我的命，」她自言自語地說，「他會說我看上去像個科尼島[3]的合唱隊姑娘。可是我有甚麼辦法？啊，一塊八角七分能幹甚麼呢？」

七點鐘時，咖啡煮好了，煎鍋在爐子上已經熱了，準備燒排骨。

吉姆從來不晚到。德拉手裏拿着摺好的錶鏈，坐在近門的桌子角落上，吉姆常常從那扇門進屋。隨後，德拉聽到他上第一級樓梯的腳步聲。剎那間，她臉色發白了。她習慣於為一些日常小事默默祈禱。此刻，她小聲地說，「主啊，請你讓他認為我依舊很漂亮吧。」

門開了，吉姆進了屋，關上門。他看上去又瘦又嚴肅。可憐的傢伙，才二十二歲的年紀，卻已經挑起了家庭重擔！他需要一件新外套，他連手套都沒有。

在門裏，吉姆站住了，像獵狗聞到鵪鶉的氣味一樣，一動也不動。他凝視着德拉，眼睛裏有一種她無法理解，也使她害怕的表情。這不是憤怒，不是驚訝，不是異議，不是恐懼，也不是她所預料的任何一種神情。他只是用這種奇特的表情愣愣地看着德拉。

德拉扭動着離開了桌子，朝他走去。

「吉姆，親愛的，」她叫道，「別那樣看我。我把頭髮剪掉賣了錢，因為不送你一件禮物我過不了聖誕節。頭髮是會長出來的——你不會在乎，是嗎？我是不得已才這樣做的。我的頭髮長得快極了。說『聖誕愉快』，吉姆，讓我們高高興興吧。你可不知道，我給你買了一個多好，多漂亮的禮物！」

「你把頭髮剪了？」吉姆吃力地問，彷彿經過苦苦思索之後，仍沒有明白顯而易見的事實。

「剪下來賣掉了，」德拉說。「不管怎樣，你不是照樣愛我嗎？沒有了頭髮，我還是我，是嗎？」

吉姆好奇地環顧房間。

「你說你的頭髮沒有了？」他說，幾乎是一副傻樣。

「你不用找了，」德拉說。「我告訴你，賣掉了——賣了，沒有了。現在是聖誕夜，小夥子。好好待我，頭髮是為你剪掉的。也許，我的頭髮是可以數的，」她往下說，突然一本正經地甜蜜起來，「但我對你的愛是誰也數不清的。把排骨放上去燒嗎，吉姆？」

吉姆似乎很快地回過神來，擁抱了德拉。讓我們花上十秒鐘，審慎地細看一下另外某種無關緊要的東西。一週八塊或是一年一百萬塊的房租——有甚麼區別呢？一個數學家或一個才子會給你錯誤的回答。賢人帶來了貴重的禮物，但不包括這一個。這一悲觀的斷言，會在以後説明白。

吉姆從大衣口袋裏掏出了一包東西，扔到了桌子上。

「別誤解我，德拉，」他説，「我想，我對自己姑娘的愛，絲毫不會受剪髮、修面或者洗頭之類事情的影響。不過，你只要打開那包東西，就會明白剛才我為甚麼愣了一會兒。」

白皙的手指麻利地解開了繩子和包裝紙。隨後是欣喜若狂的一聲尖叫，再後呢，哎呀！嬌柔地迅速轉為歇斯底里大發作，又是流淚，又是嚎哭，弄得那位公寓之主不得不立刻使出渾身解數安慰她。

原來那兒放着梳子，一整套梳子，兩鬢用的，後腦用的，擺在百老匯櫥窗裏時她心儀已久了。梳子很漂亮，純玳瑁殼材料，邊上鑲嵌着寶石。這樣的色澤，正好配消失了的美麗頭髮。她知道，這些梳子很昂貴，心頭雖然渴望已久，但不存一絲擁有的希望。而現在，這些梳子已屬於她，但本當用垂涎的飾物來裝點的頭髮，卻已經沒有了。

但是她還是把梳子抱在懷裏，最後終於能抬起頭來了，雙眼矇矓，含着微笑說：「我的頭髮長得可快啦，吉姆！」

後來，德拉像燒焦的貓一樣跳了起來，哇哇直叫，「啊，啊！」

吉姆還沒有見過給他的漂亮禮物呢！她把禮物放在攤開的手掌上，急着朝吉姆伸過手去。這暗淡的貴重金屬，似乎在閃光，映出了她開朗熱切的心情。

「瞧這多好，吉姆！我搜遍了整個城鎮才找到。現在，你一天得看一百次時間。把你的手錶給我，我要瞧瞧戴在上面好看不好看。」

吉姆沒有順着她的話去做，而是倒在沙發上，把手襯在頭底下，微微一笑。

「德爾[4]，」他說，「讓我們擱下禮物，等一段時候再說吧。這些禮物太好了，現在用不上。我賣掉了手錶，得來的錢給你買了梳子。好吧，現在就把排骨放上去燒吧。」

如你所知，那些賢人是智者，了不起的智者。他們給馬槽裏的嬰兒帶來了禮物，開創了贈送聖誕禮物的藝術。因為很有智慧，所以贈送的禮物也很巧妙，如有重複，可以優先交換。在這裏，我的禿筆向你敍述了一間公寓裏兩個傻孩子的平凡記事，他們很不明智地為對方犧牲了家裏最大的財寶。但是，我最後要對現今的智者説，在一切贈送禮物的人中，這兩人是最聰明的。在一切送禮和受禮的人中，像他們這樣的人是最聰明的。無論何處，他們都最聰明。他們就是賢人。

註釋：

[1] 示巴女王（Queen of Sheba），《聖經》中人物，曾朝覲所羅門王，測其智慧。

[2] 索弗朗妮（Sofronie），意大利詩人T．塔索（1544-1595）敍事長詩《被解放的耶路撒冷》（1575）中的一個人物，被視為捨己救人的典範。

[3] 科尼島（Coney Island），美國紐約市布魯克林區南部的一個海濱遊樂休閒地帶，原為一小島。

[4] 德爾（Dell），德拉的暱稱。

愛的付出

對熱愛藝術的人來說，甚麼付出都不在話下。

這是我們的前提。這個故事將由此得出一個結論，同時表明這個前提是不正確的。就邏輯而言，這是個新鮮事兒；但就講故事而言，這是一種比中國的長城還要古老的奇蹟。

喬·拉勒比來自中西部櫟樹叢生的平原，在繪畫藝術方面才華橫溢。六歲時，他作了一幅畫，畫的是鎮上的水泵，以及一個匆忙走過的名士，這幅畫裝上了畫框，掛在藥店窗子上，旁邊是參差不齊排列着的玉米穗。他二十歲時來到紐約，戴着飄忽的領帶，帶了一筆擱死的資金。

迪莉婭·卡拉瑟斯出生在南方一個長滿松樹的小村，因為能彈出六個八音階，顯得很有潛力，親戚們湊足了錢，塞在她的棕櫚草帽裏，讓她去「北方」「深造」。他們沒能看到她結業，不過，那是我們的故事要講的。我們要講的故事。

喬和迪莉婭相遇於一個畫室，一群搞藝術和音樂的學生聚集在那裏，討論着明暗對照法、瓦格納[1]、音樂、倫勃朗[2]作品、繪畫、瓦爾德托費爾[3]、牆紙、蕭邦和烏龍茶。

喬和迪莉婭相互吸引，或是彼此愛慕，隨你說吧，反正不久就結了婚。因為如上面說的，對熱愛藝術的人來說，甚麼付出都不在話下。

拉勒比夫婦在一個公寓裏操持起家務來。這是一個孤零零的公寓，有點像鍵盤上的字母「A」，一下子落到了左側末端。但他們很愉快。他們擁有自己的藝術，擁有彼此。對那些有錢的年輕人，我有個忠告：賣掉你的一切財產，把它送給貧窮的門房，為的是享有這樣的特權：跟你的藝術和迪莉婭住在公寓裏。

公寓居住者該認同我的名言：只有他們的幸福才是真正的幸福。一個家要幸福就不能裝得滿滿當當——應該把梳妝枱翻下來，變成一張枱球桌；把壁爐變成一個划船練習架；讓寫字枱充作備用臥室；把臉盆架當作豎式鋼琴；要是可能，讓四堵牆緊緊合圍，你和你的迪莉婭就在其內。但要是你的家是另外一個樣子，那就讓它又寬又長——從金門進屋，把帽子掛在哈特拉斯，把披肩掛在合恩角，然後從拉布拉多走出門去[4]。

喬在大偉人馬吉斯特開的班上學畫——諸位都知道他聲名遠揚。他收費高，課程輕——這一高一輕，讓他出了名。迪莉婭在羅森斯托克手下學藝——諸位明白，他的鋼琴以亂彈聞名。

只要不愁錢用，他們都非常愉快。人人都如此——我無意玩世不恭。他們的目標非常明確。喬要創作出畫來，讓鬍子稀疏、錢包厚厚的紳士們為搶購而在他畫室互相廝打。迪莉婭先要熟悉音樂，然後鄙視它。以便一見管弦樂隊不叫座，包廂的位子賣不出，便可以推說嗓子疼，在專用飯店吃龍蝦，拒絕上舞台。

不過在我看來，最好的還是小套間裏的家庭生活——一天學習後滔滔不絕的熱絡話；舒心的晚餐和吃得不多的新鮮早餐；傾心交流各自的雄心——這些雄心相互交織，或是微不足道——無非是相互幫助，互有啟發而已。還有——實話實說——晚上十一點的燉牛肉卷和奶酪三明治。

但是不久之後，藝術失去了吸引力。即使沒有人為因素，有時也會這樣。像俗話說的，錢只出不進，一時那麼拮据，連馬吉斯特和赫爾．羅森斯托克也付不起了。但對熱愛藝術的人來說，甚麼付出都不在話下。所以迪莉婭說，她得給人上音樂課，使火鍋不斷冒熱氣。

一連兩三天，她出去兜生意，找學生。一天晚上，她興沖沖地回到家裏。

「喬，親愛的，」她興奮地說，「我找到了一個學生啦。而且，啊，一戶再好不過的人家，一個將軍——A．B．平克尼將軍的女兒——住在第七十一街。那房子多氣派呀，喬——你真該去看看正門！我想你會說是拜占庭式的。還有房子裏面，啊，喬，我可從來沒見過。

「我的學生，是他的女兒克萊門蒂娜。我已經非常喜歡她了。她長得嬌滴滴——總穿白色衣裙，舉止很樸實，也很可愛。她才十八歲。我一週給她上三次課，而且，你想想，每課五塊。對現在的境況，我毫不在乎，只要再找兩三個學生，我又能繼續去上赫爾．羅森斯托克的課了。好啦，別愁眉苦臉了，親愛的，我們來好好吃頓晚飯。」

「你倒挺不錯，迪莉，」喬說，手裏拿着一把切肉刀和一柄小斧，在開一聽青豆罐頭，「可是我呢？你想，我讓你為賺錢疲於奔命，自己卻留在高雅的藝術殿堂，游手好閒？我以本維紐托．切利尼[5]的名義發誓，堅決不幹。我想我可以去賣報，或者鋪石子路，掙個一兩塊錢。」

迪莉婭走過來，掛在了他的脖子上。

「喬，親愛的，別犯傻。你得繼續學習。並不是說，我已經脫離音樂去幹別的了。我一面教一面學，始終不離音樂。一週十五塊，可以過得像百萬富翁那麼快活。你可別想着要離開馬吉斯特先生。」

「好吧，」喬說，伸手去取蔬菜，蔬菜上澆了青灰色調味汁。「我不願你去上課。這不是藝術。不過，你是個好樣的，你很乖，捨得去幹這個。」

「對熱愛藝術的人來說，甚麼付出都不在話下，」迪莉婭說。

「我在公園裏作的那幅素描，馬吉斯特對畫裏的天空大為讚賞，」喬說。「而廷克爾允許我把兩幅畫掛在他的櫥窗裏。要是哪個有錢的傻瓜看到了，我也許能賣掉一幅。」

「你肯定能賣掉，」迪莉婭溫柔地說。「現在讓我們感謝平克尼將軍和烤牛肉吧。」

接下來的一週，拉勒比夫婦每天都早早地吃了早飯。喬在中央公園畫素描，很在乎早晨的效果。迪莉婭替他理好行裝，準備好早飯，溺愛他，誇他，七點鐘同他吻別。藝術是迷人的情人。晚上，他大多七點回家。

一週之後，迪莉婭得意洋洋地把三張五塊錢的紙幣，丟到八乘十英尺的公寓客廳中央那張八乘十英寸的桌子上，她柔情滿懷，自豪不已，但疲憊不堪。

「有些時候，」她說，覺得有點累，「克萊門蒂娜也夠折磨人。恐怕她練得不夠，同樣的事，我老得跟她說。而且，總是一身白色衣裙，單調得不得了。不過，平克尼將軍倒是再可愛不過的老人！但願你能認識他，喬。我和克萊門蒂娜在彈琴的時候，他有時會進來——他是個鰥夫，你知道——站在那裏拔他白色的山羊鬍子。『十六分音符和三十六分音符進展如何？』他老是問。

「真希望你能去看看客廳裏的護牆板，喬！還有阿斯特拉罕門簾掛毯。克萊門蒂娜有點咳嗽，咳起來樣子怪怪的。我希望她比看上去要強壯些。啊呀，我真的歡喜上了她，那麼文雅，那麼有教養。平克尼將軍的兄弟曾經做過駐玻利維亞的公使。」

隨後，喬擺出一副基督山伯爵的派頭，抽出一張十塊，一張五塊，一張兩塊，一張一塊——全是法定貨幣——放在迪莉婭掙來的錢旁邊。

「把那張畫了尖塔的水彩畫賣給了一個皮奧利亞人，」他神氣活現地宣佈道。

「別跟我開玩笑，」迪莉婭說——「不是皮奧利亞人！」

「不折不扣的皮奧利亞人。真希望你能見到他，迪莉。他是個胖子，圍了塊羊毛圍巾，用的是羽毛牙籤。他在廷克爾的櫥窗裏看到了這幅素描，起初以為畫的是風車。但他很有魄力，還是把它買下了。他又預訂了另外一幅——拉卡旺納貨棧的油畫——準備帶回去。啊，音樂課呀！我猜想，裏面還是有藝術。」

「很高興你有進展，」迪莉婭親切地說。「你必勝，親愛的。三十三塊！從來沒有那麼多錢可以花過。今天晚上我們吃蠔吧。」

「還有煎裏脊小牛排燒蘑菇，」喬說。「吃橄欖用的叉子呢？」

接着的那個星期六晚上，喬先回到家裏。他把十八塊錢攤在客廳桌子上，並把手上很多像是黑漆一樣的東西洗掉。

半小時以後，迪莉婭也到了，右手上亂七八糟地包紮着繃帶。

「這是怎麼回事？」喬像往常那樣打了招呼後問道。迪莉婭笑了起來，但並不太愉快。

「克萊門蒂娜，」她解釋道，「下了課硬要吃威爾士奶酪。這個姑娘也真怪，下午五點要吃威爾士奶酪。將軍那會兒也在。你真該看看他連奔帶跑去取暖鍋的樣子，喬，就好像屋子裏沒有僕人似的。我知道克萊門蒂娜身體不好。她很緊張，取奶酪時掉了好多，滾滾燙，全潑在我手上和手腕上了，疼得我要命，喬。可愛的姑娘心裏難過極了！而平克尼將軍呢！——差點發了瘋。他衝到樓下，叫了人——他們說是司爐工，或是地下室的甚麼人——去藥店買了油膏來包紮。現在不大痛了。」

「這是甚麼？」喬問，溫柔地拉過她的手，扯起繃帶下白色的布條來。

「軟軟的東西，」迪莉婭說，「上面抹了油膏。啊，喬，你又賣掉了一幅畫？」她看到了桌上的錢。

「我賣了嗎？」喬說，「只要問一下那個皮奧利亞人就行了。今天他買了那幅畫了貨棧的畫。他有些猶豫，不過還是想要另外一幅公園景色和赫德孫河景物畫。你下午甚麼時候燙壞手的，迪莉？」

「我想是五點吧，」迪莉哀哀地說。「熨斗——我的意思是奶酪，大約是那個時候從爐子上取下來的。你真該親眼見一見平克尼將軍，喬，那會兒——」

「坐下來歇一會兒吧，迪莉，」喬說着把她拉到沙發上，坐在他旁邊，伸手摟住她肩膀。

「過去兩週你在幹甚麼呀，迪莉？」他問。

她抵擋了一陣子，眸子裏透出愛意和固執，含糊其辭地咕噥了一會平克尼將軍之類的話。但最後終於平靜下來，湧出了眼淚，說出了實情。

「我找不到學生，」她坦白了。「卻又不忍心你放棄功課，於是，在第二十四大街的大洗衣房裏，找到了一個熨燙襯衫的活兒。編造了平克尼將軍和克萊門蒂娜，我想編得很好，是不是，喬？今天下午洗衣房的一個姑娘，把滾燙的熨斗擺在我手上，我一路回家，編造了威爾士奶酪的故事。你不會生氣吧，喬？要是我沒有找到那份工作，你也許不可能把那幅畫賣給皮奧利亞人了。」

「他不是皮奧利亞人，」喬慢吞吞地說。

「哎呀，他是哪兒人有甚麼關係。你多聰明呀，喬——還有——吻我一下吧，喬——還有，你怎麼會懷疑我不在給克萊門蒂娜上音樂課呢？」

「我到今天晚上才懷疑，」喬說，「我本來也是不會懷疑的，但今天下午，我從機房把回絲和油膏送上去給一個姑娘，她讓熨斗把手燙傷了。最近兩週我都在機房燒火。」

「那麼你沒有——」

「買畫的皮奧利亞人，」喬說，「以及平克尼將軍，都是同一藝術的創造物——這種藝術，你不會叫它繪畫或音樂。」

隨後兩人都放聲大笑起來，喬接着說：

「熱愛藝術的人甚麼付出似乎都——」

不過迪莉婭用手捂住他嘴巴，不讓他說下去。「不在話下，」她說——「只要你愛。」

註釋：

[1] 瓦格納（Wagner, 1813-1883），德國作曲家。

[2] 倫勃朗（Rembrandt, 1606-1669），荷蘭畫家。

[3] 瓦爾德托費爾（Waldteufel, 1837-1915），法國作曲家。

[4] 金門（Golden Gate），美國加州聖弗蘭西斯科灣的灣口，「Gate」與「大門」同義；哈特拉斯（Hatteras），美國北卡羅來納州海岸海峽，與「帽架」（hatrack）諧音；合恩角（Cape Horn）是南美洲的最南端，智利南部的海角，與「衣架」（cape horse）諧音；拉布拉多（Labrador）為加拿大東部哈得遜灣與勞倫斯灣之間的一個半島，疑與「邊門」諧音。

[5] 本維紐托·切利尼（Benvenuto Cellini, 1500-1571），意大利雕塑家和金匠，除雕塑外，也從事金屬製品的製作。

糟糕的規律

我始終認為，而且還不時強調，女人並不神秘；男人能夠預測女人，分析女人，制服女人，理解女人，解釋女人；「女人很神秘」是女人自己強加於輕信的男人的。我說得對不對，我們等着瞧吧。「哈珀的製圖員」過去常說：「下面這個動聽的故事，說的是某某小姐、某某先生、某某先生和某某先生。」

我們要略去「X主教」和「某某教士」的話，因為這故事與他們無關。

從前，帕羅馬是南太平洋鐵路線上一個新興的小鎮。報社的記者會稱它為「蘑菇」鎮，其實不是。帕羅馬是第一個，也是最後一個毒菌的變種。

中午火車在那兒靠站，讓機車喝水，讓旅客既喝水又吃飯。那兒有一個新建的黃松木旅館，一個羊毛貨棧，還有大約三十六座盒式住宅。其餘便是蒼穹下的帳篷、矮種馬、柔軟的黑土和牧豆樹。帕羅馬是一座未來的城市。房子代表着信念；帳篷代表着希望。火車一天兩班，把人送出去，恪盡博愛之職，非常守信。

鎮上有一家巴黎口味飯店，坐落在一個雨天泥濘不堪，晴天非常悶熱的地方。老闆是一個叫「老傢伙欣克爾」的人，自己經營着飯店，幹些雞鳴狗盜的事。他是印第安納人，到這塊盛產煉乳和高粱的土地上發家。

欣克爾一家住在盒式房子裏，房子沒有上漆，封檐板材料，一共四個房間。廚房外面搭建了一個披棚，不過是幾根柱子上蓋了些灌木樹枝。披棚裏有一張桌子和兩條長櫈，每條二十英尺長，出自帕羅馬家庭木工之手。這兒上桌的有烤羊肉、燉蘋果、煮青豆、蘇打餅乾、布丁或餡餅甚麼的，以及巴黎口味菜單上的熱咖啡。

欣克爾媽和一個副手掌勺，那人只聽說叫貝蒂，卻從不露面。欣克爾爸的拇指很耐高溫，各類燙手的食品，都由他親自來端。高峰時節，一個墨西哥青年幫忙伺候客人，抓緊兩道菜的間隙，自己捲煙來吸。按巴黎式宴會的慣例，我把甜食放在口頭菜單的末尾。

伊琳·欣克爾！

這個名字的拼寫是對的，因為我看見她寫過。無疑她是憑聽覺命名的。但是，她拼字法掌握得很好，連湯姆·穆爾[1]（要是他見過她的話）也會贊同這樣的表音。

伊琳是這戶人家的女兒，在穿越加爾維斯頓和德爾利奥的東西鐵路線南側，她是第一個染指出納領域的女子。她坐在一條高櫈上，一個粗糙的大松木架裏——要不，在一個廟宇裏？——廚房門旁邊的披棚下。她面前有帶刺的鐵絲保護牆，牆上有一扇拱形小門，你把錢從拱門塞進去。天知道為甚麼要裝帶刺鐵絲，在這兒用巴黎口味飯菜的每個人，都願意領受她的服務而死去。她的活兒很輕。一餐一塊錢，你把錢放在拱門下，她會收了去。

一開始，我想把伊琳介紹給你。可不，我得先引證一下埃德蒙·伯克[2]的一本書，書名叫：《崇高與美麗觀來源之哲學質疑》。這是一部論述詳盡的著作，先是闡述美的原始概念——我想伯克認為，那是圓潤和光滑。說得好極了。圓潤是一種獨特的魅力；至於光滑呢——新長出的皺紋越多，女人就越光滑。

伊琳完全是蔬菜合成的，在亞當墮落的年代，靠仙果和香膏來維繫。她是一個金髮碧眼白皮膚的水果架子——有草莓、桃子、櫻桃等等。她雙眼分得很開，眸子裏有一種欲來而未來的暴風雨之前的寧靜。不過，我似乎覺得要描繪她的美麗是白費唇舌，至少三言兩語是不行的。同幻想一樣，「美麗來自於眼睛」。美麗有三種——我這個人生來好說教，說着說着就會扯開去。

第一類是滿臉雀斑的獅子鼻姑娘，這樣的姑娘你很喜歡。第二類是莫德·亞當斯[3]式的姑娘。第三類可見於布格羅[4]的畫作。伊琳屬於第四類。她是一個一塵不染的城市女市長。作為特洛伊醜聞的海倫，有一千個金蘋果[5]向她湧來。

這家巴黎口味飯店形成了一個輻射圈。男人們甚至從周邊騎馬來到帕羅馬，為的是博她一笑。他們都如願以償。一頓飯——一個笑容——一塊錢。不過，儘管伊琳對人都一視同仁，但最喜歡三個仰慕者。出於禮貌，我最後才介紹自己。

第一個是人造的產品，名叫布賴恩·傑克斯——一聽名字就知道適合於當後備隊員。傑克斯是城市建設的產物。他個子矮小，屬於類似柔韌的砂岩材質。他的頭髮是貴格會磚砌教堂的顏色；他的眼睛像孿生的越橘；他的嘴巴像「在此投信」的牌子下的開口。

從班戈到舊金山，從舊金山到波特蘭，從波特蘭南面偏東四十五度到佛羅里達的某個地方，凡這一帶城市，他都熟悉。他精通世上的每種藝術、手藝、遊戲、生意、職業和運動；自他五歲以來，發生在兩大洋之間的頭條新聞事件，他不是在場就是在趕往那裏的路上。你可以打開地圖，隨意指向一個城鎮的名字，你還沒把地圖合上，傑克斯就能說出城鎮裏最出名的三個人。說起百老匯、比肯山、密歇根、歐幾里得、第五大街和聖·路易斯四大法庭，他會擺出居高臨下，甚至不屑的態度。

同為世界公民，顛沛流離的猶太人跟他相比，不過是隱士罷了。世間能學的東西，他似乎都已學到了手，而且還能說給你聽。

我討厭人們提及波洛克的詩「時間的進程」，你也如此。但每回見到傑克斯，就會想起這位詩人對另一位叫做拜倫的詩人的描寫：「一早就喝，一醉方休——喝掉了讓百萬常人過癮的酒，然後死於乾渴，因為再也沒有酒可喝。」

這話適合傑克斯，不過他沒有死，而是來到了帕羅馬，但這跟死也差不多。他是個報務員和車站快運代理人，每月工資七十五塊。這個無所不曉，無所不能的年輕人，竟滿足於默默無聞的活兒，我永遠無法理解，儘管有一回他暗示過，是出於對S．P．賴伊公司的董事長和股東們個人的偏愛。

再寫一筆，我就把傑克斯交給諸位了。他穿鮮艷的藍衣服，黃色的鞋子，戴一個蝶形領結，料子跟襯衫一樣。

我的第二號情敵是巴德．坎寧安，他受僱於帕羅馬附近的一個農場，做個幫手，強迫那些不聽話的牛規規矩矩。我所見到的舞台以外的牛仔，只有他一個像舞台上的。他戴寬邊帽，穿皮護腿套褲，脖子後面繫着頭巾。

一週兩次，巴德從維爾．維迪農場騎馬過來，到巴黎口味飯店吃晚飯。他的坐騎是一匹肯塔基馬，受過很多兇狠的人的調教。巴德疾馳而來，突然間把馬拴在灌木披棚角落的大牧豆樹上，弄得那匹馬使勁蹬蹄子，在泥裏刨出幾碼長的坑來。

當然，傑克斯和我是這家飯店的常客。

欣克爾住宅的起居室，是一個整潔的小客廳，在柔軟黑土的鄉間是常見的。裏面全是這類東西：柳條搖椅呀，自己織的沙發套子呀，相冊呀，還有成排的海螺殼。在一個角落，擺着一架豎式鋼琴。

在這間小客廳裏，傑克斯、巴德和我——或者有時候我們仨中的一個或兩個，那就全憑運氣了——忙過了活兒以後，晚上會坐在這裏，「拜訪」欣克爾小姐。

伊琳是一個很有想法的姑娘。她生來嚮往更高尚的東西（如果有的話），比在帶刺鐵絲小門內收錢更高尚。她閱讀，傾聽，思考。對雄心不大的姑娘來說，漂亮的外貌就足以讓她衣食無憂了。但她要超越外表美，在類似於沙龍的地方——帕羅馬唯一的一個——確立甚麼東西。

「你不認為莎士比亞是一個偉大作家嗎？」她會問，微微皺起彎彎的眉毛，神態那麼漂亮，已故的伊格內修斯·唐納利，要是見了她的話，恐怕救不了他的培根了[6]。

伊琳認為波士頓比芝加哥更有文化氣息；博納爾[7]是最偉大的女畫家之一；西方人比東方人更天真率性；倫敦一定是個大霧瀰漫的城市；加利福尼亞的春天一定很美麗。還有很多其他觀點，説明她跟得上世界上最出色的想法。

或許是道聽途説，或許是有些根據，説她還有自己的一套理論。特別是其中的一個，她不倦地向我們散佈。她討厭奉承拍馬，聲稱言行的坦率和誠實，是男人和女人的主要精神飾品。要是她會喜歡誰，那是因為這些品質的緣故。

「我很討厭別人恭維我的外貌，」一天晚上她説，那時，我們牧豆樹的三個火槍手聚集在小客廳。「我知道自己並不漂亮。」

（巴德．坎寧安事後告訴我，她説這話的時候，他好不容易克制住自己，沒有叫她「説謊者」。）

「我不過是個中西部的姑娘，」伊琳往下説，「只求樸實純潔，幫助父親餬口度日。」

（欣克爾老頭每個月都要把淨利潤一千塊銀幣，運往聖安東尼奧的一家銀行。）

巴德在椅子上扭動起來，彎下寬邊帽的帽檐。那頂帽子，是誰都沒法讓他脱手的。他不知道她要的是她嘴裏説要的，還是她心裏明白自己所值的。很多更聰明的人該做決定時猶猶豫豫。巴德做出了決定。

「嘿——啊，伊琳小姐，美麗嘛，你會說，不是決定一切的。我並不是說，你生得不美，而我特別讚賞你對你爸媽的盡心。對父母親好的人和顧家的人，不一定要太漂亮。」

伊琳向他投去最甜蜜的微笑。「謝謝你，坎寧安先生，」她說。「我覺得，好久沒有聽到這麼好的恭維了。我寧可聽這話，也不願聽你說我的眼睛和頭髮。我說過不喜歡奉承話，很高興你相信我說的。」

這就是給我們的暗示。巴德已經猜對了。傑克斯也不甘落後，他隨之插話了。

「當然，伊琳小姐，」他說，「漂亮的人未必幹甚麼都行。是呀，當然你長得不壞——但那沒甚麼用。以前我認識迪比克的一個姑娘，臉蛋長得像椰子肉，能在單槓上連翻兩個跟斗，不換手。如今的姑娘，能把加利福尼亞桃子打碎做果子醬，但那種本事已經沒有了。我見過——呃——比你長得難看的人，伊琳小姐。但我喜歡你辦事幹練。冷靜機智——那是一個姑娘取勝的法寶。欣克爾先生告訴我，打從你幹這活以來，沒有收過一個鉛做的銀元，或者甚麼冒牌貨。嗯，那是姑娘應有的品質，也是吸引我的地方。」

傑克斯也得到了期望的微笑。

「謝謝你，傑克斯，」伊琳說。「要是你知道我多麼欣賞坦率而不是愛拍馬的人該多好！我真討厭人家說我長得漂亮。有朋友能說實話，是天大的好事。」

隨後，伊琳瞥了我一眼，我從她臉上瞧見了期待的目光。突然間，我產生了一種扼制不住的衝動，很想豁出去，告訴她，在偉大的造物主創造的一切漂亮東西中，她是最精緻的；她是一顆無瑕的珍珠，純粹而寧靜，襯着黑土和碧綠的草原閃閃發光；她是一個絕色美人。至於我，只要可以歌頌、誇獎、讚美、崇拜她無與倫比、令人驚嘆的美麗，我才不管她對至愛雙親像毒蛇的牙齒一樣歹毒，或者能不能分得清假冒銀元和馬勒的搭扣呢。

但是，我克制住了，我為奉承者的命運擔憂。巴德和傑克斯說了一番狡黠謹慎的話，她聽了很愉快，這是我親眼見的。不行！奉承者的花言巧語，欣克爾小姐是不會上當的。於是，我也加入了坦率和誠實人的隊伍，立刻開始揑造和說教。

「任何時代，欣克爾小姐，」我說，「每個時代有詩歌和傳奇，但女人的智慧比美貌更受人讚賞。甚至連克婁巴特拉[8]身上，男人們覺得她的魅力在於女王的頭腦，而不是漂亮的外貌。」

「是呀，我也這麼想！」伊琳説。「我見過她的畫像，並不怎麼樣。她的鼻子很長，長得出奇。」

「要是我可以這麼講的話，」我接着説，「你讓我想起克婁巴特拉，伊琳小姐。」

「啊呀，我的鼻子可沒有這麼長！」她説，眼睛睜得大大的，用纖纖食指碰了碰那漂亮的鼻子。

「是呀——呃——我的意思，」我説——「我是指氣質。」

「哇！」她説。於是像對巴德和傑克斯一樣，她也對我報之以微笑。

「謝謝各位，」她説得非常非常親熱，「對我這麼坦率和誠實。我要求你們永遠這樣。就這麼直截了當，老老實實，把你們的想法告訴我，我們就會成為世上最好的朋友。就因為你們對我那麼好，又這麼了解我不喜歡人家盡講不切實際的好話，我要為你們彈唱一會兒。」

當然，我們表示感謝和高興。但要是伊琳跟我們面對面，在那把低矮的搖椅上這麼坐下去，讓大夥兒盯着看她，我們會更加愉快。因為她畢竟不是艾德琳娜·帕蒂[9]——連女歌唱家告別演出的告別歌都沒法比。她的嗓子像情人的喁喁私語，只有門窗都關上，而且貝蒂在廚房不把爐蓋弄得叮噹響的時候，客廳裏才勉強聽得清。

她的音域，我估計在鋼琴上是八英寸。她的急奏和顫音，聽上去像是祖母鐵洗手盆裏衣服發出的水泡聲。不過請相信，我們聽來像音樂，可見她一定是長得很漂亮的。

伊琳有着天主教音樂趣味。她會順着鋼琴左上角的樂譜，一首首唱下去，把唱過的樂譜放在右上角。第二天晚上，她會從右上角的樂譜唱到左上角。她喜歡門德爾松[10]、穆迪[11]和桑基[12]的作品。她應我們的要求，常常以「甜蜜的紫羅蘭」和「當樹葉轉黃的時候」收尾。

十點鐘，我們三人離開那裏，去傑克斯的木頭小站，坐在月台上，垂着雙腳，相互探問，竭力找出線索，摸清伊琳小姐的意向。這就是情敵採用的方式——他們沒有彼此迴避，怒目相向，而是相聚，交流，推測——運用計謀盤算敵人的能耐。

一天，帕羅馬來了一匹黑馬，一個年輕律師。他立刻掛起招牌，並在鎮上出頭露面。此人名叫C．文森特．維齊。你一眼就可以看出，他剛從西南地區某個法律學校畢業。他穿阿爾貝特王子上衣，着輕便條子褲，戴黑色寬邊軟帽，白色平紋細布狹條領結。這身打扮要比畢業證書更顯露他的身份。維齊是丹尼爾．韋伯斯特[13]、切斯特菲爾德勳爵[14]、花花公子布魯梅爾[15]和小傑克．霍納等人的混合物。他的到來給帕羅馬帶來了繁榮。他到的第二天，市鎮便開始測量，打算擴建，並劃出了大塊土地。

當然，維齊在事業上要飛黃騰達，還得在帕羅馬的平民百姓和邊緣群體中混個臉熟。他既要同軍人們，又要同那些尋歡作樂的人打得火熱。因此，傑克斯、巴德·坎寧安和我，便有幸同他相識了。

要是維齊見過伊琳·欣克爾，並成為第四位敵手，那麼前世有緣的説法就值得懷疑了。幸好他在黃松樹旅館用餐，而不是巴黎口味飯店。不過，他成了欣克爾客廳一個厲害的客人。他的參與競爭讓巴德的咒罵一下子多了起來，弄得傑克斯滿嘴黑話，聽起來比巴德最尖刻的咒罵還可怕，也使得我沉着臉不説話。

這全因為維齊能説會道。話從他嘴裏出來，像油從油井裏噴出。誇張、恭維、讚揚、欣賞、歌頌、甜言蜜語的殷勤、至高無上的讚美、不加掩飾的讚頌，在他的話裏互爭高下。我們很難指望伊琳能抵擋住他的讚美，以及他身上阿爾貝特王子的服飾。

但有一天我們卻來了勇氣。

那天大約黃昏時候，我坐在欣克爾客廳前狹小的走廊上，等待着伊琳出現，卻聽到了裏面的説話聲。她和她父親已經到了房間，欣克爾老頭開始和她説話。在此之前，我注意到他非常精明和達觀。

「伊莉，」他說，「我看到三四個年輕人常常來看你，已經好些時候了。你有沒有看中哪一個？」

「嘿，爸，」她回答，「他們我都很喜歡。我認為，坎寧安先生、傑克斯先生、哈里斯先生都是好青年。他們對我說的話，句句都是既坦率又誠實。我認識維齊先生雖然不太久，但我想這個年輕人很好，對我說的話，句句都是既坦率又誠實。」

「是呀，這正是我要說的，」老欣克爾說。「你一直在說，你喜歡說真話的，不拿花言巧語哄騙你的人。現在，你不妨對這些傢伙做個測驗，看誰說話最直爽。」

「可是我該怎麼做呢，爸？」

「我告訴你怎麼辦。你知道你唱得還可以，伊莉。你在洛根斯伯特上過將近兩年音樂課，時間不長，但當時我們只拿得出這點錢。你老師說你嗓子不行，再讀下去也是白費錢。行啊，假如你問問這些傢伙，你唱得怎麼樣，看他們每人怎麼說。對你講真話的人需要很有膽量，也最值得結親。你看這點子可好？」

「很好，爸，」伊琳說。「我想這是個好點子。我來試試。」

伊琳和欣克爾先生從內門出了房間。而我呢，人不知鬼不覺地匆匆趕往車站。

傑克斯坐在電報桌旁，等待着八點鐘到來。巴德在城裏找樂，他一到，我就把父女倆的交談同他和傑克斯說了一遍。我忠於我的情敵們，伊琳的仰慕者都應該這樣。

我們三人同時都沉醉於一個振奮人心的想法。顯然，這樣的測試會將維齊淘汰出局。他那麼油嘴滑舌，溜鬚拍馬，名單上留不住他。是呀，我們都記得伊琳喜歡坦率和誠實——她珍視真率，不喜歡虛浮的恭維和奉承。

我們挽起胳膊，高興得在月台上一上一下地怪跳起來，拔直喉嚨大唱「馬爾登是個壯漢」。

那天晚上，四把柳條搖椅上都坐了人。另一條上，幸運地坐着身材苗條的欣克爾小姐。我們其中三個，對測試懷着抑制不住的激動。巴德第一個登場。

「坎寧安先生，」伊琳唱罷「葉子開始轉黃的時候」帶着燦爛的笑容說，「你真的覺得我的嗓子怎樣？坦誠些，你知道這是我一貫要求你們對我的態度。」

巴德明白她需要他誠懇，而且是顯示的好機會。他在椅子上扭動起來。

「說實話，伊琳小姐，」他真誠地說，「你的嗓子並不比黃鼠狼好多少——你知道，不過是幾聲尖叫。當然，我們都喜歡聽你唱，因為還是蠻甜蜜，蠻撫慰人的。另外，你坐在琴櫈上，對着我們，看上去很動人。不過，真正的歌唱嘛——恐怕還談不上。」

我仔細打量着伊琳，看看巴德是不是過份坦率了。不過，她滿意的微笑，親熱的感謝，讓我放心，說明我們的路子對頭。

「你的看法呢，傑克斯先生？」她接着問。

「在我看來，」傑克斯說，「你不是那種歌劇主角演員。我聽他們用顫音在美國每個城市都唱過。告訴你吧，你的音量不行。至於其他方面，你還真比得上那些來肥皂廠唱大歌劇的傢伙呢——我指的是外貌。因為那些唱高音的都跟星期四出場的瑪麗·安差不多。可是你唱漱音不行。你的會厭骨長得不是個地方——活動起來不利索。」

聽了傑克斯的批評，伊琳愉快地笑了起來，並向我投來詢問的目光。我承認自己猶豫了一下。世上難道沒有過份坦率這樣的事嗎？我甚至想在下斷語時避重就輕，但還是堅持找她的岔子。

「我不懂樂理，伊琳小姐，」我說，「可是坦白地講，老天給你的嗓音，我實在不敢恭維。我們向來喜歡用這樣的比喻：一個偉大的歌唱家唱起來像鳥兒一樣動聽。不錯，世上有各種各樣的鳥。你的歌喉讓我想起鶇鳥——低沉而不洪亮，音域不寬，或者變化不多——不過還是——呃——有它甜蜜的地方——呃——」

「謝謝你，哈里斯先生，」欣克爾小姐打斷我說。「我知道我可以信賴你的坦率和誠實。」

接着，C．文森特．維齊把雪白的袖口往上一勒，便口若懸河了。

他大大讚嘆了一番天賜的無價之寶——欣克爾小姐的嗓子，可惜我的記憶無法複製他巧妙的頌詞。他對她的嗓子讚不絕口，用的是極致的字眼，這些話要是用在齊聲合唱的晨星上，星星合唱隊員們霎時準會高興得大放光芒。

他扳着白皙的手指，歷數各大洲的大歌劇明星，從詹尼．林德[16]一直說到埃瑪．艾博特，一個勁兒貶低她們的天賦。他大談其喉嚨、胸音、樂句切分、琶音等，以及這門嗓音藝術其他奇奇怪怪的要領。他似乎出於萬不得已，承認詹尼．林德的一兩個高音，欣克爾小姐還沒有學到手——不過——「！！！」——只要多唱多練，那是不成問題的。

他用預言總結了這番演說。他莊嚴地預告，聲樂的經歷等待着「未來的西南之星——輝煌古老的得克薩斯會為此而感到驕傲」。音樂史上，將無人能夠超越她。

十點鐘我們走的時候，伊琳照例同我們每人熱情握手，露出迷人的笑容，邀請我們以後再去。我看不出來，她特別喜歡誰，或者不喜歡誰——不過，我們三個知道——我們心知肚明。

我們知道坦率和誠實已經獲勝。情敵只剩了三個，而不是原先的四個。

在車站那邊，傑克斯掏出一瓶一品脫好酒，我們一起慶祝了那人的垮台，這個鬧鬧嚷嚷、半路裏殺出來的傢伙。

四天過去了，並沒有發生甚麼值得一提的事情。

第五天，傑克斯和我走進灌木棚架去吃晚飯，看到一個墨西哥青年，把錢從帶刺的鐵絲小門裏收進去，卻不見那個穿緊身胸衣和海軍藍裙子的仙女。

我們衝進廚房，與欣克爾爸打了個照面。他正好端着兩杯熱咖啡出來。

「伊琳在哪兒？」我們像背誦似地問。

欣克爾爸很慈祥。「呃，先生們，」他說，「她這是心血來潮，不過我有錢，我順她的心思。她去了波士頓的一個暖——暖房[17]，學習四年，把嗓子練好。好吧，對不起讓我過去，先生。咖啡很燙，我的手指太嫩。」

那天晚上，我們四個人，而不是三個人，坐在車站月台上，擺動着雙腳。C．文森特．維齊是其中之一。我們一起議論着，狗對着升起的月亮在吠叫。月亮掛在灌木叢頂上，才五分錢幣或是小麵粉桶那麼大。

我們議論的是對女人撒謊好呢，還是說真話好。

那時我們都還年輕，沒有得出結論來。

註釋：

[1] 湯姆·穆爾（Tom Moore, 1779-1852），愛爾蘭詩人、諷刺作家和音樂家。

[2] 埃德蒙·伯克（Edmund Burke, 1729-1797），英國輝格黨政論家，主張對北美殖民地實行自由和解的政策。

[3] 莫德·亞當斯（Maude Adams, 1872-1953），美國女演員，曾任戲劇藝術教授。

[4] 布格羅（Adolphe William Bouguereau, 1825-1905），法國學院派畫家，維護正統藝術。

[5] 典出希臘神話：特洛伊王子把象徵「最美麗女神」的金蘋果判給了愛上美的女神阿佛洛狄特，阿佛洛狄特幫王子誘拐了斯巴達王的妻子、希臘美人海倫，從而引起長達十年的特洛伊戰爭。

[6] 伊格內修斯·唐納利（Ignatins Donnelly, 1831-1901），美國小說家、演說家和社會改革家。他根據自己破譯在莎士比亞作品中發現的密碼，企圖證明莎士比亞的劇本是培根所作。

[7] 博納爾（Rosa Bonheur, 1822-1899），法國女畫家和雕刻家。

[8] 克婁巴特拉（Cleopatra, 69-30BC），埃及托勒米王朝末代女王，容貌美麗，權勢慾很強。

[9] 艾德琳娜．帕蒂（Adelina Patti, 1843-1919），生於西班牙的意大利花腔女高音歌唱家。

[10] 門德爾松（Felix Mendelssohn, 1809-1847），德國作曲家、指揮家、鋼琴家。

[11] 穆迪（Lyman Dwight Moody, 1837-1899），美國基督教新教佈道家，曾與歌唱家和作曲家桑基合作。

[12] 桑基（Ira David Sankey, 1840-1908），美國基督教佈道家和讚美詩作曲家。

[13] 韋伯斯特（Daniel Webster, 1782-1852），美國國務卿（1841-1843; 1850-1852）。

[14] 切斯特菲爾德（Philip Dormer Stanhope Chesterfield, 1694-1773），英國外交家、作家。

[15] 布魯梅爾（George Bryan Brummel, 1778-1840），英國一紈絝子弟，其深色樸素的服飾，曾為英國攝政時期男士流行服裝的代表。

[16] 林德（Jenny Lind, 1820-1887），瑞典花腔女高音歌唱家。

[17] 暖房（conservatory）係「音樂院」（conservatoire）之誤，因為欣克爾老頭沒有文化。

搖擺不定

「第八十一大街到了——請讓他們出來吧，」穿藍衣服的牧羊人大叫着。

一批公民羊群奪路而出，另一群奪路而上。砰砰！曼哈頓高架鐵道的牲畜車叮叮噹噹開走了。帕金斯順着釋放的羊群流，走下車站的台階。

約翰慢慢地朝自己公寓走去。慢慢地，那是因為在他的日常生活詞彙中，沒有「也許」兩字，對一個結婚兩年，住公寓的男人來說，不會有甚麼意外好事等着。約翰·帕金斯一面走，一面自言自語地預言，又是一個單調的日子，雖然這樣的自嘲出於悲觀和無奈，卻是未卜先知的結論。

凱蒂會在門口用吻來迎接他，那吻散發着潤膚膏和黃油硬糖的味兒。他會脱去外套，坐在碎石鋪設的過道上看晚報，讀俄國人和日本人被可怕的新式排版機殺戮的消息。晚飯吃的是燉菜，還有色拉，色拉的調料確保不會使皮膚皸裂，也不會致害，還有燜菜梗，以及一瓶草莓醬，為瓶上的標籤而羞愧，標籤上註明不含任何化學物質。晚飯以後，凱蒂會給他看破舊的被子上新打的補丁，那補丁是買冰人從活結領帶的一頭割下來的。七點半，他們把報紙鋪在傢具上，用來接樓上的胖子體育鍛煉震落下來的灰泥。八點正，住在過道對面公寓裏的希基和穆尼輕歌舞隊（沒有預訂），沉湎於震顫性譫妄，開始撞翻椅子，誤以為哈默斯坦[1]帶着五百塊一週的合同在追逐他們。隨後，對面通風井旁窗口的男人會拿出長笛來吹；夜間的煤氣會被人偷走，用於公路上的嬉鬧；那個啞巴侍者手中的托盤會掉下來；門房會又一次把贊諾維茨基太太的五個孩子趕過雅魯河去；穿着淺黃色鞋子，牽着一條短腿長毛狗的女人，會輕快地走下樓來，把星期四的標誌貼在自己的門鈴和信箱上——弗洛格莫公寓夜間的正常活動也就開始了。

對約翰·帕金斯來說，這些都是意料中的事。他也知道，八點一刻，他會鼓起勇氣，去拿帽子，而他的妻子會怨聲怨氣地說出這番話來：

「喂，你上哪兒去呀，我想知道一下，約翰·帕金斯？」

「想到麥克洛斯基家去串串門，」他會回答，「跟朋友玩一兩局枱球。」

最近，這成了約翰·帕金斯的習慣。十點或十一點，他會回家來。有時候，凱蒂已經睡着了；有時候會等着他，準備把精緻的婚姻鋼鏈，放在憤怒的坩堝中，溶下一點鍍金的東西。這些事兒，丘比特該作出回答，也就是他跟弗洛格莫公寓中的受害者一起出庭的時候。

今天晚上，約翰·帕金斯到了門口時，家裏的常規都打亂了。凱蒂不在，甜蜜動情的吻沒有了。三個房間一片狼藉，似乎是一種不祥之兆。她的東西亂糟糟，撒滿了一地。鞋子在地板當中，燙髮鉗、蝴蝶髮結、和服式睡衣、粉盒，亂七八糟地扔在梳妝枱上和椅子上——這不是凱蒂的習慣。約翰看到一團棕色的鬈髮嵌在梳齒裏，心裏猛地一沉。她一定是異常匆忙和慌亂，平常，她總是小心地把梳落的頭髮放在壁爐架上藍色的小花瓶裏，準備有朝一日做成令人眼饞的女用髮墊。

煤氣噴嘴上，一根繩子顯眼地吊着一張疊好的紙頭。約翰一把抓住，見是妻子留下的便條，上面寫道：

親愛的約翰：

我剛收到一個電報，說是母親病重。我要趕四時三十分的火車。薩姆弟弟會在車站接我。冰盒子裏有冷羊肉。但願她不是扁桃腺又發作了。付送牛奶人五角錢。去年春天，她發作得很厲害。別忘了給煤氣公司寫信，談煤氣錶的事。你的好襪子在最上面一個抽屜。明天我會給你寫信。

匆匆不盡

凱蒂

結婚兩年來，他和凱蒂從來也沒有分開過一夜。約翰呆若木雞，一遍又一遍讀着便條。一成不變的常規終於被打破，弄得他茫然不知所措了。

椅背上，掛着端飯菜用的紅手裏，淒淒地空置着，不成樣子，上面留下了不少黑點。匆忙之中，她一週的衣服扔了一地。還有一小包黃油硬糖，平時她很喜歡吃的，現在卻連繩子都沒有解開。一張日報攤在地板上，張着長方形大口，因為剪去了鐵路時刻表。房間裏的每件東西都訴説着失落，訴説着精華的消失，訴説着靈魂和生命的離去。約翰．帕金斯站在死寂的遺留物中間，心裏有一種怪異的淒涼之感。

他開始盡力整理房間。手指一碰她的衣服，周身便有一種像是恐懼的震悚感。他從來沒有想過，沒有凱蒂，生活會怎樣。凱蒂已經徹底融入他的生活，像呼吸的空氣，必不可少，卻幾乎注意不到。而現在，凱蒂事先沒有通報就走了，完全消失了，就彷彿從來沒有存在過。當然，不過幾天工夫，至多一兩個星期，可是對他來說，彷彿死亡之手已經指向他安穩而平淡的家。

約翰從冰盒裏取出冷羊肉，煮了咖啡，坐定下來，獨自吃飯，面對着草莓醬上不含雜質的無恥證書。在他失去的幸福中，顯得明亮奪目的是悶罐燉菜，是加了黃褐色上好調料的色拉。他的家被拆毀了。一個扁桃腺發炎的丈母娘，把家庭守護神趕到了九霄雲外。約翰孤單一人吃了飯後，坐在前窗旁邊。

他不想吸煙。窗外，城市咆哮着，招呼他去加入愚蠢而愉快的舞會。夜晚是屬於他的。他可以像那兒每個快樂的單身漢一樣，任意撥動歡樂的琴弦，而不必受質問。他可以痛飲，可以遊蕩，要是高興，還可以恣意行樂到天明。不會有憤怒的凱蒂等着他，捧着酒杯，酒杯裏是快樂的殘渣。他可以去麥克洛斯基家，同歡鬧的朋友們玩枱球，下賭注，要是樂意，一直玩到曙色讓燈光淡去。婚姻的鎖鏈總是拴着他，直到弗洛格莫公寓令他生厭。而現在，這根鏈條鬆了，凱蒂走了。

約翰．帕金斯不習慣於分析自己的情緒。他坐在沒有了凱蒂的十乘十二碼的起居室裏，擊中了內心不快的要害。他現在明白，對他的幸福來說，凱蒂是必不可少的。他對她的感情，本已被周而復始的枯燥家務弄得麻木，此刻卻因凱蒂的離去，又被喚醒了。那些諺語呀，佈道呀，寓言呀，或是其他一樣華麗真實的言詞，不是喋喋不休地告訴我們，只有在嗓子甜美的鳥飛走以後，我們才感到音樂的可貴嗎？

「我是個大笨蛋，」約翰．帕金斯思忖道，「竟那麼對待凱蒂。每晚只顧玩賭博枱球，跟小兄弟們喝個爛醉，不同凱蒂待在家裏。可憐的姑娘孤單一人，沒有娛樂，而我卻那麼幹。約翰．帕金斯，你最差勁。我要補償可愛的姑娘。我要帶她出去，見見娛樂活動的世面。從此，我要跟麥克洛斯基一夥一刀兩斷。」

不錯，室外城市一片喧鬧，吸引帕金斯去加入取鬧的人群。在麥克洛斯基家，小夥子們無聊地把球打入球袋，當作晚間的遊戲，消磨時光。可是，暫時失去親人的帕金斯，心裏悔恨莫及，沒有一種歡樂的方式，沒有任何喀嚓作響的刺激，能夠引動他了。那個屬於他的東西，他曾不無輕蔑地隨便拿着，現在卻從他手裏拿走了，而他需要它。悔恨中的帕金斯，可以把他的墮落追溯到一個名字叫亞當的男人，此人被天使逐出了果園。

約翰．帕金斯右邊有一把椅子。椅背上放着凱蒂的藍色連衣裙，依然保持着她體形的輪廓，袖子中段，有一個個細細的縐褶，那是為了讓他日子過得舒心，操勞時揮舞胳膊造成的。從這裏，散發出了一股風鈴草味的誘人清香。約翰拿起衣服，長久而清醒地打量着這件毫無反應的羅紗織物。凱蒂向來是不會沒有反應的。約翰·帕金斯的眼睛裏噙滿了熱淚——是的，熱淚。她回來後情況就會不一樣了。他要為自己的一切疏忽作出補償。沒有她，生活會怎樣呢？

門開了，凱蒂拿着小小的手提包走了進來。約翰呆呆地瞧着她。

「啊呀！很高興又回來了，」凱蒂說。「媽的病不礙事。薩姆在車站接我，說是她不過小發作，電報發出後不久就好了。所以我就乘下一班火車回來了。我很想喝一杯咖啡。」

弗洛格莫公寓的機械嗡嗡地復歸原位時，沒有人聽到嵌齒輪發出的吱咯聲。傳送帶一度滑落，現在一顆螺絲擰緊了，滑落的帶子裝好了，輪子又按着原來的軌道轉動起來。

約翰·帕金斯看了看手錶。時間是八點十五分。他伸手拿了帽子，走到門邊。

「嗨，你上哪兒去，我想知道一下，約翰·帕金斯？」凱蒂問，口氣裏有些抱怨。

「想到麥克洛斯基那兒去轉轉，」約翰說，「跟夥計們玩一兩局枱球。」

註釋：

[1] 哈默斯坦（Oscar Hammerstein），德裔美國劇院經理，曾先後創辦多個歌劇院。

盲人的假日

啊呀呀，真遺憾，那些愛轉換視角的普通人和藝術家呀，一個的生活必定亂糟糟；而另一個呢，必定被眼前的景物弄得暈頭轉向。就說洛里森吧，有時候，他似乎覺得傻到了極點；有時候呢，卻又自以為志向很高，世人都來不及呼應。在前一種心境裏，他咒罵自己愚蠢；處於後一種心境時，他會不動聲色地露出一種近乎崇高的偉大。在兩種情形下，他都喪失了正確的視角。

幾代之前，這個姓一直是拉森。他的家族把緊張憂鬱的個性，勤勞儉樸互補的品格，遺贈給了他。

從他自己的角度看，他是社會的棄兒，永遠躲躲閃閃、偷偷摸摸地徘徊在體面社會寒酸的邊緣。他屬於世界四分之三的居民，一個可憐的棒球，滾動在上流社會和平民之間，那兒的居民嫉妒每一個鄰居，卻又受到上流社會和平民的蔑視。他對「社會棄兒」觀點表示自責，因為正是抱着這樣的想法，他離開千里之遙的老家，自我放逐到了這個古怪的南方城市。在這兒，他住了一年多，相識的人很少，沉溺於影子似的主觀世界。這個世界，有時還莫名其妙地受到不和諧的現實的侵擾。後來，他愛上了一個相逢於廉價飯館的姑娘，於是他的故事就開始了。

新奧爾良的沙特爾街是一條鬼影幢幢的街道。街道所在之處，法國人曾在全盛時期確立從故國帶來的自豪和榮耀；高傲的西班牙紳士，曾大搖大擺走過，夢想着金子、權利和女人的青睞；每一塊石板都留下了莊嚴地去求愛和戰鬥所踏出的槽溝；每一幢房子都有着王子心碎的故事，每一扇門都隱含着殷勤承諾和逐漸敗落的秘聞。

夜晚，如今的沙特爾街已成了一條黑乎乎的縫隙。摸索着趕路的旅人，從這裏透過夜空，看得見摩爾人鑄鐵陽台纏繞的金飾。大親王的老房子，在本世紀依然不屈不撓地屹立着，但其精華已蕩然無存。對能看得見鬼的人來說，這已經成了一條鬼街。

在「金色卡賓槍飯館」佔據的角落，街道昔日的榮華仍依稀可見。過去，人們聚集在這裏密謀反抗一代代君王，警告一個個總統。現在他們照做不誤，但與過去的人不同，那些誓死抵抗軍隊的人，一個身着銅紐扣衣裝的就足以把他們驅散。門的上端掛着一塊牌子，牌子上畫着一頭屬於陌生物種的巨獸，一個不起眼的人，舉着一支顯眼的、一度金光閃閃的槍，瞄準那巨獸開火。如今，畫上的傳奇已經淡出想像，那槍已有名無實，成了一種信念。那頭動物，對獵人長久的瞄準已感到厭倦，化成了一團沒有形狀的污漬。

這個地方叫做「安東尼奧飯店」，以其名字為佐證。那名字是鍍金的，寫在玻璃窗上，在透明的紅光映照下顯得很白。安東尼奧有一種承諾，讓人有一種合理的企盼，對美味好酒，也許還有天使小聲提醒的大蒜。不過，這名字的其餘部份叫「奧里利」。安東尼奧．奧里利！

「金色卡賓槍飯館」是沙特爾街一個聲名狼藉的鬼魂。當年的這個小餐館，比安維爾[1]和康蒂[2]吃過飯，一個王子掰過麵包，現在卻成了「家庭飯館」。

飯館的顧客，幾乎清一色的男女勞動者。偶爾，你會看到從廉價劇院出來的合唱女演員，以及由於急劇變故不得不從事副業的男人。但在安東尼奧飯館——從名字來看，放蕩不羈的文人盡可以滿懷指望，但實際上這裏沉悶得可憐——溫文爾雅、輕鬆活潑的舉止，降格成了「居家」的標準。假使你想點根煙，我們的店主會碰碰你「肘子」，提醒你這有損禮節。「安東尼奧」用外部火一般的傳奇把顧客勾引進來，而「奧里利」則在內部教以禮節。

正是在這家飯館裏，洛里森第一次看到了這位姑娘。那時，一個性情暴烈、眼睛色迷迷的傢伙，跟着她進去。她落座的小桌還有另一個位置空着，那人上前要去佔領，但洛里森搶先溜進了那個座位。於是他們便開始相識，並漸漸密切起來。兩個月來，兩人每晚都坐同一張桌子，事先並沒有約好，彷佛這是一連串愉快而偶然的巧合。吃完飯，他們會漫步在城市的一個小公園，或是林林總總的市場，那裏無休止地上演着飽人眼福和耳福的活劇。八點鐘，他們的步履常常會邁向某個街角，她瀟灑而堅決地向他道晚安，然後離去。「我住的地方離這兒不遠，」她總是這麼說，「餘下的路，得讓我一個人走。」

但現在，洛里森發現自己很想同她一起走完餘下的路，不然幸福就會離去，把他撇在人生的一個孤獨角落。與此同時，他被逐出上流社會的那層秘密，提醒了他，告訴他千萬別這樣。

男人是徹底的利己主義者，不可能又極端自負。他要是愛誰，被愛者必定知道。活着時，他盡可以使用權術和名譽來掩飾，但臨死前，秘密會從嘴裏崩出來，也顧不得會傷及鄰居。然而眾所周知，大多數男人不會等那麼久才流露愛意。拿洛里森來說，他的道德觀決不允許他公示情感，但他需要同這個對象調情，至少委婉地向她求愛。

這天晚上，他和夥伴照例在「卡賓槍飯館」吃了飯，飯後沿着昏暗的老街，向河畔走去。

沙特爾街的盡頭是古老的軍隊廣場。街對面是古代市政廳，西班牙人曾在這裏執法如山。大教堂俯瞰着沙特爾街，為本地的另一個鬼魂。市中心有一個小公園，用鐵欄杆圍着，裏面是花圃和一塵不染的石子路，市民們在那兒呼吸夜晚的空氣。一個將軍的塑像，高踞於城市之上。他端坐於一匹奔馬，朝下眺望，目光毫無表情地投向英國角，那裏再也不會有英國人來轟擊他的棉花包了。

兩人常常坐在這個廣場上。但今晚，洛里森領着她走過鋪設着石階的大門，一直朝河的方向走去。他一邊走，一邊暗自笑了起來，心想對她的全部了解——除了愛她——只不過是知道她的名字叫諾拉·格林韋，她和弟弟住在一起。洛里森和諾拉倆無所不談，就是不談自己。也許她的沉默是他少言寡語引起的。

最後，他們到了河堤上，在一根倒臥的大樑上坐了下來。空氣因為生意場揚起的灰塵而刺鼻，大河泛着黃色奔流而過。河的對面是阿爾及爾，黑黑的一長條，襯着一團電流般振動着的煙霧，煙霧周圍點綴着稀稀落落的星星。

姑娘年輕可愛，一種頗具亮色的憂鬱，主宰着她的性格。她有着不加修飾的恬淡美，天生討人喜歡。說話時，嗓音使話題相形見絀，而小小的話題卻因為她的嗓音而大為增色。她很自在地坐着，富有女人味地輕輕觸碰着裙子，十分安詳，彷彿這骯髒的碼頭是一個夏日的公園。洛里森用手杖戳着腐爛的木頭。

他開始說話，告訴她自己愛上了一個人，卻又不敢啟口。「那為甚麼？」她問。他借用第三人稱這個稻草人，作了虛幻的陳述，而她欣然接受了。「我在世上的地位，」他回答，「決不能要求一個女人來分擔。我被趕出了誠實人群，被冤枉犯了一種罪；而我相信，自己確實還犯了另一種罪。」

從這裏，他開始講述自己退出社會的故事。這個故事，如略去他的道德觀，似乎不值一提。不過是一個賭徒的墮落史，絲毫沒有新意。一天晚上，他賭輸了，殃及碰巧帶在身邊的一筆款子，是他僱主的。他繼續輸錢，到最後一筆賭注才開始翻盤，歇手時贏了一大把。當晚，他僱主的保險箱被竊。經過一番搜查，在洛里森的房間裏找到了那筆贏來的錢，數目與起訴被竊的錢相仿。他被帶走並接受審訊，但由於證據不足而獲釋。意見分歧的陪審團，對他致以不懷好意的問候，但他從此留下了污點。

「我的心理負擔，不在於冤枉的指控，」他對姑娘說，「而在於明白從把公司的第一塊錢下作賭注起，我就是一個罪犯了——不管是輸還是贏。你明白了，為甚麼我不能告訴姑娘我愛她。」

「那很讓人傷心，」諾拉躊躇了一下說，「想起世界上竟還有那麼好的人。」

「好人？」洛里森問。

「我剛才想着你說你愛的那個大好人，她一定也是個可憐的傢伙。」

「我不明白。」

「差不多，」她往下說，「同你一樣可憐。」

「你不明白，」洛里森說，脱下帽子，把淺色的細髮擼到腦後。「設想她反過來也愛我，並且願意嫁給我。你想想，接下來會發生甚麼。每打發一天日子，她都會想起所做的犧牲。我會在她的笑容中看到優越感，在她的愛慕中看到憐憫，這會讓我發瘋。不行。這件事會永遠把我們隔開。門當戶對才好成親，我決不會求她下嫁給我。」

一道弧光隱隱照着洛里森的臉。他的內心也出現了亮光，映現在臉上。姑娘看到了苦行主義的狂喜表情，這是一張純潔高尚，或是受人愚弄的臉。

「這位難以接近的天使，」她說，「很像星星，說實在高不可攀。」

「對我來說，是這樣。」

她突然轉向他。「我親愛的朋友，你想要你的星星掉下來嗎？」

洛里森使勁做了個手勢。「你逼得我說實話了，」他說，「你並不贊同我的看法。不過我會這麼回答你：要是能得到某顆星星，把它硬拉下來，我是不會幹的。但要是它自己掉下來了，我會撿起來，同時感謝上天的恩賜。」

他們沉默了一會兒。諾拉顫抖了一下，將手深深插進外衣口袋。洛里森懊悔地叫了一聲。

「我不冷，」她說。「我不過在思考。我應當把有些事告訴你。你選擇了一個奇怪的知己。但你不能期望一個在可疑飯館相識的人成為天使。」

「諾拉！」洛里森叫道。

「讓我說下去。你同我談了你自己，我們又那麼要好。有些事，本來我是永遠不想讓你知道的，現在我得告訴你。我呀……比你還糟糕。我是個演員……唱合唱……我很壞，我呀……偷了女主角的鑽石……他們逮捕了我……我交出了大多數鑽石，他們放了我……我每夜都喝酒……喝得很多……我壞透了，不過——」

洛里森立刻在她身邊跪了下來，握住她雙手。

「親愛的諾拉！」他說，高興極了。「我愛的是你，就是你！你從來沒有想到過，是嗎？我指的一直是你。現在我可以說了。讓我來使你忘記過去吧。我們彼此都受過苦，讓我們脫離世俗，相依為命吧。諾拉，你聽見我說我愛你嗎？」

「即使我——」

「不如說，正因為你這樣，我才愛你。你從過去中走出來了，高尚而又純正。你有一顆天使的心，把這顆心給我吧。」

「剛才你還那麼為自己的未來擔心呢，連說都不敢說。」

「可那是為你着想，而不是為我。你能愛我嗎？」

她一下子投進他懷裏，拼命抽噎着。

「我愛你勝過自己的生命——勝過真理——勝過一切。」

「而我的過去，」洛里森不無擔憂地說——「你能原諒而——」

「我告訴你愛你的時候，」她低聲說，「就已經回答了你。」她轉過臉去，若有所思地看着他。「要是我沒有把自己的情況告訴你，你會不會——你會——」

「不會，」他打斷她的話，「我決不會讓你知道我愛你。我決不會向你這麼提出來——諾拉，你願意做我的妻子嗎？」

她又哭了起來。

「啊，相信我吧，我現在變好了——再也不壞了！我會成為天底下最好的妻子。別再以為我壞了。要是你不這樣，那我可別活了，還是死了好！」

他安慰她時，她面露笑容，急切而又衝動。「你願意今天晚上娶我嗎？」她問。「你願意那麼來證實嗎？我有理由希望就在今天晚上。你願意嗎？」

這種極度的坦率，是以下兩者之一造成的結果：胡攪蠻纏的厚臉皮，或是極度的天真。情人的視角只有一個。

「辦得越快我越幸福，」洛里森說。

「該怎麼辦呢？」她問。「你還需要甚麼呢？說吧，你應該知道。」

她的活力激發了這位夢想者，使他投入了行動。

「先得有一本城市指南，」他高興得叫了起來，「找到給幸福發證書的人的住處。我們一起去，把他挖出來。出租馬車、汽車、警察、電話和牧師，都會幫我們的忙。」

「羅根牧師會為我們證婚，」姑娘熱切地說。「我可以帶你到他那兒去。」

一小時以後，兩人來到了一條孤寂窄小的街道，站在一幢陰暗的磚砌大樓敞開着的門口，「證書」緊緊地攥在諾拉手裏。

「你在這兒等一下，」她說，「我去把羅根牧師找來。」

她一頭扎進了黑乎乎的過道，撇下她的情人兀自在外面站着，可以說，用的是一隻腳。他並不覺得不耐煩。他好奇地盯着似乎通向陰曹地府的過道，一排燈光劃破了過道盡頭的黑暗，立刻讓他放心了。隨後他聽見她叫了一聲，並且像飛蛾一樣向燈光撲去。她招呼他走過門廳，進了一間亮着燈光的房間。除了書籍，房間裏幾乎空無一物，書籍佔據了所有空間。零零落落的小塊地方，書上又堆着書。一個謝了頂上了年紀的人站在桌旁，目光極度孤傲鎮靜，手裏拿着一本書，手指仍按着書頁。他的衣服是素色的，屬於教會的服飾。他富有洞察力的目光，露出遇見了熟人的表情。

「羅根牧師，」諾拉說，「就是他。」

「你們倆，」羅根牧師說，「想結婚？」

他們沒有否認。他替他們證了婚。儀式很快結束了。誰要是目睹這一情景，並感受其規模的話，準會不寒而慄，因為比起這樁事情沒完沒了的嚴重後果來，這樣的儀式實在太過簡單了。

後來，牧師像背書一樣從公民和法律的角度作了某些簡要的補充，以便也許或者應該在日後使儀式更臻完美。洛里森要付費，卻被婉言謝絕了。這對夫婦離去後門還沒有關上，羅根牧師的書就啪地在手指按着的那一頁打開了。

在黑暗的門廳裏，諾拉轉起圈來，緊偎夥伴，淚流滿面。

「你永遠，永遠不會後悔嗎？」

終於，她得到了保證。

他們走到街上燈光下時，按每晚的慣例，她問了一下時間。洛里森看了看錶，時間是八點半。

洛里森以為她出於習慣，把兩人的腳步引向平常分手的角落。但到了那裏她猶豫了一下，隨後，鬆開了他的胳膊。街角上有一家藥店，明亮柔和的燈光照着他們。

「像平常一樣，今晚就在這兒撇下我吧，」諾拉嬌滴滴說。「我得——我寧可你這樣。你不會反對吧？明天晚上六點，我會在『安東尼奧飯店』同你見面，要和你再一次坐在那裏。然後——我就跟你走。」她向他投去燦爛迷人的笑容，隨即走掉了。

當然，這樣的驚人之舉，需要她使出渾身解數才能做到。洛里森開始頭腦發暈，雖然這並不是對他腦力的懷疑。他雙手插進口袋，茫茫然信步朝藥店窗戶走去，費力地琢磨起窗內成藥的藥名來。

他一回過神來便漫無目的地繼續沿街走去，不經意過了兩三個街區，不覺到了一條更加招搖的大街。平時他獨自漫步，常來到這裏。因為這兒開着一排排店舖，做着各類買賣，提供最多的品種供人選擇——工藝精湛充滿想像的手工藝品，來自不同地帶的天然和人工的產品。

這兒，他在耀眼的櫥窗前溜達了一會。窗內陳列着內地巧奪天工的珍品，映襯在密集的燈光下。路人很少，洛里森感到高興。他不善交際，很久以來，接觸自己的同胞，就像觸碰壞了的齒輪，那齒輪所處的角度正確，卻屬於不同的軸心。洛里森已落入一條全新的軌道。厄運給他的打擊，猶如某個精巧的玩具，譬如音樂陀螺，旋轉時頂端被敲擊了一下，結果，轉速幾乎沒有減緩，音調卻全變了。

他沿着平靜的大街走去，內心不可思議地格外安寧，腦子卻異常活躍，思忖着近來發生的事情。娶了朝思暮想的新娘，確信有一種幸福感，但也有些納悶，自己怎麼會缺乏激情。在做新娘的夜晚，她沒有甚麼站得住腳的理由就把他撇下了，這種奇怪的舉動，只不過使他隱隱然感到好奇。他再次陷入沉思，心裏有一種殷切的寧靜，想起了她輕鬆的職業的種種細節。很奇怪，他的視角似乎發生了變化。

他站在近街角的一個櫥窗前，耳根響起了越演越烈的叫喊和騷動。他貼近櫥窗，給喧鬧的來源讓出一條路來——一隊人拐過角落，朝他方向過來。他看到了白晃晃銀閃閃的中心人物，以及這人身上醒目的藍色和閃光的銅飾，看到了跳動的黑色人影，喧嚷着緊隨其後。

兩個笨重的警察，夾着一個像是上了妝準備演出的女人，那女人穿着及膝的白色柔滑短裙，粉紅色的長襪，和無袖緊身胸衣，衣上飾有盔甲似的閃光鱗片。在她淺色的頭髮上，棲息着一頂發亮的鐵皮頭盔，角度令人發笑。人們立刻明白，這身衣着是豪華芭蕾的發明者迫於競爭而想出的怪招。其中一個警察，胳膊上掛着一個長長的大氅，無疑原是想替他們耀眼的囚犯，遮擋赤裸裸的吸引力。但不知怎地，沒有派上用場，倒使鬧鬧嚷嚷尾隨隊伍的人高興不已。

突然，那女人使勁掙扎了一下，迫使隊伍在洛里森站着的櫥窗前停了下來。只見她很年輕，乍一看，他還上了當，因為她臉蛋兒看似漂亮，但仔細一瞧，卻要差得多。她的目光大膽而魯莽，臉上，青春的輪廓依然可見，但留下了夜生活——老年跡象的忠實傳遞者——的印記。

年輕女子向洛里森投來毫不收斂的目光，用一種含冤落難英雄的嗓子叫喚他：「嗨，你看樣子是個好人，來，把我保釋出去，行嗎？我沒有犯甚麼罪夠得上逮捕。完全是誤會。瞧他們怎麼待我！幫我脫身你是不會後悔的。想想看，要是你的姐妹，或者你的姑娘，在大街上那麼給拖着！我說呀，快過來吧，行行好。」

儘管她的苦苦哀求並沒有說服力，但也許洛里森臉上露出了同情，因為其中一個警察離開女人身邊，朝他走來。

「沒有關係，先生，」他說，聲音嘶啞，口氣卻很知心，「逮她沒有錯。我們是在接到芝加哥警長的電話後，她在綠光劇院首次作案後逮捕她的。綠光劇院離警署只不過一兩個街區。她的裝束很糟糕，但她拒絕換掉，或者還不如，」警察笑了笑補充道，「再穿上一些衣服。我想該把事情向你解釋清楚，免得以為是我們強加給她的。」

「犯了甚麼罪？」洛里森問。

「巨額偷竊，鑽石。她的丈夫是芝加哥的一個珠寶商。她席捲了鑽石櫥窗，跟着一個滑稽劇團溜走了。」

這個警察一見整群看熱鬧的人把注意力都集中到了他和洛里森身上——因為他們的談論可能引出新的糾葛來——便很樂意增加一點哲理性的評論，算作小小的餘興，來延長這樣的局面，以顯出他的重要來。

「像你這樣的先生嘛，」他和氣地接着說，「是決不會注意到的。不過我們的本行，就是觀察這種結合——我指的是舞台、鑽石和對幸福家庭都不滿的輕浮女子的結合——會帶來甚麼巨大的麻煩。告訴你吧，先生，自己的女人在幹甚麼，男人白天黑夜都得知道。」

警察微笑着向他道了晚安，回到了在押人身邊。他們交談時，那女人密切注視着洛里森的面容，無疑是想看看，有沒有打算救助的表情。此刻，她沒有見到這樣的表情，卻看到了有動向要繼續這丟臉的遊街。於是她放棄了希望，直截了當地對他說：

「該死的白臉懦夫！你本來是想幫忙的，被那個警察一說，縮了回去。你這個公子哥兒，倒可以結親。哎呀，要是你還能找到一個姑娘的話，她可快活了。她不讓你夠得上皇后的格調才怪呢！哎呀呀！」說完，她發出了尖利奚落的笑聲，那笑聲像鋸子一樣鋸着洛里森的神經。警察們催着那女人往前走，一群隨行者殿後，高興得合不攏嘴。在押的悍婦接受了命運的安排，擴大了咒罵的範圍，讓聽眾們都不受冷落。

隨後，洛里森的觀點來了個一百八十度大轉彎。也許是時機已經成熟，長久以來思想的反常狀態，將回歸正常。不過有一點可以肯定，幾分鐘之前的事，如果不是刺激了這樣的改變，就是為此提供了途徑。

警察接近了他，而且態度又很客氣。比起這樣的事來，起初的決定性影響顯得微不足道了。警察同他打招呼的神態，讓這個遊蕩的漢子恢復了原先的社會地位。刹那之間，他從一個徘徊於體面社會可疑的小街上，多少令人討厭的傢伙，變成了一個誠實的紳士。這樣的人，連高傲的治安維護者，也要同他愉快地互致問候。

這先是驅走了迷住他的魔力，接着又激活了他的心願：希望回歸同類，希望善行得到報償。他拷問自己，這種虛幻的自責，空洞的克制、道德的苛求，究竟為了甚麼目的？這一切已使他放棄人生的遺產，以及並非不該得的獎賞。嚴格說來，他並未被判罪，唯一的歉疚來自於思想，而不是行動，更不為別人所知。他這麼鬼鬼祟祟，像刺蝟那樣在自己的影子面前退縮，躑躅於陳腐乃至缺乏活力的荒唐文化人生活圈子，在道德上或者感情上有甚麼好處呢？

但擊中痛處並讓他憤怒的，是在押的悍婦所扮演的角色。不到三小時之前，他同一個女人結了婚，而那人跟這個出奇的好鬥者竟是一路貨，至少在經歷上很相似，據她自己供認，也遠為墮落。在當時，這似乎很自然，她似乎值得擁有，而現在，卻又顯得多麼可怕！鑽石小偷第二的話在他耳邊作響：「要是你還能找到一個姑娘的話，她可快活了。」一那女人除了憑本能知道，他是她們可以矇騙的對象，還能有別的甚麼意思呢？而且警察那番睿智的話仍在迴盪，增添了他的痛苦：「自己的女人在幹甚麼，男人白天黑夜都得知道。」一呵，不錯，他一直很傻，竟站在錯誤立場看問題了。

喧鬧聲中最嘈雜的音符，是痛苦之手嫉妒擊打出來的。此刻，洛里森至少感到了尖利的刺痛——自己越來越熱烈的愛，給了個不值得的人。不管她是幹甚麼的，他都愛她。他把自身的命運裝在心窩裏。驀地，他的窘境讓他感到既煩惱又啼笑皆非。他嘻嘻笑着大搖大擺走去，街面上響起了回音。一種強烈的慾望攫住了他：要行動！要與命運抗爭！他蹲下身來，得意地拍着手掌。他的妻子——在哪兒呢？不過，具體的聯繫還在，還有一個可以通航的出口，他這條婚姻的棄船，也許還可以安全地拖出去。這個出口就是那位牧師！

像一切性格溫順充滿想像力的人一樣，洛里森要是惹急了，會非常暴躁。他怒火中燒，腳步折回剛才過來的交叉街道，匆匆地一路走到跟妻子分手的角落。對他來說，「妻子」是個苦澀的念頭。憑着刺激起來的回憶，他記起了那場荒唐的婚姻後走過來的路，繼續朝前走，經過一個不大熟悉的地區。他好多次走錯了路，再摸索着返回原地，心中怒不可遏。

最後，他終於到了那幢給他帶來災難的黑色大樓，在這裏他曾經瘋到了極點。他找到了黑色的過道，一路衝過去，卻不見燈光和響動，便拔直喉嚨大聲喊起來。他甚麼都不在乎了，一心只想找到那個搬弄是非的老傢伙。當時那人兩眼出神，根本看不到自己所造成的災難。門開了，羅根牧師站在一排燈光下，手捧着書，手指按着讀到的地方。

「呵！」洛里森叫道。「我正要找你。幾小時之前，我從你這兒娶了個妻子。我並不想打攪你，但是我一時疏忽，沒有注意是怎麼回事。能不能請你告訴我，這件事是不是無法挽回了？」

「快進屋來，」牧師說。「樓裏還有其他住戶呢，就是你能滿足好奇心，他們也寧可睡覺。」

洛里森進了房間，在牧師示意的椅子上坐了下來。牧師的目光殷勤中帶着質詢。

「我得再次道歉，」年輕人說，「那麼快就要為自己不幸的婚姻來打攪你。但我妻子忘了給我留下地址，使我喪失了解決家庭糾紛的合法手段。」

「我是一個很普通的人，」羅根牧師愉快地說。「不知道怎樣才能問個明白。」

「請原諒我那麼繞彎子，」洛里森說。「我來問一個問題。就在這個房間裏，今天夜裏你宣佈我成了丈夫。後來你又談到，有些儀式或者活動，應該或者可以舉行。當時我沒有注意你說的話，可是現在，我急於聽你再說一遍。從現實情況看，是不是我已經成婚，無法挽回了？」

「你們倆合法而緊密地結合了，」牧師說。「就像當着成千人在教堂裏辦的一樣。我提到的附加儀式，從嚴格的法律行為來看，並沒有甚麼必要，推薦給你們是為了防備將來——在涉及像遺囑、遺產之類的偶發事件中，便於提供證據。」

洛里森發出了刺耳的笑聲。

「多謝了，」他說。「那就對了，我該是幸福的新婚男子了。我想我得站在新娘角度，我妻子上街賣淫的時候，會抬起頭來看我。」

羅根牧師平靜地打量着他。

「孩子，」他說，「一對男女上我這兒來結婚，我總是給他們證婚的。這樣做是為了其他人，因為他們即使彼此不結合，也會跟別人結合的。你也明白，我並不想求得你的信任，不過對我來說，你的事似乎毫無興趣可言。在我所經辦的婚姻中，當事人很少有那麼快就明確表示反悔的。我只想冒昧問一下：你是否覺得，結婚的時候你愛那個同你結合的女人？」

「愛她！」洛里森急切地說。「從來沒有像現在這樣愛過，儘管她告訴我騙過人，犯過罪，偷過東西。我從來沒有像這會兒那麼愛過，儘管她在譏笑上當的傻瓜，二話沒說離開了他，回復到天知道甚麼愚蠢的老本行去了。」

羅根牧師沒有回答。在隨後的沉默中，他坐在那裏，平靜地期待着，面帶微笑，兩眼射出柔和的光。

「如果你願意聽的話——」洛里森開腔了。牧師舉起手打斷了他。

「像我所希望的那樣，」他說。「我想你會信賴我。不過等一下。」他取來了一根土褐色的長煙桿，裝好煙，點上火。

「請吧，孩子，」他說。

洛里森湊近羅根牧師的耳朵，把積了一年的心裏話統統倒了出來。他甚麼都說了，沒有姑息自己，也沒有隱去他的過去，那晚的事件，或者他不安的推測和擔憂。

「關鍵，」他講完後牧師說，「我似乎覺得在於這點——你同這個女人結了婚，你確實肯定愛她嗎？」

「為甚麼，」洛里森大聲說，衝動地站了起來——「為甚麼我要否認呢？看看我吧——我是笨蛋，是色鬼，是禽獸嗎？那才是關鍵，我可以向你擔保。」

「我理解你，」牧師說着站了起來，放下煙桿。「你現在所處的情況，對年紀比你大得多的男人的忍耐力是一個考驗，——說實在，尤其是年紀比你大得多的人。我會想法讓你解脱，就在今天晚上。你得親眼看一看，自己到底陷入了怎樣的困境，怎樣才可能擺脱。親眼目睹勝過任何證據。」

羅根牧師在房間裏走動起來，戴上一頂黑色軟帽，把外套的鈕扣一直扣到脖子，伸手按住了門把手。「我們走去吧，」他說。

兩人來到街上。牧師朝街道望去，洛里森跟着他穿過一個骯髒的街區，那兒的房子高聳在他們頭上，歪歪斜斜，一派淒涼景象。不久，他們轉入了一條稍微有點活氣的小街，那兒的房子要小些，儘管暗示很缺乏舒適，卻也不見人口更為稠密的偏僻處那種濃縮的悲涼。

在一幢單獨的兩層樓房前面，羅根牧師停了下來，帶着一個熟客的自信，登上了樓梯。他領着洛里森進了一條狹小的過道，過道上懸掛着一盞佈滿蛛網的燈，發出幽暗的光。右側的一扇門，幾乎立刻就開了，一個衣衫襤褸的愛爾蘭女人探出頭來。

「晚安，吉亨太太，」牧師說，似乎不經意地轉換成了風味獨特的愛爾蘭土腔。「你呀，能告訴我嗎，諾拉今天晚上是不是又出去了？」

「呵，是你呀，賜福的牧師！當然我照樣可以告訴你。這美人兒出去了，跟往常一樣，不過稍微遲了一點。而且她說，『吉亨媽媽，』她是這麼說的，『這是我最後一個晚上出去了，今天晚上是去讚美聖人！』哎呀，尊敬的牧師，這回啊，她穿得像做夢一樣可愛和漂亮！白色的綢呀，緞呀，絲帶呀，脖子和胳膊上都掛了飾帶——真是造孽呀，牧師大人，金錢就這麼花掉了。」

牧師聽見洛里森痛苦地吸了一口氣，而他自己輪廓分明的嘴角，卻隱約浮起了笑容。

「行呀，那麼吉亨太太，」他說，「我就上樓，看一眼這個痛苦的孩子。我要帶這位先生一起上去。」

「他醒着呢，瘦嶙嶙的，」這女人說。「剛才我還同他坐着，給他講古老蒂龍郡那些有趣的故事，下來才一會兒。他這個小夥子呀，牧師大人，特別迷故事。」

「毫無疑問，」羅根牧師說，「我想，搖他也不見得讓他這麼睡得快。」

對他的回話，那女人尖聲表示異議。這時，兩個男人上了陡峭的樓梯，牧師推開靠樓頂房間的一扇門。

「是你已經回來了嗎，姐姐？」黑暗中一個甜甜的童聲帶着拖腔問。

「是丹尼老牧師看你來啦，寶貝，還帶了一位體面的先生拜訪你呢。你倒是遲遲不肯睡，你的表現真丟臉！」

「呵，是丹尼牧師你嗎？我很高興。請你把燈點起來好嗎？燈在門邊的桌上。別像吉亨媽媽那麼說話，丹尼牧師。」

牧師點起燈，洛里森看到了一個很小的男孩，剃了個雪橇頭，長着一張瘦削稚嫩的面孔，坐在角落的小床上。同時，洛里森的目光很快掃視了一下房間和陳設。房間佈置得極為舒適，四周的裝飾分明顯出一個女人高明的鑑賞力。另一頭的一扇門開着，露出隔壁房內的一片漆黑。

孩子緊緊抓住羅根牧師雙手。「很高興你來了，」他說，「可是為甚麼夜裏來呢？是姐姐派你來的嗎？」

「去你的！到了我這樣年紀，就像巴利馬洪的特倫斯．麥克沙恩一樣，還要人派嗎？我是為盡職來的。」

洛里森也到了孩子床邊，他喜歡孩子。這樣一個小不點兒，獨個兒躺在黑洞洞的房間裏睡覺，不覺打動了他的心。

「你怕嗎，小夥子？」他問，在孩子旁邊彎下身子。

「有時怕，」孩子回答，羞澀地微微一笑，「就是老鼠太鬧的時候。不過，差不多每天晚上，只要姐姐出門，吉亨媽媽就來陪我一會兒，給我講有趣的故事。我不是老怕的，先生。」

「這位勇敢的小先生，」羅根牧師說，「是我這兒的學問家。每天從六點半到八點半他姐姐來接之前，他留在我書房，一塊兒探究書裏的東西。他知道乘法、除法、分數，還拿愛爾蘭大歷史學家的編年史來考我，就是克朗麥克諾斯的西蘭、科勒拉克．麥克蘭農和丘恩．奧洛凱恩這些人。」孩子顯然已習慣於牧師凱爾特式的打趣。牧師所暗示的學究氣，他並不在意，只不過微微咧嘴一笑，表示欣賞。

對洛里森來說，那些可能拯救自己的關鍵問題，緊緊縈繞在腦際，並沒有得到回答，但他一個也無法問孩子。這小傢伙很像諾拉，一樣閃亮的頭髮，一樣直率的眼睛。

「呵，丹尼牧師，」孩子突然叫道，「我忘了告訴你了！從今後，姐姐晚上再也不走開了！她離開時吻我，祝我晚安時對我說的。她說很幸福，然後哭了起來。那不奇怪嗎？不過我很高興，你呢？」

「是呀，小夥子。好了，傻瓜！快睡，說聲晚安，我們得走了。」

「哪一件先做呢，丹尼牧師？」

「他又難住我了，千真萬確！等我把英格蘭人寫進塔格魯奇的編年史再說，就是那個聖徒傳記撰寫者的編年史。我要教他好多愛爾蘭諺語，讓他更受尊敬。」

燈滅了。黑暗的房間裏，傳來了細微而勇敢的道晚安聲。他們摸索着下了樓，甩開了喋喋不休的吉亨媽媽。

牧師再次領着他穿過幽暗的路，不過這次是朝反方向走。引路者安詳沉靜，洛里森學着他的樣，很少說話。但他無法安詳，心在胸腔裏跳動，近乎窒息。他這麼跟隨着，走在這條又危險又走不通的小路上，不知道路的盡頭會暴露出甚麼丟臉的東西。

他們來到一條更為耀眼的街道，可以推測，這裏白天的生意很興隆。牧師再次停了下來，這回是在一幢高樓前，底層的大門和窗戶都小心地關着和閂着。高處的窗孔也是黑黑的，只有三樓的窗子裏燈火通明。洛里森聽見遠遠傳來一陣叩擊聲，很有規律，也很動聽，彷彿上面響着的是音樂。他們站在大樓的一個角上。在離得最近的地方，架着一座鐵鑄樓梯。樓梯頂端是一個直立的平行四邊形，燈點得很亮。羅根牧師停下腳步，凝神站着。

「我不多說了，」他思索着説道。「我相信你比你自己想的要好，比我幾小時之前想的要好。但不要以為，」他微笑着補充説，「我是在誇獎你。我曾答應你，可能從不愉快的困惑中解脱出來。我得修正一下我的允諾。我只能消除強化困惑的秘密，至於解脱，那還得靠你自己。來吧！」

他領着這位同伴上了樓梯。走了一半，洛里森一把抓住他的袖子。「記着，」他喘息着説，「我愛那個女人。」

「你急於想知道。」

「我——往前走吧。」

牧師到了樓梯頂端的平台上。洛里森走在後面，看到亮着的房間有一扇門，那發光的四邊形原來是門上半部的玻璃。他們近門時，節奏很強的音樂更響了，圓潤的聲音震動着樓梯。

洛里森踏上最高一級樓梯，停步喘息起來。牧師站在一旁，示意他往玻璃門內瞧瞧。

他的目光已習慣於暗處，一時間他直覺得眼花繚亂，過了一會才看清很多人的臉和身影，周圍是花團錦簇的衣物，奢華地展示着——浪濤般的花邊呀，鮮艷華麗的服飾呀，緞帶呀，絲織物呀，夢幻般的紡織物呀。這時他才明白刺耳的嗡嗡聲是怎麼回事，也看到了自己妻子疲憊、蒼白、幸福的臉。她像其餘二十多人一樣，身子俯在縫紉機上——縫呀，縫呀。這就是她幹的傻事，也是他追尋的目標。

那時他儘管感到懊悔，卻並沒有解脫。他羞愧的靈魂，在消停下來，被另一個更好的靈魂替代之前再次顫動了。緞子的閃耀，飾品的微光，讓他想起那個珠光寶氣、令人不安的潑婦；腳燈的閃光和失竊的鑽石，照亮了一樣卑劣的歷史。這一切都很使他掃興。他的智慧不足以使自己解脫，他只是準備讚揚或是譴責男人。但這一回他的愛戰勝了疑慮。他快步走向前，伸手去抓門把手。但羅根牧師動作更快，抓住他的手，把他拖了回來。

「你利用了我對你的信任，很值得懷疑，」牧師嚴厲地說。「你打算幹啥？」

「我要到妻子那兒去，」洛里森說。「讓我過去。」

「聽着，」牧師說，緊緊抓住他胳膊。「我為你提供了這些情況，可是你沒有證明你值得我這麼做。我想你本來就不打算這樣。這，我就不說了。你看到了，在那個房間裏，你娶的那個女人在做工，為了給自己掙得一份簡樸的生活，給她所寵愛的弟弟提供舒適的享受。這幢樓屬於城裏頭號製衣商。幾個月來，這裏已經日夜開工，趕着完成狂歡節的服裝訂單。我親自為諾拉找到了這份工作。每天晚上，她在這兒苦幹，從九點一直忙到天亮。另外，她還把比較精緻，離不開細活的服裝帶回家，白天再幹些時候。不知甚麼緣故，很奇怪你們倆對各自的生活都一無所知。現在你相信了嗎，你的妻子並不是一個妓女？」

「讓我到妻子那兒去，」洛里森叫道，又一次掙扎着，「請求她原諒。」

「先生，」牧師說，「你還欠我甚麼嗎？別說話。上天似乎往往讓最好的禮物落在那些學會怎麼拿的人手裏。聽我說下去。你忘了，悔罪者只能企求贖罪，而決不能和最純粹、最好的人混為一談。你接近她，用的是編織巧妙的詭辯：雙方都有罪，彼此就可以心安理得。她生怕失去心裏渴望的東西，便不得不搬出十足的美麗謊言，認為付出這樣的代價是值得的。從她出生的那天起，我就認識她了。無論在生活上，還是行為上，她都像聖人那樣純潔和清白。她居住的那條貧賤街道上，她是第一個看見早晨陽光的。她一直在那裏住着，過着日子，為他人作出慷慨的犧牲。啊呀呀，你這個無賴！」羅根牧師往下說，慍怒地指着洛里森。「我有些納悶，她為你這樣的人甘做傻事，說謊話使自己美麗的靈魂蒙羞，究竟圖的是甚麼？」

「先生，」洛里森顫抖着說，「隨你怎麼說我都行。儘管你必定懷疑我，我還是一定要證實我對你的感激，對她的忠誠。可是現在，讓我同她說句話，讓我跪在她腳邊，還有——」

「嘖！嘖！」牧師說。「你想想，像我這樣的老書蟲能目睹多少幕愛情戲？此外，我們深更半夜偷看女子衣帽的秘密，像甚麼樣子？按你妻子的吩咐，明天同她去見面吧，從今往後，聽她的話。也許某一天我會得到寬恕，寬恕我今晚扮演的角色。現在，走吧，下樓去！時候不早了，像我這樣的老頭也該歇息了。」

註釋：

[1] 比安維爾（Bienville, 1680-1768），法國探險家，北美洲拉巴馬的莫比爾和路易斯安那的新奧爾良兩城的建立者，曾任路易斯安那殖民地總督。

[2] 康蒂（Niccolodei Conti, 1395-1469），威尼斯商人。

變化無常的人生

治安法官貝納加·維達普坐在辦公室門內，吸着接骨木柄煙斗。坎伯蘭峰巒的半腰，籠罩在下午的霧靄中，呈現出一片藍灰色。一隻蘆花母雞大搖大擺沿「社區」的大街走來，傻乎乎地咯咯叫着。

路的一頭傳來車軸的吱咯聲，隨後是慢慢揚起的一陣灰土，灰土之後是一輛牛車，上面坐着蘭西·比爾布羅和他妻子。車子在治安法官的門邊停了下來，兩人爬下車子。蘭西瘦長個子，身高六英尺，棕灰色皮膚，黃黃的頭髮。大山的陰冷之氣，盔甲似的裹着他。那女的穿着花布衣服，彎着腰，不施粉黛，對那些莫名的慾望感到厭煩，隱約表示出對虛度年華的抗議。

治安法官為了維持尊嚴，把腳伸進鞋子，動了動身子，讓他們進來。

「我們倆，」那女的說，聲音像是風吹過松枝，「要離婚。」她打量了一下蘭西，看看他對自己的陳述有沒有注意到甚麼破綻，或是含糊、或是迴避、或是偏見、或是故意鬧彆扭的地方。

「離婚，」蘭西嚴肅地點了點頭，重複了一遍。「這日子，我們倆沒法一塊兒過。住在這樣的山溝裏，就是夫妻恩愛，也是夠冷清的。更何況她發起威來像呼呼的野貓，生起悶氣來像關在小屋裏的貓頭鷹。這樣的人，男人不要跟她過日子。」

「他可是個沒用的傢伙，」女的說，並不很激烈，「跟那些無賴和走私的酒販鬼混，要不就躺倒，喝他的玉米威士忌，還弄了一大群煩人的餓狗來餵養。」

「她老是當着我摔鍋蓋，」蘭西針鋒相對，「把開水澆在坎伯蘭最好的浣熊狗上，還不給男人做飯，說他這也不好，那也不行，嘀嘀咕咕，弄得他夜裏沒法兒睡。」

「他老是抗稅，在山裏落了個浪蕩子的壞名聲，夜裏誰還睡得着？」

治安法官特意起身來履行職責，給了申訴人自己僅有的一把椅子和一條木櫈子。他打開法規書，放在桌子上，掃視起索引來。馬上又擦了擦眼鏡，挪動了一下墨水台。

「法律和法規，」他說，「沒有規定本法庭對離婚的管轄權，但是，根據公平原則，根據憲法和為人的準則，正反都適用的才是好規則。治安法官既然能讓一對人結婚，自然也必定能讓他們離婚。本院可以簽發一個離婚判決令，並遵循高等法院決議讓其生效。」

蘭西·比爾布羅從褲子口袋裏取出一個小煙袋來。從煙袋裏往桌上抖出了一張五塊錢。「賣掉一張熊皮，兩隻狐狸換來的，」他說。「我們就只有這麼點錢。」

「本院辦一次離婚的通常價格，」法官說，「是五塊錢。」他裝出一副不動聲色的樣子，把錢塞進土布背心口袋裏。他費了好大勁，用了一番心思，在半張普通印刷紙上寫下了法令，再把它抄到另外半張紙上。蘭西·比爾布羅和妻子聽他宣讀了這個給他們以自由的文件：

本文件昭示，蘭西·比爾布羅和其妻艾利埃拉·比爾布羅，今日特來本官面前承諾，從即日起，無論處境好歹已不再相敬、相愛、相尊。承諾者身心健康，並根據州治安法規接受離婚法令，決不食言，願上帝保佑。

田納西州皮特蒙縣治安法官貝納加·維達普

法官剛要把一份文件交給蘭西，就被艾利埃拉的話打斷了。兩個男人都看着她。男子的遲鈍遭遇了女人的突襲。

「法官，先別給他判決書，問題還沒有完全解決呢。我得先要我的權利。我要贍養費。男人離掉了老婆不給一分錢，這可不行。我得上赫格貝克山埃德兄弟那兒，總還得要一雙鞋，零零碎碎的小東西甚麼的。蘭西既然離得起婚，也該讓他付贍養費。」

蘭西．比爾布羅像是當頭挨了一棒，茫茫然啞口無言。事先她並沒有暗示要贍養費。女人常常能提出令人吃驚和出其不意的問題。

貝納加．維達普覺得，這個問題需要司法依據，但法律沒有提贍養費。不過這女人赤着腳，而上赫格貝克山的路很陡，又全是石頭路。

「艾利埃拉．比爾布羅，」他打着官腔問道，「在本案中，你認為需要多少贍養費才好？」

「我想，」她回答，「要一雙鞋，還有別的，就說五塊吧。作為贍養費，也不算多，不過我估計能讓我趕到埃德兄弟那兒了。」

「這個數目，」法官說，「也還算合理。蘭西．比爾布羅，本庭在簽發離婚證書之前，責令你付給起訴人五塊錢。」

「我沒有錢了，」蘭西一時喘不過氣來。「我把所有的錢都付給你了。」

「不然，」法官說，從眼鏡的上端射出嚴厲的目光，「你就是藐視法庭。」

「我想你就寬限我到明天吧，」丈夫懇求着，「也許我還能把錢湊起來，我壓根兒沒有想到要付贍養費。」

「本案延期到明天審理，」貝納加·維達普說，「你們都出庭，聽候宣判。之後頒發離婚判決書。」他在門邊坐下，開始解起鞋帶來。

「我們還是到齊亞叔叔那兒去過夜吧，」蘭西做出了決定。他從一邊爬上車；艾利埃拉從另一邊爬上車。牛繩啪嗒一響，小公牛便乖乖地慢吞吞轉了個向，車子爬也似地走了，車輪揚起了一團塵霧。

治安法官貝納加·維達普吸着接骨木柄煙斗。臨近傍晚，他拿了週報看起來，直至天色昏暗，字跡模糊才停下來。隨後他點着了桌上的脂油蠟燭，繼續看報，一直到月亮升起，等着吃晚飯。他住在一幢雙層木屋裏，木屋坐落在靠近楊樹林帶的斜坡上。他回家去吃晚飯，經過月桂樹叢中一條幽暗的小溪。一個黑色的人影躥出月桂樹林，把一支長槍對準了他胸膛。這人的帽子壓得很低，還用甚麼東西遮住了大半個臉。

「拿錢來，」這人影說，「別說話。我很緊張，手指在扳機上直發抖。」

「我只有五塊錢，」治安法官說，從背心口袋裏掏出錢來。

「把錢捲起來，」他命令道，「塞到槍管裏。」

這張紙幣又新又挺括。儘管手指既笨拙又發抖，要把錢捲成一個圓筒，並從槍口塞進去（幹這個時不那麼鎮定）卻並不那麼費事。

「現在，我想你可以走了，」強盜說。

治安法官不敢遲疑，拔腿就走。

第二天，一條小紅公牛拖着車來到門口。治安法官貝納加．維達普知道有人來訪，沒有脱下鞋子。當着法官的面，蘭西．比爾布羅把五塊錢交給了妻子。這位官員緊盯着這張鈔票。這錢似乎捲起來塞進過槍筒。但治安法官耐着性子沒有開口。説實在，別的紙幣也可能捲起來的。他交給他們一人一張離婚判決書。兩人尷尬地站着，沒有説話，把這張自由的保證書慢慢地捲了起來。那女的靦腆而拘束地看了蘭西一眼。

「你大概會回木屋，」她説，「坐着你的牛車。架子上的洋鐵盒裏有麵包。我把熏鹹肉放進了燒鍋，免得讓狗吃了。今晚別忘了給鐘上發條。」

「你要上你兄弟埃德那兒嗎？」蘭西問道，口氣有點漠然。

「我今晚得上那兒。我不是說，他們會不怕麻煩歡迎我，可是我沒有別的地方可去。路遠着呢，我這就走了。我要同你說再見了，蘭西——當然，要你也願意說才是。」

「我就像別人的獵狗一樣，」蘭西帶着受屈者的口氣說，「不會不說再見的——除非你急着要走，不要我說。」

艾利埃拉沒有吱聲。她小心地把那張五塊錢和判決書摺起來，塞進胸衣。貝納加·維達普帶着淒厲的目光，眼睜睜地看着這錢消失在別人的懷裏。

他想着要說的話（他的思緒飄忽），讓他要麼與一大群世間的同情者為伍，要麼加入一小撮大金融家行列。

「今晚你待在老木屋裏會覺得冷清的，蘭西，」她說。

蘭西·比爾布羅往外凝視着陽光下蔚藍的坎伯蘭山，沒有去看艾利埃拉。

「我知道會冷清的，」他說，「可是人家瘋了，硬要鬧離婚，你怎麼能留得住呢？」

「有人是要離婚，」艾利埃拉對着木櫈子說。「另外，也沒有人叫人留下。」

「沒有人叫人不留下。」

「也沒有人叫人留下呀。我想還是現在就上路，到埃德兄弟那兒去好。」

「沒有誰能給那個老鐘上發條。」

「要我跟你一起坐了牛車回去，替你上發條嗎，蘭西？」

這山區人外表上不動聲色。但他伸出一雙大手，將艾利埃拉棕黃色瘦小的手一把抓住。她的心靈透過沒有表情的臉往外窺視，露出一副神聖的面孔。

「那些狗不會再找你麻煩了，」蘭西說。「我想我是沒有出息。你去給鐘上發條吧，艾利埃拉。」

「在木屋裏，蘭西，我的心跟你的想到了一塊兒，」她耳語着。「我不發脾氣了。我們現在就走吧，蘭西，太陽下山的時候準能到家。」

他們忘了治安法官，朝門口走去時，法官干預了。

「我以田納西州的名義，」他說，「不允許你們違抗法律和法規。本法庭十分樂意看到，兩顆愛心之間前嫌冰釋，但維持本州的道德和誠實是本法庭的責任。本庭提醒你們，根據法令，你們已經離婚，不再是夫妻。為此，無權享受結髮夫妻的權益。」

艾利埃拉抓住蘭西的胳膊。這難道是說，他們剛接受了生活的教訓，她就得失去他嗎？

「不過，本庭準備着，」法官繼續説，「掃除離婚判決書造成的障礙。本庭可以到場舉辦莊嚴的結婚儀式，把事情辦妥，使雙方當事人能繼續保持嚮往的崇高的婚姻狀態。舉辦儀式的費用，就本案而言，為五塊錢。」

從他的話裏，艾利埃拉看到了希望的光芒。她的手立即伸進懷裏。那張鈔票像自由飛翔的鴿子一樣，撲喇喇落到了法官的桌子上。她跟蘭西手拉手站着，聽着重新讓他們結合的話，灰黃的臉上泛起了紅暈。

蘭西扶着她進了牛車，然後爬進去坐在她旁邊。小紅公牛再次掉過頭來，他們緊握着彼此的手，朝山區出發了。

治安法官貝納加·維達普坐在門邊，脱掉了鞋子。再次摸了一下塞進西裝口袋的鈔票，再次吸起接骨木柄煙斗來，那隻蘆花母雞再次大搖大擺沿「社區」的大街走來，傻乎乎地咯咯叫着。

菜單上的春天

三月的某一天。

你要是寫故事，千萬別這樣開頭。這種開頭是最糟糕的，沒有想像力，沒有生氣，枯燥乏味，還很可能全是廢話。但我們這麼開頭卻未嘗不可。因為原來打算用作開頭的下面這段話太誇飾，太離譜，不應該那麼冷不丁塞給讀者。

薩拉正對着一份菜單哭泣。

想像一下，一個紐約姑娘竟對着菜單哭哭啼啼！

要作出解釋，你盡可以猜想，龍蝦供應完了；或者她發過誓大齋節不吃冰淇淋；或者她已經叫了洋蔥；或者她剛看完哈克特劇場的午場演出。但這些推測都不對，那就聽我把故事講下去吧。

一位紳士說，世界是一個蠔，可以用刀扒開。大家對說這話的人未免過獎了。用刀把蠔扒開並不難。可是你有沒有看到過有誰用打字機扒開了人生的貝殼？你願意耐心等待，看看一打生蠔就這麼扒開嗎？

薩拉用她笨拙的工具把貝殼撬開了一點，正好嘗到了裏面一丁點冰冷的蛤蜊世界的滋味。她的速記能力，不會比商學院速記學科初次從業的畢業生高明，結果進不了傑出辦公人才的群體。她成了自由打字員，同時還攬些抄寫的零活。

薩拉在人世間搏擊，取得的最輝煌業績是同蘇倫伯格家鄉飯店達成的交易。她住在老紅磚房的過道房間，飯店就在那房子的隔壁。一天晚上，她在蘇倫伯格吃了四十美分五道菜的定價客飯（服務的速度，跟你在那位黑人頭上扔五個棒球差不多）。薩拉帶走了菜單。菜單上的字潦草得幾乎難以辨認，既不是英文，也不是德文。而且前後次序顛倒，一不小心，你這頓飯準會以牙籤和米飯布丁開始，以湯和星期的日子結束。

第二天，薩拉向蘇倫伯格出示了一張整潔的菜單，是用打字機打的，字體很漂亮，所有菜餚都各就各位，十分誘人，從「冷盤」到「大衣和傘責任自負」，一概不缺。

蘇倫伯格當場就服了，薩拉還沒有走，便心甘情願地和她達成了協議。薩拉得打好店內二十一桌菜單——每天的晚餐都是新菜單，中餐和早餐則隨食品的變動和整潔需要而改變。

作為回報，蘇倫伯格每天供應薩拉三頓飯，由侍者——盡可能低三下四的侍者——送到她的過道房間，同時每天下午給她提供用鉛筆書寫的菜單，也就是命運為蘇倫伯格的顧客們準備的第二天的食品。

雙方都對這一協議感到滿意。蘇倫伯格飯店的主顧們，儘管有時不知道吃的是甚麼，但現在都叫得出名堂來了。而薩拉呢，寒冷乏味的冬天已有食品果腹，對她來説，這是最要緊的。

然後，日曆謊報春天來了。春天不是説來就來的。一月裏結凍的雪依然堆積在穿越小鎮的街道上，像金剛石一般堅硬。手搖風琴以十二月份的歡快和生動，仍奏着「昔日歡樂的夏天」。男人們提前三十天提醒自己要購買復活節衣裝。門房關掉了暖氣。從這些事兒可以知道，城市依然在冬天的掌控之中。

一天下午，薩拉在她高雅的過道臥房裏瑟瑟發抖。牆上的條子寫着：「供應暖氣，絕對乾淨，設施便利，請予愛護。」除了打蘇倫伯格的菜單，薩拉無所事事。她坐在吱咯作響的柳條搖椅上，朝窗外望去。牆上的日曆不停地叫喚：「春天來了，薩拉——告訴你，春天來了。瞧瞧我，薩拉，我的數字寫得明白。你的身材很勻稱，薩拉——漂亮的春天身材——幹嗎那麼傷心地看着窗外呢？」

薩拉的臥室在房子的後部，朝窗外望去，可以看到鄰街盒子工廠的後磚牆，牆上沒有窗子，但牆壁晶瑩明淨。薩拉俯視着長草的巷子，這裏覆蓋着櫻桃樹和榆樹的樹蔭，周邊是樹莓和金櫻子。

春的氣息十分細微，耳朵聽不到，眼睛看不見，必得有藏紅花綻開，山茱萸星星點點，藍鳥放聲歌唱——甚至需要更明確的提醒，如蕭颯的懷抱迎來「綠色夫人」之前，告別冬季食品蕎麥和牡蠣。但是，最新的新娘給古老地球上最優秀的物種直接帶來了好消息，告訴他們只要不自輕自賤，就不會受到冷遇。

上一個夏季，薩拉到了鄉下，愛上了一個農民。（寫小說時千萬別用倒敍手法。那是一種拙劣的技巧，使讀者索然無味。還是讓故事不斷往前發展吧。）

在森納布魯克農場，薩拉待了兩週，愛上了老農弗蘭克林的兒子沃爾特。農民們被人愛上，然後結婚，然後很快被逐出。但小沃爾特是個現代農民。他在牛欄裏裝了電話，還能準確算出明年加拿大的小麥收成會對月色晦暗時下種的土豆產生甚麼影響。

就在這條樹蔭遮蔽、長着樹莓的小巷裏，沃爾特向她求愛，並得到了同意。他們坐在一起，給她的頭髮編織一頂蒲公英皇冠。黃色的花朵襯着褐色的頭髮，他對那效果讚不絕口。她留下花冠，走回自己的房子，手裏搖晃着一個稻草人。

他們準備春天結婚——春意初露就結，這是沃爾特說的。薩拉則返回城裏打字。

敲門聲驅散了薩拉對大喜日子的想像。侍者送來了家鄉飯店次日菜單的粗略鉛筆稿，是蘇倫伯格用帶角的老式字體寫的。

薩拉在打字機前坐下，往滾筒裏塞進一張卡片。她的手很靈巧，二十一桌的菜單，一般一個半小時就可以打好。

今天，菜單的變化比往常要大。湯的份量輕了。豬肉已經從主菜中剔除，只能混跡於燒烤的俄國蘿蔔之中。整個菜單瀰漫着親切的春天氣息。近來，在冒出新綠的山邊跳躍的羊羔，也被充份利用，加上佐料，以紀念其活躍的姿態。牡蠣之歌雖未停息，但愛的音符已經減弱。煎鍋已不常用，因為烤爐更受歡迎。餡餅的需求量增大，更油膩的布丁消失了。香腸已被包裹起來，樂觀地説，還能跟蕎麥和無望的甜槭樹汁共存。

薩拉的手指彈跳着，像夏天在溪中跳舞的小矮人。她一道道菜打下來，目光作出準確判斷，按每道菜長短空出位置。

甜食之前是蔬菜單子。胡蘿蔔和青豆、蘆筍配烤麵包、常年不斷的番茄和玉米、青玉米粒煮利馬豆和白菜，以及——

薩拉對着菜單哭泣。因為極度的傷感，眼淚從內心深處湧出，積聚在眼睛裏。她朝着小小的打字機低下頭去，鍵盤嗒嗒響着，成了淚眼飲泣的枯燥伴奏。

她已經兩個星期沒有收到沃爾特的信了，而菜單上的下一道菜是蒲公英——蒲公英燒甚麼蛋——討厭的蛋！——蒲公英，沃爾特曾用它金黃色的花朵做成皇冠，戴在他心愛的女皇和未來的新娘頭上——蒲公英，春天的使者，她心底的最痛——讓她想起了自己最幸福的日子。

女士呀，若是你去經受這樣的試驗，我看你笑不出來：把珀西在你的定情夜帶給你的黃玫瑰，當着你面做成色拉，外加法國調料，在蘇倫伯格飯店上桌。朱麗葉一見到自己愛情的象徵物被玷污，就會立即尋找高明的藥劑師，要一帖遺忘藥。

但是，春天真是一個女巫！有一個信息必須送進鐵鑄石造的寒冷大城市。可是無人遞送，只有田野裏這個耐寒的小信使。他身穿粗劣的綠色外套，態度謙和。他是命運的真正衛士，這個蒲公英——法國廚師稱他為獅子的牙齒。開花時，可以做成花圈，戴在女人栗黃色的頭髮上，有助於談情說愛；含苞欲放，尚未長成時，可以進入沸騰的水壺，為至高無上的女主人傳話。

漸漸地，薩拉強忍住了眼淚。卡片總得打好。但是，她仍沉浸在蒲公英夢裏，眼前是朦朧的金黃色閃光，一時間，手指無心敲擊着鍵盤，心腦隨青年農民來到青草萋萋的小巷。不過，她很快返回到曼哈頓裏着石頭的巷子。打字機嗒嗒響着，跳着，活像驅散遊行隊伍的摩托車。

六點鐘，侍者送來晚飯，拿走了打好的菜單。吃飯時她嘆了口氣，把那盤蒲公英連同調料推到一邊。這堆黑黑的東西，由鮮艷的定情花朵，變成了不光彩的蔬菜，她夏天所懷的希望也隨之幻滅。莎士比亞說得好，愛情能從自身得到滋養。可是薩拉無法讓自己吃蒲公英，因為它曾作為飾品，使她愛情的第一道精神盛宴大添光彩。

七點半，隔壁房間的夫婦開始吵架；樓上吹笛的男人尋找着A調；煤氣供應不足；三輛煤車開始卸煤——留聲機跟這聲音難以相容。屋後柵欄上的貓們慢慢地朝瀋陽[1]撤退。這些跡象讓她知道，是讀書的時候了。她取出《修道院和壁爐》，那本該月最佳非賣書，把腳擱在箱子上，開始和書中的主人公傑勒德閒蕩起來。

前門的門鈴響了。女房東去開門。薩拉撇下傑勒德和丹尼斯被熊驅趕上樹的細節，傾聽着。呵，不錯，要是你，也會像她這麼做的！

隨後，樓下大廳裏傳來了一個響亮有力的聲音。薩拉跳起來朝門邊撲去，書本掉到了地板上，那第一回合，熊輕而易舉地戰勝了。

你猜對了。她剛走到樓梯頂部，她的那位農民已經上來了，一跳就是三個台階，早把她收割並儲存好，甚麼也沒有留給揀稻穗的人。

「你為甚麼不寫信呢——啊，為甚麼？」薩拉叫道。

「紐約這個城市那麼大，」沃爾特．弗蘭克林說。「一週之前，我去了你原來的住處，發現你星期四就搬走了。那倒給了我一點安慰，因為排除了星期五，那個不走運的日子。但儘管這樣，你還是讓我和警察，或者我一個人，找到現在！」

「我寫過信！」薩拉激烈抗辯。

「從來沒有收到過！」

「那你怎麼找到我的？」

青年農民綻開了春日的笑容。

「今天晚上，我碰巧進了隔壁的家鄉飯店，」他說。「我不在乎這家店的名聲大小。一年的這個時候，我想吃些蔬菜。我的眼睛掃過打得很漂亮的菜單，在上面尋找着甚麼。我看到了甘藍菜下面這一行，興奮得把櫈子都打翻了，叫喊着要見老闆。他告訴我你住在甚麼地方。」

「我還記得，」薩拉嘆了口氣，愉快地說。「甘藍菜下面是蒲公英。」

「我知道，你打字機上的大寫『W』真古怪，無論在哪兒，都要高出同一行字一大截，」弗蘭克林說。

「啊呀，蒲公英這個字裏，可沒有『W』這個字母[2]，」薩拉驚奇地說。

年輕人從衣袋裏掏出一張菜單，指着其中的一行。

薩拉認出來這是那天下午打的第一張卡片。右上角她掉落眼淚的地方，還有一個放射狀污漬。可是，在本該讀到草地植物名字的地方，因為心裏盡想着那金黃色的花朵，手指居然不可思議地觸到其他鍵上去了。

於是，在紅甘藍和青椒塞肉之間出現了這樣一道菜：

「最最親愛的沃爾特燒水煮蛋。」

註釋：

[1] 這篇小說寫於日俄戰爭期間，瀋陽近當時的戰場，作者信手拈來，有揶揄之意。

[2] 蒲公英的英文為「dandelion」，內中確無「w」這一字母。

無賴騙子小説

催眠術高手傑夫·彼德斯

傑夫·彼德斯掙錢的路子，就像南卡羅來納州查爾斯頓地方做飯的方式那樣，多得不計其數。

我最愛聽他說早年的生活，在街角兜售藥膏和咳嗽藥，日子過得緊巴巴，始終以誠待人，拿最後一分錢跟命運打賭。

「我轟動了阿肯索的費希爾·希爾城，」他說，「一身鹿皮裝，穿着軟幫鞋，披一頭長髮，戴着三十克拉的鑽石，是從德克薩肯納的一個演員那兒，用我的小刀換來的，不知道那把小刀後來派了甚麼用處。

「我是沃胡醫生，一個印度名醫。當時，我甚麼也沒有帶，只有一件最好的賭注，起死回生藥，藥料是一種能救命的草本植物，被塔誇拉偶然發現的。塔誇拉是喬克托國酋長的妻子，長得很漂亮。當時，她正在採集野菜，裝飾狗肉盤子，為一年一度陳腐的舞會做準備。

「前面一個鎮上生意不好，只賺了五塊錢。我到了費希爾．希爾城的藥商那裏，賒來了半籮八盎司瓶子和瓶塞，旅行包裏還有標籤和原料，是前一個鎮子留下的。我進了旅館房間，自來水龍頭嘩嘩流出水來，桌上排列着成打起死回生藥，生活又充滿了希望。

「假貨？不，先生。那半籮起死回生藥裏，有價值兩塊的奎寧汁和十塊的苯胺。幾年以後，我走過各城鎮，還是有人要那些東西呢。

「那天晚上，我僱了一輛馬車，開始在大街上拋售起死回生藥。費希爾．希爾城地勢低，流行瘧疾。一種既治療假想的肺心病，又抗壞血病的綜合補劑，正是我診斷的人群所需要的。一開始，起死回生藥就像素席上的烤雜碎那麼受歡迎。我賣了二十多瓶，每瓶五毛錢。這時有人拉了拉我的衣角。我明白那意思，便爬下車來，把一張五塊的鈔票偷偷塞進一個人手裏，這人的衣領上有一顆德國銀星。

「『警官，』我說，『晚上天氣真好。』

「『有城市執照嗎？』他問，『你非法出售騙人的香油，花言巧語把它說成藥品。』

「『我沒有，』我說。『我不知道你們還有個城市。如果我明天能找到，只要需要，我會開出一張執照來的。』

「『等你開出來了，我才准你賣，』警官說。

「我歇手不賣了，回到旅館，同房東談起了這件事。

「『在費希爾．希爾城，你可站不住腳了，』他說。『霍斯金斯醫生是城裏唯一的醫生，又是市長的內弟，他們不允許江湖醫生在城裏行醫。』

「『我不行醫，』我說，『我有一張州發的小販執照。需要的話，我隨時可開出城市執照來。』

「第二天早晨，我趕到市長辦公室，他們告訴我他還沒有來，也不知道甚麼時候會來。沃胡醫生便又返回旅館，聳起肩坐在椅子上，點上一支曼陀羅雪茄，乾等着。

「過不了多久，一個繫藍色領帶的青年坐到了我旁邊的椅子上，並問我幾點鐘了。

「『十點半，』我說，『你是安迪．塔克吧。我見過你幹活的樣子。在南方各州搞愛神大套賣的不是你嗎？讓我想想，一個智利鑽石訂婚戒指，一個婚戒，一個土豆粉碎器，一瓶鎮痛膏，一瓶多蘿茜酒——統統合在一起，只賣五毛錢。』

「見我還記得他，安迪很高興。他是個出色的街頭小販。不僅如此，他還很珍惜自己的職業，滿足於百分之三百的利潤。很多人請他去幹非法的藥品買賣和花園種子生意，他都不受誘惑，一條路走到底。

「我需要一個搭檔，安迪和我約定聯手去幹。我同他談了費希爾．希爾城的情況，告訴他由於地方上政治和瀉藥相混，經濟很不景氣。那天早晨，安迪剛從火車上下來，手頭也很緊。他想去游說市鎮，拿出些錢來，採用公眾捐贈的辦法，在尤里卡溫泉建造一艘軍艦。於是我們到了外面，坐在走廊上商議了一番。

「第二天早上十一點，我正獨自坐着，一位湯姆叔叔拖着腳步，踢踏踢踏進了旅館，請醫生去給班克斯法官治病。那位法官好像就是市長，病得很重。

「『我不懂醫術，』我說。『你為甚麼不去請醫生呢？』

「『老闆，』他說。『霍斯金斯醫生到鄉下出診去了，離這兒二十英里。城裏只有他一個醫生，而班克斯先生病得很厲害。他讓我來請你去，先生。』

「『將心比心，』我說，『我這就過去給他看看。』於是我把一瓶起死回生藥放進口袋，爬上山坡，到了市長大廈。那是城裏最好的房子，折線形屋頂，草地上蹲着兩條鐵鑄的狗。

「除了鬍子和腳，這位班克斯市長都埋在床裏了。他的肚子咕咕直響，那響聲真會把所有舊金山人嚇得逃往公園。一個年輕人站在床邊，端着一杯水。

「『醫生，』市長說，『我病得很厲害，快要死了。難道你不能救救我嗎？』

「『市長先生，』我說，『我不是個正宗的醫生，從來沒有上過醫學院，』我說。『我是作為一個同胞過來，看看能不能幫上點忙。』

「『我很感激，』他說。『沃胡醫生，這是我的侄子，比德爾先生。他已經想法減輕我的痛苦，但沒有見效。哎呀，上帝呀！哎喲！哎喲！哎喲！』他呻吟着。

「我朝比德爾先生點了點頭，在床邊坐下，搭了一下市長的脈搏。『讓我看一下你的肝臟——我的意思是舌頭，』我說。隨後我翻開他的眼瞼，仔細瞧了瞧眼珠。

「『你病了多久了？』我問。

「『我是——唉喲喲——昨天夜裏得病的，』市長說。『開點藥治治吧，醫生，行嗎？』

「『菲德爾先生，』我說，『把窗簾拉高一點，行嗎？』

「『是比德爾，』年輕人說。『你想吃點火腿和雞蛋嗎，詹姆斯叔叔？』

「『市長先生，』我把耳朵貼在他的右肩上，聽了聽說，『你的右鎖骨肌腱重度發炎了！』

「『我的天哪！』他呻吟着說。『你不能擦點甚麼東西上去，或者想點其他辦法治一治嗎？』」

「我拿起帽子，朝門口走去。

「『你走了，醫生？』市長吼叫着。『你不會就這麼走掉，讓我死於這個——甚麼鎖骨肌腱炎吧？』」

「『共同的人性，瓦哈醫生，』比德爾先生說，『決不會讓你不顧死活拋棄同類。』」

「『是沃胡醫生，看你說話那麼吃力，』我說。然後我回到床邊，把長髮往後一甩。

「『市長先生，』我說，『你只有一個希望了。藥品對你已經沒有用處。儘管藥品已經夠有效了，但還有一種東西更有效。』我說。

「『甚麼東西？』他問。

「『科學論證，』我說。『精神戰勝菝葜[1]。相信你沒有病痛，病痛不過是人不舒服時的感覺。宣告你自己已經落伍了吧，現在開始演示。』」

「『你說的隨身物品是甚麼意思，醫生？』市長說。『你不是社會主義者吧？』」

「『我說的是，』我說，『通過精神的方法來集資的偉大學說——說的是一個啟蒙學派，採用遠距離潛意識手段，來醫治虛妄症和腦膜炎——說的是一種稱為催眠術的奇妙室內運動。』

「『你在行嗎，醫生？』市長問。

「『我是猶太教公會和內部佈道壇的成員，』我說。『我一施催眠術，瘸子就能走路，瞎子就能重見光明。我是個巫師，花腔催眠師和精神掌控者。在安阿伯最近舉行的一次降神會上，通過我，醋酸公司已故董事長才重返人間，同他的妹妹簡對話。你看到我在街上把藥賣給窮人，』我說，『我不給他們施催眠術。我不勉強行事，』我說，『因為他們沒有錢。』

「『我的病你治嗎？』市長問。

「『聽着，』我說。『我無論到哪裏，醫學學會總跟我過不去。我並不行醫。不過，為了救你的命，要是你作為市長同意不追究執照問題，我可以給你做心理治療。』

「『我當然同意，』他說。『現在就動手吧，醫生，疼痛又發作了。』

「『診療費是二百五十塊，保證兩次見效，』我說。

「『好吧，』市長說。『我付。我的命這點錢總值吧。』

「我在他床邊坐下，目光直視他的眼睛。

「『現在，』我說，『別去想你的病。你沒有病。你沒有心，沒有鎖骨，沒有奇怪的骨頭，沒有腦袋，甚麼也沒有。你不覺得痛。說吧，你有罪過。現在，你覺得疼痛消失了，那疼痛本來就沒有，是不是？』

「『確實感覺好一點了，醫生，』市長說，『媽的，確實是這樣。你再撒幾個謊吧，說我的左腰沒有腫脹。這樣我就可以讓人攙扶起來，吃些香腸和蕎麥糕了。』

「我揮了幾下手。

「『現在，』我說，『炎症消失了。右邊發炎最嚴重的地方消腫了。你想睡了，你眼睛都睜不開了。你的病現在已經得到控制。現在，你睡着了。』

「市長慢慢地閉上了眼睛，開始打起呼嚕來。

「『你看到了吧，梯德爾先生，』我說，『現代科學的奇蹟。』

「『是比德爾，』他說。『你甚麼時候再給叔叔治療呢，普普醫生？』

「『是沃胡，』我說。『我明天十一點再來。他醒來後，你給他吃八滴松節油，三磅牛排。再見。』

「第二天早上，我按時返回。『嗨，里德爾先生，』他打開臥室門時我說，『今天早上你叔叔怎麼樣了？』

「『他好像好多了，』年輕人說。

「市長的氣色和脈搏都不錯。我又給他做了治療，他說，終於一點都不痛了。

「『好吧，』我說，『你最好再躺一兩天，那就全好了。幸虧我恰好在費希爾·希爾城，市長先生，』我說，『正規醫療學派儘管有多多少少方子，可是都救不了你。而現在，既然你的罪過已消失在九霄雲外，你的疼痛原來是子虛烏有，那就讓我們提一提更愉快的話題吧——說一下二百五十塊的費用。請不要付支票。在支票背部簽名，對我來說，跟在正面簽名一樣討厭。』

「『我這兒有現金，』市長說，從枕頭下拉出一個錢包來。

「他數出了五張五十塊錢的鈔票，拿在手裏。

「『拿收據來，』他對比德爾說。

「我在收據上簽了字後，市長把錢交給了我。我小心地把錢放進裏面的口袋。

「『現在執行你的任務吧，警官，』市長說，咧開嘴笑起來，完全不像一個生病的人。

「比德爾先生的手搭在我的胳膊上。

「『你被捕了，沃胡醫生，別名彼德斯，』他說『根據州的法律，你屬於非法行醫。』

「『你是誰？』我問。

「『我來告訴你他是誰，』市長說，從床上坐起來。『他是州醫學學會僱用的偵探。他已經跟蹤你五個國家了。昨天，他上我這兒，我們便設下這個圈套來逮你。我想你再也不會在這一帶給人治病了吧，騙子先生。你說我得了甚麼病啦，醫生？』市長大笑，『綜合徵——嗯，我想無論如何不會是頭腦軟弱吧。』

「『一個偵探，』我說。

「『不錯，』比德爾說。『我得把你交給治安官了。』

「『看你怎麼下手吧，』我說着抓住了比德爾的脖子，差一點把他扔到窗外去。但是他拔出槍來，頂住我下巴，我便站着不動了。隨後他給我上了手銬，從我口袋裏把錢取走了。

「『我作證，』他說，『那是你和我原來做了記號的鈔票，班克斯法官。到了治安官的辦公室，我會交給他的，他會給你一個收據。這些錢會用作這個案子的物證。』

「『行啊，比德爾先生，』市長說。『還有，沃胡醫生，』他繼續說，『你幹嗎不顯一顯身手？為甚麼不能用你的催眠術魔法把手銬卸掉？』

「『走吧，警官，』我說，神氣十足。『我還是用到最該用的地方去吧。』隨後我轉向老班克斯，把手銬弄得叮噹響。

「『市長先生，』我說，『你相信催眠術是成功的招數那一天，很快就會到來。而且，你可以肯定，在這個病例中也是成功的。』

「而我想也是成功的。

「我們差不多走到大門口時，我說：『現在，我們可能會碰上甚麼人，安迪。你還是把手銬拿掉吧，而且——』嗨呀，怎麼回事？當然，他是安迪·塔克。這是他的計謀。那就是我們如何搞到資金，一塊兒做生意的經過。」

註釋：

[1] 菝葜(sarsaparilla)，敍述者胡編亂造，故意用冷僻的詞彙來騙人。市長聽錯了，把它說成 paraphernalia（隨身物品）。

藝術良心

「我的搭檔安迪．塔克，我可永遠無法規範他的哄騙行為，讓他光行騙，不違法，」一天，傑夫．彼德斯對我說。

「安迪太富有想像力，所以不誠實。他總是想出各種花招來搞錢，全是欺詐手段，金額又很大，連鐵路回扣細則上也規定不允許。

「我呢，從來不隨便拿別人的錢，除非我可以給點甚麼——包金首飾呀，花籽呀，腰痛藥水呀，證券呀，爐子擦洗劑呀，要不砸破腦袋給人看，來換取人家的錢。我猜想自己的祖先一定是新英格蘭人，而且我繼承了他們的某些品質，對警察始終懷有畏懼之心。

「但是安迪的家譜卻不同。我想他的血統恐怕只能追溯到一個公司。

「一年夏天，我們從中西部沿俄亥俄山谷下來，一路活動，帶着家庭照相冊、頭痛粉、滅蟑螂藥之類的東西，安迪提出了一種可能引起訴訟的大詐騙。

「『傑夫，』他說，『我一直在想，應該放棄那些一塊錢的小騙術，關注一下賺頭大、獲利厚的大買賣。要是繼續那麼快得手，盡弄些鄉巴佬拿雞蛋換來的小錢，人家會把我們歸入沒本事的小騙子。為甚麼不鑽進摩天大樓的要害，咬住某頭大馴鹿的胸部呢？』

「『哎呀，』我說，『你知道我的脾氣。我喜歡光明正大合法的生意，就像我們現在做的。我拿了錢，總是給人家手裏留下點看得到的東西，也好轉移他們的視線，不來注意我的騙術，即使不過是一隻能把香水噴到朋友眼睛裏的滑稽戒指。但要是你有甚麼新點子，安迪，』我說，『拿出來一起瞧瞧。我倒不是熱衷於小打小鬧，有好辦法也不同時採用的。』

「『我想，』安迪說，『去打一下獵，不帶獵狗，不喧不鬧，目標是一大群美國富豪，一般人說的匹茲堡百萬富翁。』

「『在紐約？』我問。

「『不，先生，』安迪說，『在匹茲堡。那是他們的居住地，他們不喜歡紐約，偶爾上那裏是因為有事情。』

「『一個匹茲堡百萬富翁到了紐約，就像一個蒼蠅掉進了一杯熱咖啡裏——很受人注意和議論，但他自己並不喜歡。紐約譏笑他們把那麼多錢揮霍在那個城市，那裏全是些偷偷摸摸、刻薄無情的勢利小人。事實上，他在那兒時不花甚麼錢。我看到過一個身價一千五百萬的匹茲堡人，十天遊邦克姆鎮的費用備忘錄。根據他的記載：

往返火車票……二十一塊
往返旅館出租車費……兩塊
旅館住宿費（五塊一天）……五十塊
小賬……五千七百五十塊
合計……五千八百二十三塊

「『這就是紐約的聲音，』安迪繼續說。『這個城不過像是個旅館領班。你給的小費太多，他就會走過去，站在門口，當着衣帽服務生取笑你。匹茲堡人要花錢和享受，總待在家裏，我們正要去那裏把他們逮住。』

「行了，長話短說，我和安迪把我們的顏料、解熱鎮痛藥和相冊藏在一個朋友的地窖裏，然後乘火車到了匹茲堡。怎麼行騙，如何動手，安迪都心中無數。不過，他總是信心十足，那種不循規蹈矩的天性，到時候總能讓他想出法子來。

「我始終認為，要維護自我，堅持操守。作為對這一想法的讓步，安迪答應，要是我積極參與相關的冒險小生意，我們一起策劃的那種，他會給受害者某種實實在在的東西，摸得着，看得見，嘗得到，聞得着，來換取對方的錢。這樣，我在良心上也會好受些。之後，我感覺好多了，更愉快地參與了骯髒的把戲。

「『安迪，』我說。這時我們在一條叫做史密斯費爾德的街上溜達，沿着煤渣路，穿過揚起的塵霧。『你想過沒有，我們怎麼跟這些焦炭大王和生鐵吝嗇鬼打交道呢？我不是自貶身價，或者詆毀客廳禮數，攻擊使用吃橄欖的叉子和吃餡餅的刀子，』我說，『但是，這些吸細支雪茄的人規矩很多，你要走進他們的客廳，不是比想像中難得多嗎？』

「『要是有甚麼障礙的話，』安迪說，『倒在於我們自己，我們缺乏教養和文化素質。匹茲堡的百萬富翁，是很好的一批人，樸實、真誠、不擺架子、十分民主。

「『他們的舉止粗俗不文明，表面上高聲大氣，不加修飾，骨子裏都很粗魯無禮。他們幾乎每個人都是在默默無聞中一舉成名的，』安迪說，『而且還會這麼默默無聞地生活下去，直到這個城市開始清除煙霧。只要我們舉動樸實自然，不遠離沙龍，不斷吵吵嚷嚷，譬如叫着要給進口的鐵軌上稅，我們可以毫不費力地在社交場合碰上一些人。

「於是，安迪和我在城裏遊蕩了三四天，摸清楚方向。我們看到了幾個百萬富翁。

「其中的一位，過去常把車停在我們的旅館前面，叫人拿來一夸脱香檳。侍者打開蓋子，他拿了瓶子，放到嘴邊就喝。由此可見，他發財之前是個玻璃吹製工。

「一天晚上，安迪沒有來旅館吃晚飯。大約十一點鐘，他進了我房間。

「『找到一個了，傑夫，』他說。『身價一千二百萬。經營石油、軋鋼廠、房地產和天然氣。他是個好人，沒有架子。最近五年才發的財。如今他找來了一些教授，幫他提高素質——藝術、文學、男子的服飾和諸如此類的東西。

「『我見他的時候，他剛跟一個鋼鐵公司的人打賭，說今天阿勒格尼軋鋼廠會有四個人自殺。結果他贏了，賺了一萬塊。在場的人紛紛走上前去，讓他請客喝酒。他開始喜歡我，邀請我同他一起吃晚飯。我們去了鑽石巷一家飯店，坐在高櫈上，飲着冒泡的摩澤爾白葡萄酒，喝了海鮮雜燴湯，吃了蘋果餡炸麵團。

「『然後他要我去自由街，看看他的單身公寓。房間在一個魚市場上頭，一共十間。在另一層上，還特地設了洗澡間。他說，裝修公寓花了他一萬八千塊。這，我相信。

「『在一個房間裏，他有着價值四萬塊的畫；另一個房間裏，是價值二萬塊的古玩。他的名字叫斯卡德，今年四十五歲，在學鋼琴。每天有一萬五千桶油從他的油井中冒出來。』

「『不錯，』我說，『初次出馬就滿意而歸。可是啊呀呀！藝術垃圾對我們有甚麼用？還有石油，有甚麼用呢？』

「『那個人嘛，』安迪說，沉思着坐到了床上，『不是你平常說的一般廢物。他讓我看那個藝術古玩室的時候，滿臉生光，就像焦炭爐的爐門。他說，要是做成某筆大生意，他會讓約．皮．摩根收集的血汗工廠掛毯，緬因州奧古斯塔的珠飾品，統統看上去像幻燈片上駝鳥胃囊中的食物。

「『接着他給我看了一個小小的雕刻，』安迪繼續說，『誰都看得出來，那是個無價之寶。他說，好像是有二千年歷史的東西。那是一朵荷花，花中是一個女人的臉，由一整塊象牙雕刻而成。

「『斯卡德查了一下目錄，描述了一下。大約在公元前，埃及一個名叫卡夫拉的雕刻家，為國王拉美西斯二世創作了兩個。另一個已無處查找。古董店和古玩迷們找遍整個歐洲，卻不見此貨。斯卡德花了二千塊錢，弄到了手裏的那個。』

「『呵，行呀，』我說，『對我來說，像潺潺溪流那麼動聽。我想我們上這兒是教百萬富翁做生意，而不是向他們學藝術，是不是？』

「『耐心點，』安迪和氣地說。『也許我們很快能看到希望。』

「第二天早上，安迪一直在外面活動。臨近中午，我才見到他。他進了旅館，叫我到他隔着客廳的房間裏去。他從口袋裏掏出一個鵝蛋大小的包裹，把它打開。這是個象牙雕刻，在我看來，跟他描繪百萬富翁的那個一模一樣。

「『一會兒工夫之前，我進了一家舊貨店和當舖，』安迪說，『看見這東西埋在一大堆短劍和雜物下面。當舖老闆說，他拿到這東西已經幾年了，想來是以前住在河下游的一些阿拉伯人，或者土耳其人，或者某些外國笨蛋典當的。

「『我說願意出兩塊錢買下。我一定是看上去急於要買，因為他說，要是談不成三百三十五塊的價格，那等於是搶去他孩子嘴裏的麵包。最後，我二十五塊成交。

「『傑夫，』安迪往下說，『這和斯卡德的雕刻完全是一對，跟他的一模一樣。

他會很爽氣地付二千塊，就像把餐巾塞到下巴底下一樣快。而且幹嘛不是那個老吉普賽人雕刻出來的另一個真貨？』

「『說實在，為甚麼不呢？』我說。『我們怎麼迫使他自願來購買呢？』

「安迪早已胸有成竹。讓我告訴你我們是怎樣實施計劃的。

「我搞來了一副藍眼鏡，穿上我的黑禮服大衣，弄亂了頭髮，成了皮克曼教授。我到了另一家旅館，登了記，發了一個電報給斯卡德，讓他立刻來看我，洽談重要的藝術品生意。不到一小時，電梯就把他卸到了我這兒。他是一個輪廓不清的人，聲音洪亮，身上散發着康涅狄格雪茄和石腦油的味兒。

「『嗨，教授！』他大聲說。『你好嗎？』

「我把頭髮弄得更亂些，透過藍色的鏡片瞪了他一眼。

「『先生，』我說。『你是科尼利厄斯·特·斯卡德？賓夕法尼亞的匹茲堡人？』

「『我就是，』他說。『出來喝一杯吧。』

「『對這類有傷身體的娛樂，』我說，『我既沒有時間奉陪，也沒有慾望享受。我從紐約趕來，』我說，『為的是一樁生意——藝術品生意。

「『聽說，你有一件埃及拉美西斯二世時代的象牙雕刻，那是荷花中的伊西斯皇后的頭像。這樣的雕刻只有兩件，一件已經失蹤多年；另一件，我最近在一家當舖——維也納的一家不起眼的博物館——發現，並買了下來。我想購買你的，說個價吧。』」

「『嘿，那可不行，教授！』斯卡德說。『你找到了另外一個？把我的賣掉？不。我想科尼利厄斯·斯卡德不需要出賣他想收藏的東西。你帶了雕刻品了嗎，教授？』」

「我把它給斯卡德看。他仔仔細細檢查了一遍。

「『就是那件藏品，』他說。『跟我的完全一樣，每根線條，每根曲線都像。把我的打算告訴你吧，』他說。『我不賣，我要買。我出價二千五百塊，買你的。』

「『你不賣，我來賣，』我說。『請給大票子。我這人不愛嘮叨。今天晚上，我就得回紐約，明天在水族館作講座。』

「斯卡德送來一張支票，旅館給兑成了現金。他帶了古董走了，我根據事先的安排，急忙趕回安迪的旅館。

「安迪正在房間裏走來走去，看着手錶。

「『怎麼樣？』他問。

「『二千五百塊，』我說。『現金。』

「『我們只有十一分鐘了，』安迪說，『去趕巴爾的摩到俄亥俄的西行火車。快拿好行李。』」

「『幹嘛那麼急？』我說。『這是一樁公平的買賣。即使那是原件的複製品，他也要過些時候才能發現。他似乎很肯定，那是件真貨。』」

「『確實是真貨，』安迪說。『是他自己的東西。昨天，我在看他的古玩時，他走開了一會兒，我便把那東西放進了口袋。行了，拿起你的手提箱，快點好不好？』」

「『既然這樣，』我說，『那你為甚麼要編造故事，說是在當鋪找到了另外一個呢？』」

「『啊，』安迪說，『出於對你的良心的尊重。走吧。』」

將功贖罪

在監獄製鞋工場，吉米·瓦倫丁正賣力地縫製着鞋幫，一個獄警走了進來，把他帶到了前廳辦公室。典獄長交給他一張赦免證，那天早上由州長簽字的。吉米懶洋洋地接過證書。四年的徒刑，他已經在牢裏挨過了近十個月。他本以為最多只待三個月。像吉米·瓦倫丁那樣外面有很多朋友的人，在牢裏受到款待，是沒有必要把頭剃掉的。

「喂，瓦倫丁，」典獄長說，「今天早上你可以出去了。振作起來，像個男子漢。你心地並不壞。別去砸保險箱了，堂堂正正過日子。」

「我？」吉米吃驚地說。「哎呀，我這輩子從來沒有砸過保險箱。」

「嗄，沒有，」典獄長笑着說。「當然沒有。讓我們來瞧瞧。你怎麼會因為斯普林菲爾德的勾當而坐牢呢？難道是因為你怕連累一個上流社會的人，而不願證明自己不在犯罪現場？要不，乾脆在這個案子中卑鄙的老陪審團跟你過不去？像你這樣清白的犧牲品，原因非此即彼。」

「我？」吉米說，仍是茫茫然一副無辜的樣子。「哎呀，典獄長，我這輩子可從來沒有去過斯普林菲爾德！」

「把他帶回去，克羅寧，」典獄長微笑着說，「讓他穿上外出的衣服。早晨七點放他出來，讓他到大囚室。還是考慮一下我的忠告吧，瓦倫丁。」

第二天早上七點一刻，吉米站在典獄長辦公室外間。他穿着一套現成的衣服，跟他的惡相很般配，一雙硬邦邦吱吱作響的鞋，那是州政府提供給攆走的不速之客的。

辦事員交給他一張火車票和一張五塊錢的鈔票，內中寄託着法律的希望，期待他重新做人，發家致富。典獄長給了他一根雪茄，同他握手告別。瓦倫丁，九七六二號，在簿冊上登記為「受州長赦免」。詹姆斯·瓦倫丁走出監獄，步入陽光之中。

吉米對花香鳥語，綠樹搖曳，都無動於衷，卻直奔飯館。在那兒，他嘗到了獲得自由後的第一份愉悅，那是一隻烤雞，一瓶白葡萄酒——過後是一支雪茄，比典獄長給他的那支要高一個級別。從那裏，他一路閒蕩到了車站，把二十五分幣扔進坐在門口的盲人的帽子裏，登上了火車。三小時後，他到了一個靠近州鐵路線的小鎮。他走進邁克．多蘭咖啡館，同隻身在吧台後面的邁克握了手。

「對不起，我們沒能辦得更快些，吉米，好兄弟，」邁克說。「但是我們得對付來自斯普林菲爾德的抗議，州長差一點退縮了。感覺好嗎？」

「好，」吉米說。「我的鑰匙在嗎？」

他拿好鑰匙，上了樓，打開後房門。一切跟他離開的時候一樣。本．普賴斯的領扣仍留在地板上，那是吉米被壓在身子底下遭逮捕時，從著名偵探襯衫衣領上撕下來的。

吉米從牆上拉出一張摺疊床，把牆板推到一邊，拖出一個佈滿灰塵的手提箱。他打開箱子，深情地凝視着東部最好的一套盜竊工具。一個整套，由經過特殊冶煉的鋼製成。最新式的鑽頭、衝頭、手搖曲柄鑽、撬棍、鉗子、螺旋鑽一應俱全，以及兩三件吉米自己發明，並且很得意的新花樣。他花了九百多塊錢，在一個專為這一行打造的地方，訂製了這些工具。

半小時後，吉米下樓走出咖啡館。此時，他已穿上了有品位、很合身的衣服，手裏提着抹去了灰塵，乾乾淨淨的手提箱。

「有目標了嗎？」邁克·多蘭和顏悅色地說。

「我？」吉米說，口氣裏透出了迷惑。「我不明白。我是紐約點心餅乾和麥片聯合公司的代表。」

他這麼一說，邁克非常開心，弄得吉米只好當場喝了礦泉水和牛奶，因為他從來不碰「硬」飲料。

九七六二號瓦倫丁獲釋後一週，印第安納州的里士滿發生了一起保險箱撬竊案，罪犯幹得很利索，線索一點也沒有。損失的錢不多，才八百塊。那以後兩週，在洛根斯伯特，一個持有專利、經過改進的防盜保險箱，像切奶酪一樣被打開了，竊去了總計一千五百塊現金，證券和銀貨絲毫未動。這一案子，讓捉拿惡棍的人來了勁頭。接着，傑斐遜市的一個老式銀行保險箱被引爆，從爆炸口裏噴出了多達五千塊錢。損失之大足以讓本·普賴斯他們捲入此案的偵破。經過比對，辦案人員注意到了作案方式的相似性。本·普賴斯調查了現場，發表了這樣的看法：

「那是花花公子吉姆·瓦倫丁親手幹的。他又重操舊業了。瞧那個組合球形把手——拔出來不費吹灰之力，就像雨天拔蘿蔔一樣。只有他有幹這活的鉗子。再瞧瞧，那些鎖栓子，掏出來時多乾脆！吉米向來只要鑽一個洞就行了。是的，我要找瓦倫丁先生。下回得讓他坐牢，不減刑，不幹寬大為懷的傻事。」

本·普賴斯熟悉吉米的習慣，是在辦斯普林菲爾德案子時了解到的。他跳得遠，逃得快，沒有幫兇，喜歡結交上流社會——這些手段使他成功地逃避了懲罰，這是人所皆知的。消息傳出，本·普賴斯已經偵查到了這狡猾的保險箱竊賊的蹤跡。擁有防盜保險箱的其餘事主，覺得安心了不少。

一天下午，吉米·瓦倫丁和他的手提箱爬出了埃爾摩郵車。埃爾摩是個小鎮，離鐵路五英里，在阿肯色鄉間，那裏長滿了馬利蘭橡樹。吉米看上去像個年輕體健的高年級生，從大學回家來，順着木板人行道朝旅館走去。

一個年輕女子穿過街道，走過他身旁，進了一扇門，門上掛着「埃爾摩銀行」的牌子。吉米·瓦倫丁深深地看了她一眼，便忘了自己的身份，成了另外一個人。那女子低下頭，臉上泛起了紅暈。在埃爾摩，難得看到像吉米這身打扮，這樣容貌的年輕人。

一個男孩在銀行的台階上閒逛，吉米拽住了他的衣領，彷彿他是一個持股人，開始向他打聽鎮上的情況，間或給他點小錢。過了一會兒，年輕女子走了出來，一副貴族派頭，意識到了這個拿手提箱的年輕人，卻顧自走她的路。

「那個年輕女子是波利·辛普森小姐嗎？」吉米假惺惺地問。

「不，」男孩說。「她是安娜貝爾·亞當斯。那家銀行是她爸開的。你到埃爾摩來幹甚麼呀？那是條金錶鏈嗎？我要去找一條叭喇狗，還有分幣嗎？」

吉米進了種植園主旅館，登記為拉爾夫·德·斯潘塞，訂了個房間。他倚在桌邊，對旅館職員宣告了自己的計劃。他說，來埃爾摩是想找個地方做生意。鎮裏的鞋子生意現在怎麼樣？他想要做鞋子生意，有機會嗎？

那職員對吉米的衣着和風度印象很深。埃爾摩青年不大講究穿着，他算得上引領時裝的潮流。但此刻他自嘆不如了。他一邊想着吉米打活結領帶的方式，一邊熱情地提供情況。

是的，鞋業應該會有很好的機會。這地方沒有一家鞋子專賣店。紡織品和百貨行業很發達。各行各業都不錯。希望斯潘塞先生在埃爾摩落腳。他會發現住在鎮上很愉快，這兒的人愛交際。

斯潘塞先生想，他會在鎮上逗留幾天，看看情況。不了，職員不必叫喚僕役了，他自己拿手提箱就是，箱子可不輕。

拉爾夫·斯潘塞先生，從吉米·瓦倫丁灰燼中化出的鳳凰——突如其來的愛情火焰所留下的灰燼——留在了埃爾摩，並且發跡了。他開了一家鞋店，生意做得很紅火。

在社交方面，他也很成功，結交了不少朋友，還了卻了心願，跟安娜貝爾·亞當斯小姐見了面，並越來越被她的魅力迷住了。

到了年底，拉爾夫·斯潘塞的境況如下：他贏得了社區的尊敬；他的鞋店生意興隆；他和安娜貝爾已經訂婚，兩週後成親。亞當斯先生是個典型的鄉村銀行老闆，很乏味，卻認可了斯潘塞。安娜貝爾既為他感到驕傲，又對他懷着深情，兩者不相上下。他在亞當斯先生的家裏，和在安娜貝爾已婚的姐姐家裏一樣自在，彷彿他已經是家庭的成員了。

一天，吉米坐在房間裏寫信，寄給聖·路易斯一個老朋友，地址很安全。

親愛的老友：

我要你在下星期三晚上九點，趕到小石城沙利文家，幫我了卻一樁小事。同時，我要把自己的一套工具送給你。我知道你很樂意接受——你就是花一千塊也買不到同樣的東西。呵，比利，我已經退出江湖——那是一年前的事了。我開了一家生意不錯的商店，老老實實過着日子。兩週後，我要同世上最好的姑娘結婚。這是我唯一能過的日子——過得清清白白。即使給我一百萬，我也不會再去碰人家的一塊錢了。結婚後，我會賣掉家當，到西部去，那裏不會有太多危險，翻我的老賬。告訴你吧，比利，她是個天使，很信任我。欺詐的勾當，我是無論如何不會再幹了。你務必要到沙利文家，因為我一定要見你。我會隨身帶着工具。

你的老友：吉米

吉米寫了這封信後的星期一夜裏，本·普賴斯租了一輛馬車，一路顛簸，人不知鬼不覺地進了埃爾摩。他在鎮上閒逛，不動聲色，直至發現了想要知道的事。從斯潘塞鞋店對面的藥店，他把拉爾夫·德·斯潘塞看個清清楚楚。

「要跟銀行老闆的女兒結婚了，是嗎，吉米？」本小聲地自言自語說。「嗯，我還不知道呢！」

第二天早晨，吉米在亞當斯家吃了早飯。那天，他要去小石城訂他的婚禮服，還要為安娜貝爾買些好東西。來埃爾摩後，這還是他第一次離開城鎮。上次幹了那個拿手絕活以後，至今一年多了，他想可以冒險外出，而且很安全。

早飯後，一大家子人一起去了城裏——有亞當斯先生、安娜貝爾、吉米、安娜貝爾的已婚姐姐，以及她的兩個女兒，一個五歲，一個九歲。他們路過吉米依然住着的旅館。吉米上了自己房間，取了手提箱。隨後，他們繼續往前，朝銀行走去。馬和馬車，以及車把式多爾夫·吉布森已在那兒等候，要把他送往火車站。

大家都到了高高的橡木雕刻欄杆裏面，走進了銀行工作室——包括吉米在內，亞當斯先生未來的女婿到處都受歡迎。這位要娶安娜貝爾小姐，英俊和氣的年輕人，同職員們打着招呼，職員們很是高興。吉米放下手提箱。安娜貝爾心裏洋溢着幸福和青春的朝氣。她替吉米戴上帽子，伸手去提箱子。「我像不像一個出色的旅行推銷員？」安娜貝爾説。「媽呀！拉爾夫，這多重呀！像是裝滿了金磚。」

「裏面有好多塗鎳的鞋楦，」吉米沉着地説，「我要還給人家。我想隨身帶着，省掉快運費。我可能太節儉了點。」

埃爾摩銀行最近才裝了一個保險箱和金庫。亞當斯先生很得意，堅持大家都得去看一看。金庫雖小，新裝的門卻很特別。門上有三個堅固的鋼門閂，同時固定在一個門把手上。此外，還有一把定時鎖。亞當斯先生笑容滿面，向斯潘塞先生解釋着運作過程。斯潘塞先生顯得謙恭有禮，卻並不太上心。兩個孩子，梅和阿加莎，見了閃亮的金屬，以及有趣的鐘和把手，都很開心。

他們這麼忙着的時候，本·普賴斯閒蕩着走了進來，肘子倚在櫃枱上，隨意往欄杆裏瞧着。他告訴出納，沒有甚麼事，只不過等一個熟人。

突然，女人們發出了一兩聲尖叫，接着是一陣騷動。原來，在大人們不注意的時候，九歲的姑娘梅，覺得好玩，把阿加莎關進了金庫。隨後，她學亞當斯先生的樣，推上門栓，轉動了把手的暗碼。

老銀行家撲向把守，使勁拉了一會兒。「門打不開了，」他抱怨說。「定時鐘和暗碼都還沒調好。」

阿加莎的母親再次歇斯底里叫了起來。

「噓！」亞當斯先生舉起顫抖的手說。「大家靜一靜。阿加莎！」他用足力氣大聲叫着。「聽我說。」接着是一陣沉寂，孩子在黑暗的金庫中恐懼地尖叫着，大家只能隱約聽見她的叫聲。

「我的寶貝蛋呀！」孩子母親號啕大哭。「她會嚇死的！把門打開！啊，把它砸開！你們男人呀，就一點辦法都沒有了嗎？」

「要找人開門，至少要趕到小石城，」亞當斯先生說，聲音顫慄。「我的天哪！斯潘塞，我們怎麼辦？那孩子——在裏面挺不了多久。空氣不足，另外，她會嚇得抽搐的。」

阿加莎的母親嚇瘋了，雙手死命捶着金庫門。有人荒謬地建議使用炸藥。安娜貝爾轉向吉米，大眼睛裏充滿了痛苦，但並無絕望的表情。對一個女人來說，是沒有甚麼能夠難倒她所崇拜的男人的。

「你不能想些辦法嗎，拉爾夫——試一下，好不好？」

他瞧着她，嘴唇上和急切的眼神裏，露出古怪而溫柔的微笑。

「安娜貝爾，」他說，「把你戴着的玫瑰給我好嗎？」

安娜貝爾幾乎不相信自己的耳朵。她從衣服前胸摘下玫瑰，放在他手裏。吉米將它塞進背心口袋，甩掉外套，捲起襯衫袖子。就這麼一個動作，拉爾夫·德·斯潘塞不見了，取而代之的是吉米·瓦倫丁。

「別靠近門，你們所有的人，」他命令道，口氣很唐突。

他把手提箱放在桌上，將它完全打開。從這一刻起，他似乎忘記了周圍在場的人，迅速有序地打開這些亮閃閃的古怪工具，輕聲吹着口哨，跟往常幹活時一樣。

在一片深沉的寂靜中，其餘的人一動不動地瞧着他，彷彿着了魔。

不一會，吉米的寶貝鑽頭順利地鑽進了鋼門。十分鐘後——他打破了自己的盜竊紀錄——他拉開門閂，把門打開了。

阿加莎幾乎嚇癱了，卻平安無事，被母親一把摟在了胳膊裏。

吉米．瓦倫丁穿上外套，步出圍欄，朝前門走去。他一面走，一面想是聽見了一個遙遠而熟悉的聲音，叫他「拉爾夫」。但是，他毫不猶豫地往前走去。

門口站着一個身材高大的人，擋住了他的去路。

「你好，本！」吉米說，仍然帶着奇怪的笑容。「你終於贏了，是不是？好吧，一起走吧。我知道，現在並沒有甚麼兩樣。」

接着，本的舉動卻有些奇怪。

「想必你搞錯了，斯潘塞先生，」他說。「別以為我認識你。你的馬車等着你呢，是不是？」

本．普賴斯轉過身，沿着街道走去。

牽線木偶

警察站在第二十四街和一條漆黑的小巷的角落，那兒附近，有一條高架鐵路越過街道。時間是清晨兩點。看樣子，這淅淅瀝瀝寒冷無情的黑暗，將持續到天明。

一個穿着長大衣，帽子往前耷拉着的男人，一手提着甚麼東西，走出黑乎乎的小巷，輕手輕腳，步履匆匆。警察同他打了招呼，態度禮貌，神態卻刻意顯得威嚴。這樣的時辰，小巷的惡名，行人的匆忙，他攜帶的東西——這一切很容易讓人覺得「情況可疑」，需要向警官說清楚。

「疑犯」立刻停下腳步，將帽子往後一歪，在搖曳的電燈光下，露出一張光滑而沒有表情的臉來，鼻子稍長，眼睛烏黑沉着。他帶着手套，把手伸進大衣側袋，抽出一張名片，交給警察。警察就着閃耀的燈光，看見名片上寫着「查爾斯·斯潘塞·詹姆斯醫生」的名字。那街道和地址的號碼，屬於一個殷實體面的鄰近街區，絲毫不容置疑。警察低頭瞥了一眼醫生手中的東西——一個漂亮的黑皮醫療箱，襯着小小的銀底座——進一步證實了名片的內容。

「行啦，醫生，」警官說着往旁邊讓道，神態彬彬有禮，卻顯得笨拙。「上方命令我們要格外小心。近來發生了多起撬竊案和搶劫案。這樣的夜晚，出行很難受，儘管不算太冷，卻是潮黏黏的。」

詹姆斯醫生一本正經地點了點頭，說了一兩句話，證實警官對天氣的估計，便繼續匆匆趕路了。那天晚上，巡查員三次把他的職業名片，他醫療箱完美的外表，當作他為人誠實，目的清白的保證。如果某個警官覺得，需要在第二天證實一下他的名片，就會發現充足的證據：漂亮的門牌上有他的名字，他會從容沉着、西裝革履地出現在設備良好的診療室——要是不太早的話，因為詹姆斯醫生習慣於晚起——鄰居們可以證明，他生活在他們中間的兩年裏，是個良民，執着於自己的家庭，行醫十分成功。

因此，要是那些熱情維護社會安定的人，窺視一下那個完美的醫療箱，誰都會大吃一驚。箱子一打開，第一件可以看到的東西，是最近設計的一套精美的工具，是「開箱人」使用的。靈巧的保險箱盜賊如今稱自己為「開箱人」。這些工具是專門設計和製造的，包括短小有力的撬棍，一套式樣新奇的鑰匙，冶煉得最好的藍色鑽頭和打孔機，這種器材鑽進冷處理過的鋼，像耗子咬進奶酪一樣。還有鉗子，能像水蛭一樣貼在光滑的保險箱門上，把暗碼門把手拔出來，好似牙醫拔牙。在醫療箱內層的一個小袋裏，有一小瓶四盎司硝酸甘油，這會兒只剩下了半瓶。工具底下是一堆揉皺了的鈔票，和幾捧金幣，這些錢共計八百三十塊。

在有限的朋友圈裏，大家都知道詹姆斯醫生是個「時髦的希臘人」。這個神秘的稱呼，一半是對他從容的紳士風度的讚揚；另一半，用他們稱兄道弟的切口來說，是指頭兒，策劃人，憑着他有威望的談吐和地位，能搞到作出部署並鋌而走險所需要的消息。

在這個精選的圈子裏，其他成員是斯基茨·摩根和古姆·德克爾，兩人都是「開箱專家」，還有利奧波德·普雷茨菲爾德，他是城裏的一個珠寶商，負責處理「晶瑩的珠寶」和三個出力氣的所搜集的飾品。他們都忠心耿耿，為人不錯，嘴巴很緊，也從不變心。

公司認為，那天晚上的辛苦活並沒有得到可觀的回報。兩層樓上一個帶邊栓的老式保險箱，屬於一家富有的老式紡織品公司，裝在暗洞洞的辦公室裏。星期六晚上動的手，本該不止吐出兩千五百塊錢來。但是，他們找到的就只有這點錢。照例，三人當場平分了。他們原來估計有一萬到一萬兩千。但其中一個業主，有些老派，天剛黑，就把大部份手頭的現金，放在一個襯衫盒裏，帶回家去了。

詹姆斯醫生沿着第二十四街走去，街道上空無一人。甚至那些喜歡把這裏當作居住區的戲子們，也早已上了床。細雨在街上積起了水，石子間的水潭映出火一般的弧光，反射出去，粉碎成無數液體的閃爍。一陣難以對付的寒風，夾着雨，從房屋之間的喉管裏咳吐出來。

醫生的腳步均勻地落在一幢高高的磚砌大樓角落時，這幢特別顯眼的房子正門砰的一聲開了，一個大叫大嚷的黑人女子，噼噼啪啪下了樓，來到人行道上。她嘴裏嘰里咕嚕，可能是自言自語——她的族人獨處而惡魔附身時，求助於這樣的手段。她像是南方那個僕從階層的一分子——健談、親熱、忠實、難以自控。她本人就是這副樣子——肥胖，整潔，繫着圍裙，戴着頭巾。

這個幽靈突然從靜謐的房子裏冒出來，到了台階的底部，正好與詹姆斯醫生打了個照面。她的大腦把能量從聲音轉為目力，停止了叫嚷，那雙鼓起的眼睛，盯住了醫生拿着的箱子。

「謝天謝地！」一見到箱子，她就覺得福氣來了。「你是醫生嗎，先生？」

「是的，我是醫生，」詹姆斯醫生停下腳步說。

「那就看在上帝面上，來看看錢德勒先生的病吧，先生。他好像發作了甚麼病，像死人似地躺着。艾米小姐叫我去找醫生。要不是遇上你，先生，辛蒂真還不知道該從哪裏強拉一個來呢。要是老爺得到一點風聲，準會動起槍來呢，先生——用手槍射擊——叫我用腳先在地上量好步子，如今人人都決鬥。可憐的羊羔，艾米小姐——」

「你要找醫生，」詹姆斯醫生說，一隻腳踩在台階上，「那就帶路。要找個聽你叨咕的，我可沒那份閒心。」

黑女人帶着他進了房子，爬上鋪了厚地毯的樓梯。他們經過兩條燈光幽暗的分叉過道。到了第二條，這位氣喘吁吁的帶路人轉入門廳，在門前停下，把門打開。

「我把醫生叫來了，艾米小姐。」

詹姆斯醫生進了房間，朝着站在床邊的少婦欠了欠身。他把醫療箱放在椅子上，脫去大衣，扔到醫療箱和椅子背上，鎮定自若地走到床邊。

床上躺着一個人，四肢伸開，仍是原先倒下時的樣子——穿着華麗時髦的衣服，只不過脫去了鞋子，渾身鬆弛，像死人一樣一動不動。

詹姆斯醫生的身上散發出一股氣息，蘊含着鎮定和力量。對某些沮喪軟弱的主顧來說，這無異於沙漠中天賜的食品。尤其是女人，常常被他在病室中的風度所吸引。那不是時髦醫師刻意為之的儒雅，而是一種風度，內中透出了沉穩、自信、虔敬、敬業、庇護力和戰勝命運的能力。在他沉着明亮的棕色眼睛裏，有着一種探索性的磁力；在他無動於衷，甚至牧師般平靜光滑的面容上，有一種潛在的威信。他的這種外表，很適宜於扮演知己和撫慰者的角色。有時候，他初次出診，女人們就會告訴他，夜裏把鑽石藏在了甚麼地方，免得竊賊光顧。

詹姆斯醫生那雙不需游移的眼睛，以一種久經訓練的安閒自在，估量出了房間裝飾的等級和質量。這裏的陳設豪華昂貴。就是這一瞥，也注意到了那女子的外貌。她小個子，幾乎不滿二十歲。她的臉稱得上漂亮而楚楚動人，此刻，卻被一種固有的沉鬱所淹沒，而不是突發的傷心事留下的烙印（你會這麼說）。在她的額角，一側的眉毛上方，有一塊烏青，根據醫生的眼睛判斷，是六小時之內留下的。

詹姆斯醫生的手指搭在那男人的手腕上。他幾乎能說話的眼睛，詢問着少婦。

「我是錢德勒太太，」她回答，口氣哀傷，還帶有南方腔和模糊音。「你來之前十分鐘左右，我丈夫突然犯病了。他以前發過心臟病——有幾次很嚴重。」他和衣而睡，時間又這麼晚了，這提醒少婦需要作進一步解釋。「他在外面逗留得很晚——在吃晚飯，我估計。」

這時，詹姆斯醫生把注意力轉向他的病人。他碰巧從事的兩種職業，無論是「看病」，還是「幹活兒」，他都全神貫注。

病人看上去約摸三十歲。他的臉上有一種大膽放蕩的表情，五官相當勻稱，還有細細的皺紋，是幽默的情調留下的，多少彌補了自身的不足。他的衣服上有一股潑灑的酒味。

醫生將病人的外衣鬆開。隨後，用一把小刀割開襯衫，從正面領口一直撕到腰上。清除了障礙以後，他把耳朵貼在病人的心上，仔細聽了起來。

「二尖瓣回流是嗎？」他站起身來，輕聲說。話的結尾是表明沒有把握的升調。他又聽了好久。而這回，他用診斷確鑿的口氣說，「二尖瓣狹窄。」

「夫人，」他開始說話，完全是安慰的口吻，那常常能消除焦慮。「有一種可能性——」他慢慢地向少婦轉過頭來，卻看見她臉色煞白，暈倒在老黑人的懷裏。

「可憐的羊羔！可憐的羊羔！是他們殺死了辛蒂姑媽神聖的孩子嗎？但願上帝會動怒，摧毀偷走她的人，那個讓天使心碎的人，造成了——」

「把她的腳抬起來，」詹姆斯醫生說，一面扶着這個渾身乏力的人。「她的房間在哪兒？得把她放到床上去。」

「在這裏面，先生，」那裹着頭巾的女人朝門點了點頭。「那是艾米小姐的房間。」

他們把她抬進房間，放在床上。她的脈搏很微弱，但跳得有規律。她昏了過去，沒有恢復知覺，卻轉入了熟睡。

「她太累了，」醫生說。「睡眠是一貼補藥。等她醒過來給她一杯甜熱酒——放一個雞蛋，要是她能吃。她額頭上的烏青是怎麼來的？」

「她撞了一下，先生。這可憐的羊羔倒了下來——不，先生」——這個老婦多變的種族脾氣發作了，她驀地勃然大怒——「老辛蒂不會為這魔鬼撒謊。是他打的，先生。但願上帝讓這隻手爛掉——啊呀，該死！辛蒂答應過可愛的羊羔，不說出去。艾米小姐的頭，是撞傷的，先生。」

詹姆斯醫生走近燈架，架子上點着一盞漂亮的燈。他把火焰調小了。

「跟你的女主人待在這兒，」他吩咐道，「保持安靜，這樣她能睡着。她醒了，就給她一杯甜熱酒。要是她更加虛弱了，告訴我一聲。這件事有些蹊蹺。」

「這裏還有比這更奇怪的事呢，」黑女人開口了，但醫生讓她閉嘴了，口氣難得這麼霸道和強烈，但他常用這種口氣來緩解歇斯底里。他回到另一個房間，輕輕地關上門。床上的人沒有動彈，卻睜開了眼睛。他動着嘴唇想說話。詹姆斯醫生低下頭去聽。「錢！錢！」他輕聲說着。

「能懂我說的話嗎？」醫生問，聲音很低，但很清楚。

這人微微點了點頭。

「我是醫生，你太太叫來的。他們告訴我，你是錢德勒先生。你的病很重。你千萬別激動，或者太傷心。」

病人的眼睛似乎在向他示意。醫生彎下腰來，想聽清同樣微弱的話。

「錢——二萬塊錢。」

「錢在哪兒？——在銀行？」

他露出了否定的眼神。「告訴她」——那耳語變得越來越微弱——「二萬塊——她的錢。」——他的目光在房間裏徘徊。

「你把錢放在某個地方了？」詹姆斯醫生竭力把口氣裝得像迷人的妖魔，想通過魔力把秘密從神志衰竭的人那裏掏出來——「是在這個房間裏嗎？」

他想，從這人漸漸暗淡的眼睛裏，看到了贊同的激動表情。他手指底下的脈搏，像游絲一樣細小和微弱。

詹姆斯醫生的腦海裏和心底裏，湧起了另一種職業本能。像做別的事一樣，他說幹就幹，決定打聽到這筆錢的下落，就是明知要出人命也幹。

他從口袋裏掏出一本空白處方箋，憑經驗對症下藥，在一張紙上潦草地寫了個方子。他走到內室門口，輕聲叫喚了老婦人，把方子交給她，叮囑她上藥房把藥配來。

她嘟嘟囔囔走了以後，醫生來到少婦床邊。她依然睡得很熟。脈搏稍微好了一些。額頭上涼涼的，還有點濕潤，只不過烏青塊有點發炎。要是不去打擾，她可以睡上幾小時。他找到了房門的鑰匙，再次回房時，鎖上了門。

詹姆斯醫生看了看手錶。他有半小時自由支配時間，因為半小時之內，那老婦人幾乎不可能幹完差使回來。他找到了一個水壺和杯子，水壺裏有水。他打開醫療箱，拿出一個小瓶，裏面是硝化甘油——他偷雞摸狗的同夥們，管這叫「特種油」。

他把這種淡黃色發黏的液體，滴了一滴在杯子裏，取出一個銀色的皮下注射針筒，旋上針頭。他用標有刻度的玻璃針筒，小心地度量着每一滴水，用差不多半杯水稀釋那一滴油。

那晚兩小時之前，詹姆斯醫生曾用這個針筒，把未經稀釋的液體注射進保險箱鎖上一個鑽好的洞裏。一陣沉悶的爆響，炸毀了控制門閂的機械。現在，他打算用同樣手段，震撼一個人的首要機械——撕裂其心臟——每次震動都是為了隨後搞到錢。

同樣的手段，不同的偽裝。那位是個巨人，粗暴野蠻，力敵萬軍；而這位是個弄臣，胳膊雖同樣致命，卻裹着絲絨和花邊。杯中的液體，以及醫生小心裝進針筒的東西，是一種硝化甘油溶液，醫藥界共知的心臟強力興奮劑。兩盎司已經撕裂了鐵製保險箱堅實的門，現在，最小量的五十分之一，將足以讓一個人複雜的機制永遠停止工作。

不過，沒有立即停止，本來就不打算這樣。開始會迅速增加活力，強有力地刺激每個器官和官能。心臟會對這種致命的刺激勇敢地做出反應，血管裏的血隨之會更快地流向心臟。

然而，詹姆斯醫生十分明白，用這一方式過份刺激心臟，就像被步槍子彈擊中一樣，肯定導致死亡。夜盜所用的「油」，增加了注進動脈的血液的流速，使本來就堵塞的動脈產生擁堵，迅速變成「死胡同」，於是，生命之泉也就停止了流動。

錢德勒已沒有知覺，醫生裸露出他的胸部，輕巧地把針筒裏的溶液，採用皮下注射的辦法，打進心臟區域的肌肉。他在兩種職業中都保持着整潔的習慣，所以接着仔細地指乾針頭，重新穿上細鐵絲，不用時保持針眼暢通。

三分鐘之後，錢德勒睜開眼說話了，聲音微弱而清晰，問起誰在照料他。詹姆斯醫生再次解釋了為甚麼他在那裏。

「我妻子在哪兒？」病人問。

「她睡着了——因為過度勞累和擔憂，」醫生說。「我不想叫醒她，除非——」

「沒有——必要，」由於某個惡魔作祟，錢德勒呼吸急促，話語之間出現了停頓。「她不會——因為我的——緣故去打攪她——而領你情的。」

詹姆斯醫生拉了把椅子，坐到他床邊。廢話少說，時間寶貴。

「幾分鐘之前，」他開腔了，是他另一種職業嚴肅直率的口氣，「你要告訴我關於一筆錢的事。我並不想要你推心置腹，但作為醫生，我有責任告訴你，焦慮和憂心會妨礙你恢復。要是你想說甚麼——了卻你的心事——二萬塊錢，我想這是你提到的數目——你還是說出來吧。」

錢德勒轉不過頭來，但他的眼珠朝説話人的方向動了動。

「我説過——錢在哪兒嗎？」

「沒有，」醫生回答。「我是推測的，你的話幾乎聽不清楚，但我感覺到你擔心這筆錢的安全。要是在這個房間裏——」

詹姆斯醫生打住了。在病人譏嘲的表情中，他似乎覺察到了一種領悟，一絲懷疑？他是不是有點操之過急？説得太多了？錢德勒接下來説的話讓他恢復了信心。

「除了——保險箱，」他喘着粗氣，「還應該——在哪兒呢？」

他用眼睛指了一下房間的角落，這時，醫生才第一次看到一個小小的鐵製保險箱，半掩在窗簾末端的流蘇中。

他站起來，抓住了病人的手腕。病人的脈跳很強，間或出現險象。

「把你的胳膊舉起來，」詹姆斯醫生説。

「你知道——我動不了，醫生。」

醫生立即走到過道門，把門打開，聽了一下。沒有絲毫動靜。他徑直走到保險箱旁邊，細察了一下。保險箱很原始，設計也簡單，對付輕手輕腳的僕人，還能起點作用。但在他這樣的高手看來，這不過是個玩具，一個稻草和硬板紙做的玩意兒。

這錢是穩落在他手裏了。花上兩分鐘時間，他就能用鉗子拉出號碼盤，鑿穿掣栓，把門打開。用另一種方法，也許只需要一分鐘。

他跪在地板上，耳朵貼着暗碼盤，一面慢慢地轉着號碼。如他所料，門是使用「白晝暗碼」，鎖在一個數字上的。觸到掣栓時，他靈敏的耳朵聽到了輕微的咯嗒警告聲。他利用了這個線索——結果把手轉動了。他把門全打開。

保險箱裏空無一物——鐵製的立方體裏，空空如也，連一張紙都沒有。

詹姆斯醫生站起來，走回床邊。

這個奄奄一息的人，眉宇間出現了一滴厚厚的汗珠。但嘴唇上和眼睛裏，浮起了陰冷的嘲笑。

「我以前——從來沒有見過，」他痛苦地說，「行醫和——盜竊攀親！你難道是要——兩相結合——從中獲利，親愛的醫生？」

這是對詹姆斯醫生偉大個性的考驗，沒有任何時候比此刻的考驗更嚴峻了。他的獵物惡狠狠的嘲弄，讓他陷入了既可笑又不安全的境地。但是，他保持着冷靜和尊嚴。他取出手錶，等待這人死去。

「你對——這筆錢——太——急——了一點。不過，這錢——不會有危險——

不會——落在你手裏，親愛的醫生。很安全，百分之百安全。錢——都在——賭注登記人——手裏。二萬塊——艾米的錢。我在賽馬上下了賭——輸得精光。我是個不肖子孫，盜賊——對不起——醫生，不過，我是個光明正大的賭徒。我想在我接觸的人中——我從來沒有——碰到過——你這種次等惡棍，醫生——對不起——盜賊，給你的獵物——對不起——你的病人——倒杯水，是不是——違背——你們這一行的——行規，盜賊？」

詹姆斯醫生給他倒了杯水。他幾乎難以吞嚥。藥物在他身上出現了嚴重反應，很有規律地一陣緊似一陣。但是，儘管快要死了，他還是要扔過一句刺耳的話，出口惡氣。

「賭徒——酒鬼——敗家子——我都沾邊，可是，居然還有做賊的醫生！」

對他的刻薄諷刺，醫生只有一個回答。他俯身抓住了錢德勒很快變得木然的眼神，指了指那女人熟睡的房間，做了個手勢，表情嚴肅而意味深長。結果，這個趴着的男人，用足剩餘的力氣，微微抬起頭來瞧了一瞧。他甚麼也沒有看到，只聽見了醫生一句冷冰冰的話——他聽到的最後的聲音：

「我從來——不打女人。」

這樣的人是沒法研究的，甚麼學問都對付不了他們。提起這些人，人們會說，「他會幹出這件事來，」「他會幹出那件事來，」他就屬於這種人。我們只知道他們存在，可以觀察他們，相互談起他們赤裸裸的表演，就像孩子們觀看並說起牽線木偶一樣。

這兩個人，一個是謀殺犯和盜賊，俯視着他的受害者；另一個的過錯更為卑劣，但犯的罪要輕，此刻令人厭惡地躺在被他摧殘、糟蹋、毆打過的妻子的房裏。一個如虎，另一個如狼。彼此討厭對方的醜惡，明明掉在赤裸裸的罪惡泥坑中，卻偏要揮舞潔白的旗幟，標榜自己的行為（如果不是榮譽）。去估量這樣兩個人，研究這樣的利己主義，不免讓人忍俊不禁。

另一位畢竟還有點羞恥感和男子氣，詹姆斯醫生的反駁觸到了他的痛處，成了致命的一擊。他的臉漲得通紅——臨死前恥辱的紅斑。呼吸停止了，幾乎沒有抖動，他就嚥了氣。

他剛斷氣，那黑女人就取好藥回來了。詹姆斯醫生伸出手來，輕輕地摸了一下死者合上的眼皮，把事情結果告訴了她。她動情了，伴隨着常有的悲哀，悽楚地擤起濕漉漉的鼻子來，不是出於悲哀，而是出於抽象意義上同死亡的和解，這種觀念是一代代流傳下來的。

「哎呀！這全在上帝手裏。他判定誰有罪，誰有難，該支持。現在，他要支持我們了。這瓶藥花掉了辛蒂最後一個子兒，可是永遠派不上用場了。」

「我是不是可以這樣理解，」詹姆斯醫生問，「錢德勒太太沒有錢了？」

「錢，先生？你知道艾米小姐為甚麼倒下來，身體那麼衰弱嗎？她是餓壞的，先生。這個家，除了點餅乾屑，已經三天沒有東西吃了。幾個月前，這可愛的人兒變賣了戒指和手錶。這裏的房子很漂亮，還有紅地毯，光亮的梳妝枱，可全是租來的。人家催交房租，甚麼壞話都說。這死鬼——對不起，天哪——現在，他在你手裏受到了審判——他撒手走了。」

醫生沉默不語，她便說得更起勁了。從辛蒂混亂的獨白中，他搜集到了他們的家史，無非是老生常談，離不開幻想、任性、災難、殘酷和自尊。她嘮嘮叨叨繪出的模糊全景中，出現了一個個清晰的小小畫面——遙遠的南方，有一個理想的家庭；但很快為這樁婚姻感到悔恨；接着是一段含冤受虐的不幸時期；不久前，她繼承到了一筆錢，有望從此得到解脱；可是這條惡狼把錢搶走了，兩個月不見，已經被他揮霍一空；最後，他在見不得人的狂歡後回到了家裏。言語之間，這個污穢扭曲的故事中，自然而清晰地貫穿着一條純潔的白線——那就是黑人老婦純樸、高尚、持久的愛，因為她矢志不移地忠於自己的女主人。

她終於刹住話頭時，醫生開口了，問她家裏有沒有威士忌，或者任何一類烈酒。老婦人告訴他，餐具櫃裏有半瓶白蘭地，是那條惡狼喝剩下來的。

「按我吩咐，調製一杯甜熱酒，」詹姆斯醫生說。「把你的女主人叫醒，讓她喝下去，告訴她發生了甚麼。」

約摸十分鐘後，錢德勒太太由老辛蒂扶着進來了。睡了一會兒，喝了那杯助興奮的酒後，她顯得精神了些。床上的屍體，詹姆斯醫生已經用被單蓋好。

這婦人憂傷的眼睛，帶着幾分恐懼的目光，朝屍體看了一眼，她和自己的保護人便貼得更緊了。她的眼睛乾澀而明亮，似乎傷心到了極點。淚泉已經乾枯；情感已經麻木。

詹姆斯醫生站在桌子旁邊，穿上了大衣，戴好了帽子，手裏提着醫療箱。他臉色沉着，沒有表情。多年的行醫，使他對人類的痛苦司空見慣了。只有他柔和的褐色眼睛，謹慎地表達了職業的同情。

他說話和氣簡潔，告訴他們，時候很晚了，肯定找不到人幫忙，他會派適當的人過來，了結必要的事情。

「最後，還有一件事，」醫生說，指着依舊敞開着的保險箱。「你丈夫錢德勒先生，臨終前知道自己活不了啦，叫我把保險箱打開，還將密碼告訴了我。以後你萬一要用，記着，密碼是四十一。先朝右面轉幾圈，再朝左面轉一圈，停在四十一這個數字上。儘管他知道快不行了，他還是不讓我叫醒你。

「在那個保險箱裏，他說他放了一筆錢，數目不大——但還是足夠實現他最後的請求的。也就是說，求你回到老家去。往後，時過境遷的時候，請你原諒他對你犯下的罪過。」

他指了指桌子，上面整整齊齊地放着一疊鈔票，鈔票上是兩堆金幣。

「錢在那兒（如他所描述）——八百三十塊。請允許我把名片留給你，萬一以後可以為你効勞。」

這樣，他在生命的最後時刻想到了她——那麼周到！卻又來得那麼晚！然而，那謊言煽起了生命中最後一點溫情，儘管她已經認為，那兒的一切已化為灰燼和塵土。她大叫「羅布！羅布！」轉過身去，撲在她忠僕的懷裏，用寬慰的眼淚稀釋憂傷。另外，不妨想一想，在以後的歲月中，謀殺犯的謊言像一顆小星星那樣，照耀着愛的墳墓，安慰着她，同時也得到了寬恕，不管是不是祈求來的，這本身就是件好事。

在黑黑的胸懷裏，在絮絮叨叨充滿同情的低吟中，她像小孩那樣安靜下來了，得到了撫慰。她終於抬起頭來——但醫生已經走掉了。

精確的婚姻科學

「我以前就同你說過，」傑夫·彼德斯說，「我不大相信女人肯背叛。即使是最清白的詐騙行當，讓女人做合夥人，或是合作教育者，也是很不可靠的。」

「這樣的恭維，她們受之無愧，」我說。「我認為，她們稱得上誠實的性別。」

「為甚麼不是呢？」傑夫說。「她們有另一個性別的人替她們哄蒙拐騙，或者累死累活。在生意場上，她們還挺行，但一動感情，或者卿卿我我就完了。因此你需要一個腳板平，呼吸粗，鬍子黃，有五個孩子，一幢抵押出去的房子的男人，備着做她的替補。現在，安迪和我僱了一個寡婦，協助我們實施小小的婚介計劃，地點在凱羅。

「只要你拿得出廣告錢——像馬車轅桿小頭那麼粗的一卷鈔票——婚介所就可以掙錢了。我們有六千塊左右，希望兩個月裏翻一番。兩個月正適宜於實施我們的計劃，而又不必拿到新澤西州的執照。

「我們擬了一份廣告，內容如下：

迷人寡婦，三十二歲，貌美，顧家，有現款三千元，及鄉間值錢房產，現欲再婚，覓貧窮重感情者為伴，不計較財產，因自知美德多見於卑賤者。年齡稍大或長相平庸無妨，唯求專情誠實，善理家產，精於投資。有意者請告詳細地址。

孤獨者　謹啟

聯繫辦法：伊利諾斯州，凱羅，

代理人彼德斯和塔克代轉

「『看來，夠損的，』書面策劃完成後，我說。『現在，』我說，『哪兒去找那個寡婦？』

「安迪看了我一眼，有點惱火，卻不動聲色。

「『傑夫，』他說，『我認為，在藝術上，你喪失了現實主義觀。幹嗎需要寡婦？你在華爾街拋售大量摻水股票時，難道期望裏面有美人魚？徵婚廣告跟女人有甚麼關係？』

「『你聽着，』我説。『你知道我的原則，安迪，若要違背法律條文幹非法行當，出售的東西必須看得見，摸得着，拿得出。正因為那樣，加上我仔細研究過城市法規和火車時刻表，所以警察沒有來找我麻煩，這些警察不是塞五塊錢，遞一根雪茄就能擺平的。現在，要執行我們的計劃，就得實實在在找個迷人的寡婦，或者相應的主兒，漂亮不漂亮，有沒有目錄和更正條目中寫的不動產和附帶財物，都沒有關係。要不然，總有一天我們會落在治安法官的手中。』

「『是呀，』安迪説，修正了自己的想法，『萬一郵局或是治安委員會要調查我們的機構，也許會更安全些。可是，』他説，『哪兒能希望找到一個寡婦，甘願為這個沒有婚姻的婚姻計劃浪費時間呢？』

「我告訴安迪，我認識一個這樣的人。我有個老朋友，名叫齊克·特羅特，過去在馬戲場裏賣蘇打水和拔牙。一年前，在一個老醫生那兒喝了治消化不良的藥水，而不是常喝的外用藥劑，結果撒手歸天，他的妻子成了寡婦。我以前常在他們家過夜，我想我們可以找她幫忙。

「這兒離她住的小鎮只有六十英里。我便跳上火車，找到了她，見到了同樣的茅屋，同樣的向日葵，同樣的雞站在洗衣盆上。也許除了美貌、年齡和家產，特羅特太太跟我們廣告的要求完全吻合。一眼看去，她顯得很適宜，很值得讚許。另外，給她這份工作也是表達對齊克的懷念。

「『你們搞的交易光明正大嗎，彼德斯先生？』我把意圖告訴她後，她問。

「『特羅特太太，』我說，『安迪和我已經估算過，通過廣告，在這個廣闊美麗的國家，將有三千人會盡力要和你成親，想拿到謊稱的錢財。這些人要是能獲得你的芳心，約有三千人會回報給你一個行屍走肉的傢伙，一個懶惰的、唯利是圖的浪蕩子，一個沒有出息的東西，一個騙子和追逐財富的混蛋。

「『我和安迪，』我說，『打算教訓一下這些社會的蟊賊。』我說，『安迪和我，好不容易才放棄建立這樣一個公司，名稱叫偉大的道德和美滿的有害婚介公司。這下你滿意了嗎？』

「『滿意了，彼德斯先生，』她說，『我其實也知道，你不會去幹不光彩的事。可是你要我幹甚麼呢？我得拒絕你說的三千個混蛋嗎？要不，把他們成批攆走？』

「『你的活兒，特羅特太太，』我說，『實際上是扮演誘餌的角色。你就住在一個清靜的旅館裏，甚麼事兒也不幹。通訊和生意這一頭，自有安迪和我來對付。』

「『當然，』我說，『有些熱情性急的求婚者，會籌集車費親自來凱羅催逼，且不管穿的是甚麼衣裝。在那種情況下，就得麻煩你當面把他們轟走。我們會付你二十五塊一週，再加旅館費。』

「『給我五分鐘，』特羅特太太說，『整理一下化妝盒，把前門鑰匙交給鄰居，你就開始計我工資吧。』

「於是我把特羅特太太弄到凱羅，安頓在一個家庭旅館裏，同我和安迪的住處保持一定距離，既不會引起懷疑，又可以隨叫隨到。同時把這一切都告訴了安迪。

「『好極了，』安迪說。『現在誘餌已經近在眼前，觸手可及，你的良心也得到了安慰。也許我們得撇開誘餌，專心捉魚了。』

「於是，我們開始在報紙上插廣告，覆蓋遠近地方。我們只用了一個廣告。廣告一多，僱用的職員和梳波浪形頭髮的隨從勢必也多。那樣，嚼口香糖的聲音就會驚動郵政部長。

「我們在銀行裏給特羅特太太存了二千塊錢，把存摺交給了她，萬一有人對公司的誠信產生疑問，可以當場出示。我知道特羅特太太正直可靠，把錢記在她名下十分安全。

「憑那一個廣告，就夠安迪和我一天花十二小時答覆來信了。

「一天大約有一百封來信。我從來不知道，這個國家有那麼多心地寬厚而又貧窮的人，看上一個迷人的寡婦，並樂意承擔責任，用她的錢去投資。

「他們大多數人都坦言，失去了工作，蓄着鬍子，被社會所誤解。但是全都很肯定，自己很有愛心和男子漢氣質，那位寡婦一定會以身相許。

「彼德斯和塔克公司給每個應徵者回了信，說是他坦誠有趣的來信給寡婦留下了深刻的印象，並請他提供更詳細的情況，如方便，附寄一張照片。彼德斯和塔克公司還通知應徵者，第二封信轉給委託人的費用為二塊錢，隨信附寄。

「你看到了吧，這個計劃簡易巧妙。大約百分之九十在國內的外國紳士都籌集了費用，把錢寄來了。就是那麼回事。只是苦了我和安迪，得割開每個信封，把錢取出來，不勝麻煩。

「少數顧客親自找上門來。我們就打發他們去特羅特太太那兒，由她去處理。有三四個人回來找我們要車費。農村郵資免費地區也開始寄信來以後，安迪和我每天可收到二百塊錢。

「一天下午，我們正忙得不可開交，把錢一張兩張塞進雪茄盒子，安迪吹着『不給她敲響結婚的鐘聲』的口哨。這時，一個精明的小個子男人闖了進來，眼睛不住地打量着牆上，彷彿在跟蹤被盜的蓋恩斯巴勒[1]的一兩幅畫。我一見他，就覺得有一種自豪感，因為我們做生意很本份。

「『我看你們今天的郵件很多，』這人說。

「我走過去，拿起帽子。

「『來吧，』我說。『我們正盼着你呢。我把貨色給你看吧。你離開華盛頓的時候，特德怎麼樣？』

「我把他帶到河景旅館，讓他同特羅特太太握了手。隨後，給他看了一下銀行存摺，上面存了二千塊錢。

「『好像還挺行，』特工處的人說。

「『就是嘛，』我說。『要是你沒有結婚，我可以讓你跟那位小姐談一會兒，兩塊錢就免了。』

「『謝謝，』他說。『假如我是單身，我會的。再見，彼德斯先生。』

「到了三個月結束的時候，我們拿到了大約五千多塊錢，覺得也該洗手不幹了。很多人都投訴我們，特羅特太太對這活兒也厭倦了。不少求婚者上門來看她，她似乎並不喜歡這樣。

「因此我們決定收場，我趕到特羅特太太的旅館，付給她最後一週的工資，說了聲再見，並取回了二千塊錢的存摺。

「我到那兒時，見她哭得像一個不願上學的孩子。

「『哎呀，哎呀，』我說，『這是怎麼回事？是有人對你無禮了，還是你想家了？』

「『不，彼德斯先生，』她說。『我告訴你吧，反正你一直是齊克的朋友，我不在乎。彼德斯先生，我戀愛了，那麼愛一個男人，簡直非要得到他不可。他是我理想中的男人。』

「『那就嫁給他唄，』我說。『要是兩廂情願，不就成了。他有沒有根據你描繪的細節回報你的感情？』

「『他這麼做了，』她說。『不過，他是為廣告的事親自來見我的男人之一，我不給他二千塊錢他就不娶我。他的名字叫威廉·威爾金森。』然後，她再次愛得要死要活，歇斯底里大發作。

「『特羅特太太，』我說，『沒有誰比我更憐惜女人的感情了。且不說，你曾經是我最好的朋友的終身伴侶。要是讓我來處理這件事，我會說，你就拿着這二千塊錢，高高興興嫁給你的意中人吧。

「『我們付得起，因為已經從想要娶你的吸血鬼身上賺了五千塊錢。不過嘛，』我說，『還要同安迪．塔克商量一下。』

「『他是個好人，不過做生意很精明。經濟上，他是我的同等合夥人。我會跟安迪談的，』我說，『看看該怎麼辦。』

「我返回旅館，向安迪提起了這件事。

「『我一直預料會發生這樣的事情，』安迪說。『任何計劃，凡有女人參與，涉及她們的情感和偏愛，你就不能相信她們會死心塌地跟你走。』

「『安迪，』我說，『我們竟然讓一個女人心碎，想起來挺難過的。』

「『是呀，』安迪說，『告訴你吧，我願意怎麼辦，傑夫。你為人向來溫厚大方。也許我心腸太硬，太世故，太多疑。這一次，我就順着你吧。你上特羅特太太那兒，告訴她從銀行提取二千塊錢，給那個她迷戀上的男人，心裏該痛快些。』

「我跳了起來，握着安迪的手，足有五分鐘。隨後回到特羅特太太那裏，把安迪的話告訴她。她高興得大哭，就像當初傷心得大哭一樣。

「兩天後，我和安迪收拾行裝準備上路。

「『我們走之前，你不打算去看一下特羅特太太嗎？』我問他。『她很想見你，表示一下對你的讚揚和感激。』

「『哎呀，我不想去了，』安迪說。『我們還是快點走，去趕那班火車吧。』

「我像往常一樣，正把我們的資金放進腰帶，捆在身上，安迪從口袋裏取出一卷高額票面的錢，叫我放在一起。

「『這是怎麼回事？』我問。

「『那是特羅特太太的二千塊錢，』安迪說。

「『怎麼會落到你手裏？』我問。

「『是她給我的，』安迪說。『一個多月來，我每週三個晚上去看她。』

「『那你就是威廉．威爾金森了？』我說。

「『是的，』安迪說。」

註釋：

[1] 蓋恩斯巴勒（Thomas Gainesborough, 1727-1788），英國畫家，肖像畫和風景畫大師。

灌木叢中的王子

終於，九點鐘到了，一天的辛苦活結束了。莉娜爬上採石場旅館二層半，進了自己的房間。天一亮，她就像奴隸一樣忙開了，幹的是成年女人的活，擦地板呀，清洗很重的陶瓷盤子和杯子呀，整理床鋪呀，以及為那個混亂而沉悶的客棧，無休止地供應水和木頭。

一天的採石喧鬧聲停止了——爆炸聲和打洞聲，吊車的吱咯聲，工頭的叫喊聲，平板車運送大塊石灰岩倒退和轉向的聲音。在旅館一頭的辦公室，三四個工人因為跳棋遊戲遲遲沒有開始，在嘟嘟囔囔，罵罵咧咧。燉肉味兒，熱騰騰的油膩味兒，廉價咖啡的味兒，又濃又重，像一陣令人鬱悶的霧，瀰漫在房子周圍。

莉娜點起半截蠟燭，坐在搖晃的木椅上。她十一歲，瘦津津的，營養不良。她的腰背和手腳，又痠又痛，可是她的心，疼得最難受。最後一根稻草，壓到了不堪負擔的小小肩膀上，因為他們拿走了她的格林童話。晚上，她就是再累，也常常會到格林童話裏尋找安慰和希望。格林童話總會對她耳語，王子或是小精靈會來，幫她解脱可惡的魔力。每天晚上，她都從格林童話中汲取新的勇氣和力量。

無論讀到哪一個童話，她都會覺得跟自己的處境很相似。伐木工失去的孩子、不幸的牧鵝女、受虐待的繼女、囚禁在巫婆小屋裏的小女僕——所有這些，對莉娜，對採石場旅館這位過勞的廚房女工來説，只不過隔着一層透明的紙。而且，每當情況危急的時候，善良的精靈或者英勇的王子總會來搭救。

於是，在這個吃人妖魔城堡裏，莉娜受制於可惡的魔法，依賴着格林童話，期盼善的勢力終將獲勝。然而，一天前馬洛尼太太在莉娜的房間裏發現了這本書，並把它拿走了，惡狠狠地説，僕人們晚上不可以讀書，否則，會造成睡眠不足，第二天幹活沒有勁。難道一個只有十一歲的人，遠離媽媽，沒有時間玩，沒有格林童話能過日子嗎？你不妨試一下，看看這有多困難。

莉娜的家在得克薩斯，佩德納爾斯河岸邊的一個小山窩裏，住在一個叫弗雷德里克斯堡的小鎮上。鎮上的居民都是德國人。一到晚上，他們就圍坐在人行道上的小桌旁，喝喝啤酒，玩玩皮納克爾牌，唱唱歌。他們都很節儉。

最節儉的是彼得．希爾德斯莫勒，莉娜的父親。正因為這樣，莉娜被送到了三十英里外的採石場旅館去工作。她每週賺三塊錢。彼得把她的工資也投進了他經營有道的小舖子裏。他雄心勃勃，一心想要像鄰居雨果·赫弗爾堡那麼有錢。雨果吸着三英尺長的海泡石煙斗，一週裏，每天的晚餐都吃維也納炸小牛排和辣味兔雜碎。如今，莉娜已經不小，可以去工作，幫助他積攢財富了。然而，要是你能夠，你就想像一下，一個十一歲的人，被判決離開愉快的萊茵河小村的家，到惡魔的城堡去服苦役，在那裏，你得飛跑着服侍這些惡魔，他們吞吃着牛羊，兇惡地咆哮着，一面從大鞋子上抖落白色的石灰岩灰塵，讓你用疼痛無力的手指去撣掉擦掉——而且還從你那兒取走了格林童話！

莉娜掀開了一個空盒的蓋子，那個盒子原本是裝聽頭玉米的。她從盒子裏拿出一張紙和一支鉛筆，打算寫封信給媽媽。湯米·瑞恩會把信帶到巴林傑郵局，替她寄掉。湯米十七歲，在採石場幹活，每天夜裏回到巴林傑家去。此刻，他候在莉娜窗下的暗影裏，等她把信扔給他。只有用這個辦法，她才能把信送到弗雷德里克斯堡。馬洛尼太太不喜歡她寫信。

這一截蠟燭幽幽地燃着，莉娜急忙咬開鉛筆周圍的木材，開始寫信了。下面就是她寫的信：

最最親愛的媽媽：

我多麼想見你。還有格雷特爾，還有克勞斯，還有海因里希，還有小阿道爾夫。我累死了。我很想見你。今天，馬洛尼太太打了我耳光，還不許我吃晚飯。我的手很疼，沒法揀夠木柴。昨天，她沒收了我的書。就是里奧叔叔送給我的《格林童話故事》。我看書沒有礙着別人。我拼命幹活，可是有那麼多活要幹。每天晚上我只讀一點點。親愛的媽媽，告訴你我打算怎麼辦吧。除非你明天派人來帶我回家，否則我要到一條我知道的河裏，一個很深的地方去，淹死算了。我猜想，投河是很可惡的，但我很想見你，而沒有別的人。我累極了，湯米等着這封信。要是我這樣做了，你會原諒我的，媽媽。

你的恭敬的愛你的女兒　莉娜

信寫好的時候，湯米仍老老實實等着。莉娜把信扔到外面，看着湯米揀起來，朝陡峭的山邊走去。莉娜沒有脱衣服便吹熄了蠟燭，蜷縮在地板上的床墊上。

十點三十分，巴林傑老人穿着長襪，走出屋子，倚在門上吸起煙來。他朝月光下雪白的大路上張望着，用一隻腳的腳趾擦着另外一隻腳的腳踝。這一時刻，弗雷德里克斯堡郵車該啪嗒啪嗒沿路過來了。

巴林傑老人才等了幾分鐘，就聽到了弗里茨的小黑騾車隊響亮的蹄聲。不一會，一輛帶篷的輕便貨車便停在了門前。弗里茨的大眼鏡在月光下閃閃發亮，他的大嗓門吆喝着，招呼巴林傑郵局的局長。送信人跳出車外，從騾子上卸下轡頭，照例在巴林傑郵局給騾子餵燕麥。

趁着騾子在飼料袋子裏吃食，巴林傑老人取出郵袋，扔進車裏。

弗里茨·伯格曼是一個有三種感情的人——或者更確切些——四種，兩頭騾子得單獨考慮。那些騾子是他的命根子，是他生活的樂趣。排在騾子之後的是德國皇帝和莉娜·希爾德斯莫勒。

「告訴我，」弗里茨準備出發時說，「郵袋裏有採石場的小莉娜給弗勞·希爾德斯莫勒的信嗎？上次的郵袋裏有一封，說是有點不舒服。她媽媽急於知道她現在怎麼樣了。」

「是的，」巴林傑老人說，「倒是有一封寫給赫爾特斯格爾特太太的，或者類似這樣的名字。湯米·瑞恩帶回來的。你說，這個小姑娘在那邊幹活？」

「在旅館裏，」弗里茨好不容易找到了想說的話，大聲喊道，「十一歲，還沒法蘭克福香腸大。那個彼得．希爾德斯莫勒是個小氣鬼——說不定哪一天，我會用一根大棒，敲打這個大傻瓜——從城裏打到城外。興許，莉娜在這封信裏說她好一點了，她媽媽會很高興的。再見，赫爾．巴林傑——夜裏有寒氣，腳露在外面會着涼的。」

「再見，弗里茨，」巴林傑老人說。「夜晚涼快，倒是趕車的好天氣。」

小黑騾子踏着穩健的步子上路了，弗里茨時不時直着嗓子，對騾子說些溫存愉快的話。

這個送信人一路胡思亂想，到了離開巴林傑郵局八英里的一大片星毛櫟樹林。這時，突然間槍聲大作，火光閃閃，喊聲四起，彷彿整個印第安部族都已經出動，一下子把他的思緒攪散了。一夥人騎着馬疾馳而來，團團圍住了郵車。其中一個朝前輪彎下腰，把槍對準趕車人，命令他停車。其他人抓住了騾子的轡頭。

「他媽的！」弗里茨拔直喉嚨大喊一聲——「怎麼回事？別碰那些騾子。這是美國郵政！」

「快點，德國佬！」一個陰沉的嗓音慢吞吞地說。「你知道嗎，你被打劫了？

讓你的騾子掉過頭去，你從車上下來。」

漢多．比爾劣跡多端，聲勢很大，打劫弗雷德里克斯堡郵車這類事，對他來説算不上甚麼大動作。就像一頭獅子，在追趕同自己一樣勇猛的獵物時，也許會對半路上的一隻兔子，輕浮地動一下腳爪。於是，漢多．比爾一夥圍着弗里茨先生和平的運輸工具，叫嚷着開始取樂。

他們騎馬夜襲，幹完了兇險的正事。弗里茨和他的騾子，便成了輕鬆的娛樂，在經歷了本行的辛苦之後，這夥人反而感到快慰了。東南面二十英里的地方，停着一列火車，車頭被毀，旅客們歇斯底里，快運車和郵車遭劫。這就是漢多．比爾一夥的正經職業。現鈔與銀貨收穫不小，強盜們便兜了個大圈子，往西穿過人口稀少的鄉間，取道格蘭德河上一個可以涉水而過的地方，想去墨西哥躲避。火車上的「戰利品」把這些走投無路的林中強盜，變成了歡樂無比的雲雀。

弗里茨氣得發抖，一是因為傷了尊嚴，二是出於憂慮。他把突然取下的眼鏡重新戴上，爬出車子，到了路上。這夥人已經下了馬，在唱呀，跳呀，喊呀，表達着對亡命生活的滿足和歡愉。響尾蛇羅傑斯站在騾子前頭，扯了一下一頭嫩嘴騾子的繮繩，落手重了一些，那頭騾子疼得後腿蹶起，大聲打了個鼻息，表示抗議。弗里茨頓時怒氣沖沖地大叫起來，撲向身材魁梧的羅傑斯，開始用拳頭猛擊驚呆了的搶劫犯。

「壞蛋！」弗里茨喊道，「狗東西，你沒有救了！那頭騾子嘴上有傷痛。看我不把你的頭從肩膀上扭下來才怪呢——強盜！」

「哈哈！」響尾蛇嚎叫着，放聲大笑，一面低頭躲避。「有人幫我治好了肩上的痠痛！」

這夥人中的一個拉住弗里茨的衣角，把他拽了回去。隨後，林子裏響起了響尾蛇吵吵嚷嚷的議論。

「去他的，法蘭克福小香腸，」他喊叫着，還算和氣。「就德國人來説，他還不太討厭。他一心護着牲口，是不是？我喜歡看到別人那麼愛自己的馬，即使是一頭騾子也罷。這塊臭烘烘的小乾酪，雖然父親不喜歡，倒是對我胃口，是吧？嘍，嗨，騾子呔——我可不會再傷着你的嘴了。」

要是中尉本·穆迪不獨具慧眼，希望有更多油水，這些郵件是不會遭殃的。

「嗨，頭兒，」他對漢多·比爾説，「這些郵袋裏，可能有值錢的貨色。我曾同弗雷德里克斯堡一帶的德國人做過馬匹交易，了解這些傢伙的習慣。他們把大量的錢，通過郵局寄到鎮上。德國人寧可冒很大險，把一千塊錢包在紙裏送出去，也不願出錢讓銀行來受理。」

漢多．比爾，身高六英尺二，説話和氣，行為衝動，穆迪的話還沒有説完，他已經把郵袋從車子後頭拖過來了。他手裏拿着一把閃亮的刀，對準厚實的帆布袋刺了進去，只聽見郵袋吱吱裂開了。亡命之徒們圍了上來，開始把信件和包裹撕開，不動聲色地咒罵着寫信人，説他們好像是串通一氣來駁斥本．穆迪的預言，這倒是給這種體力活添了點生氣。在弗雷德里克斯堡郵袋裏，沒有發現一塊錢。

「你應該感到慚愧，」漢多．比爾口氣嚴肅地對送信人説，「裝了那麼一大堆廢舊紙。可是，這算甚麼意思？你們德國佬把錢放到哪兒去了？」

在漢多的刀下，巴林傑的郵袋像破殼的繭一樣被撕開了。裏面只裝着幾封信。弗里茨氣嘟嘟的，又急又怕，眼看要輪到這個郵袋了。此刻，他記起了莉娜的信。他對這夥人的頭兒説，請他免了這封特殊的信。

「多謝你的關照，德國佬，」他對惶惶不安的送信人説。「我估計這就是我們所要的那封信。有錢在裏面，是不是？信在這兒。點個火，孩子們。」

漢多找到了這封給希爾德斯莫勒太太的信，把它撕開了。其餘的人零零落落站着，把這些揉亂了的信一封封照亮。漢多面露不悅，默默地盯着這單張紙的信，信中的德文書寫很生硬。

「你用來騙我們的這東西是甚麼，德國佬？你把這叫做重要的信？這是你對朋友們耍的卑劣花招，趁機想把信發出去。」

「那是中文，」桑迪．格倫迪在漢多背後偷看着，說道。

「你胡說八道，」另一個傢伙說。他年輕能幹，戴着絲圍巾，穿着塗鎳的盔甲。

「那是速記，我在法庭上看見他們寫過。」

「哎呀，不，不，不，——那是德文，」弗里茨說。「不過是一個小女孩寫給媽媽的信。一個可憐的小女孩，生着病，離開家在累死累活幹。呵！真遺憾。好強盜先生，你們行行好，把這封信給我吧。」

「活見鬼，你把我們當作甚麼人了，德國老傢伙？」漢多突然說，口氣嚴厲得驚人。「你是不是暗示我們，這些先生連起碼的禮貌都沒有，對小姐的健康不感興趣？好吧，你別停下，把那些潦草的字大聲唸出來，用簡單的美國話，翻譯給這群受過良好教育的人聽聽。」

漢多抓住扳機保險，旋轉着六發手槍，站在瘦小的德國人面前，顯得又高又大。

弗里茨開始讀信，並把這些簡單的詞語翻成英文。這群遊民默默地站着，聽得很專心。

「這孩子幾歲了？」信讀完後，漢多問。

「十一歲，」弗里茨說。

「她在哪兒？」

「在採石場——幹活。啊，我的天哪——小莉娜說要跳河。我不知道她是不是會跳，要是真的跳了，我會拿槍把彼得·希爾德斯莫勒殺了。」

「你們德國佬，」漢多·比爾說，口氣很不屑，「我真感到厭煩，竟讓自己的孩子給人僱去幹活，他們哪，照例該在沙灘上玩玩偶。你們這幫人真糟糕。我想你還是等一等吧，我們要讓你看看，你們這個古老蹩腳的國家，我們是怎麼看待的。來呀，夥計們！」

漢多·比爾在旁邊跟同夥商量了一會兒，隨後他們抓住弗里茨，把他帶離大路到了一邊，用兩根套繩把他綁在一棵樹上，又將他的騾隊拴在附近的另一棵樹上。

「我們不會傷害你的，」漢多安慰他說。「在這裏綁一會兒也不礙你甚麼。現在跟你打好招呼，我們得離開一下。別不耐煩。」

弗里茨聽見這夥人上了馬，馬鞍發出響亮的咯吱聲。然後是喊叫聲和咔嗒咔嗒的馬蹄聲，他們亂糟糟地沿着弗雷德里克斯堡的路疾馳而去。

弗里茨靠在樹上，坐了兩個多小時，儘管綁得很緊，卻並不太疼。險情之後心裏一鬆弛，便沉沉地睡着了。他不知道自己睡了多久，但最後被人粗暴地搖醒了。有人在解開綁他的繩子。他被拉着站了起來，但他眼睛發花，腦子糊塗，身體疲憊。他擦了擦眼睛，看了看，發現自己還是在同一群可怕的匪徒中間。他們把他推上馬車的座位，把繮繩交在他手裏。

「你回家去，德國佬，」漢多用命令的口吻説。「你給我們帶來了很大麻煩，我們很高興看到你還好好的。玩兒去吧！喝兩杯啤酒！快走！」

漢多伸出手，狠狠地給了弗里茨的騾子一馬鞭。

小騾子們蹦跳着往前，因為能再次活動起來，都高興得不得了。弗里茨一路催趕着，腦子卻依舊昏昏沉沉，對這場可怕的冒險糊裏糊塗。

按規定，他得在天亮時趕到弗雷德里克斯堡。實際上，他趕着車走在小鎮的長街上時已經十一點了。到郵局之前，他要經過彼得．希爾德斯莫勒的房子。他停下車，叫了一聲。但是希爾德斯莫勒太太正盼着他。他們一家人都衝了出來。

希爾德斯莫勒太太，胖胖身材，滿臉通紅，問他有沒有莉娜的信。隨後，弗里茨提高了嗓門，把他的冒險經歷說了一遍，同他們說了一下信的內容，因為強盜們讓他讀過。隨後，希爾德斯莫勒太太放聲大哭。她的小莉娜跳河淹死了！他們幹嘛打發她離開家去幹活？現在該怎麼辦呢？再要叫她回來恐怕已經晚了。彼得．希爾德斯莫勒的海泡石煙斗掉到了人行道上，抖動了一下跌得粉碎。

「女人家！」他對妻子咆哮着，「你幹嘛讓孩子走呢？她如果再也不回家了，那是你的錯。」

人人都知道，這是彼得．希爾德斯莫勒的過錯，所以他們並不理睬他的話。

過了一陣子，只聽得隱隱約約有一個奇怪的聲音在叫：「媽媽！」開始，希爾德斯莫勒太太還以為莉娜的靈魂在叫喊。於是，她衝到了弗里茨的帶篷車後頭，高興得尖聲叫了起來，原來她看到了莉娜本人。她在她蒼白的小臉上親了起來，緊緊擁抱她，弄得她喘不過氣來。莉娜倦得死死地睡了一覺之後，這會兒眼皮很沉重。但是她笑了，躺在渴望見面的人旁邊。她睡在郵袋中間，身上蓋了一套奇怪的毯子和被子，直到被周圍的聲音吵醒了。

弗里茨瞪着她，雙眼在眼鏡後面鼓鼓的。

「天哪！」他喊道。「你怎麼跑進車子裏來的？今天我是不是瘋了，還是給強盜謀殺了，絞死了？」

「是你把她帶來給我們的，弗里茨，」希爾德斯莫勒太太叫道。「我們該怎麼感謝你才好呢？」

「告訴媽媽，你是怎麼坐着弗里茨的車子來的，」希爾德斯莫勒太太說。

「我不知道，」莉娜說。「可是我知道是怎麼離開旅館的。是王子帶我來的。」

「我的天哪！」弗里茨喊道，「我們都瘋了。」

「我一直知道他會來的，」莉娜說，一屁股坐在人行道上的一堆床單上。「昨天晚上，他帶着全副武裝的騎士來了，攻下了惡魔的城堡。他們打碎了盤子，踢倒了門。他們把馬洛尼先生扔進一個接雨水的桶裏，把麵粉撒到馬洛尼太太身上。騎士們一開槍，旅館裏的工人便跳出窗子，往森林裏逃跑。我被他們吵醒了，從樓梯上朝下看。然後，王子上來了，用床單把我裏起來，帶我出去了。他那麼高，那麼強壯，那麼好。他的臉像板刷那麼粗糙，但說話那麼輕，那麼和氣，還有一股酒味。他把我放在馬上，讓我坐在他前面，我們夾在騎士們中間，騎着馬走了。他把我緊緊摟着，我就這麼睡着了，到家才醒過來。」

「胡說！」弗里茨叫了起來。「完全是童話！你是怎麼從採石場到我車上來的？」

「王子帶我來的，」莉娜很自信地說。

直到今天，弗雷德里克斯堡的好心人還是沒有辦法讓她作出別的解釋。

探案推理小説

偵探們

在大城市，一個人會像吹滅的蠟燭一樣，剎那間消失得無影無蹤。一切偵查力量——跟蹤的獵犬、城市迷宮的偵探、運用推理和歸納的私探——都動員來破案。這人往往從此不露面了。有時候，他會再次出現在希博伊根或者特雷霍特的荒野，稱自己為「史密斯」的同名者，卻記不起某一時段的事兒，包括雜貨鋪的賬單。有時候，在河裏打撈了一陣子，或是在飯店裏查訪了一下，看他是不是在等候一塊燒得恰到好處的牛排，後來卻發現，他已經搬到隔壁住下了。

一個人像從黑板上擦掉粉筆畫那麼死去，是戲劇藝術最出彩的主題之一。

手頭這個瑪麗．施奈德案件，是頗有意思的。

一個中年人，名叫米克斯，從西部來到紐約，找他的姐姐瑪麗．施奈德太太，一個五十二歲的寡婦，她在一個擁擠地段的經濟公寓裏已經住了兩年。

在她的住地，人家告訴他瑪麗．施奈德一個月之前搬走了。沒有人知道她的新址。

米克斯先生走出房子，把自己的困境告訴站在街角的警察。

「我的姐姐很窮，」他說，「我急於找到她。最近，我在一個鉛礦裏賺了不少錢，想讓她分享我的財富。刊登尋人啟事廣告不管用，因為她不識字。」

警察扯了扯翳子，一臉沉思默想，無所不能的樣子，讓米克斯幾乎感到，姐姐瑪麗愉快的眼淚已經落到他鮮艷的藍色領帶上了。

「你到運河街地段，」警察說，「找一份工作，駕駛你能找到的最大的卡車。那兒常常有老太婆被卡車軋死的。你可能在她們中間看到她。要是你不高興這麼做，那就到局裏去要個便衣偵探，尋找老人。」

在警察總局，米克斯馬上得到了幫助。告示發出去了，她弟弟提供的瑪麗·施奈德的照片，散發到了各個車站。在馬爾伯里街，警長把這一案子交給了馬林斯偵探。

偵探把米克斯叫到一邊說：

「這個案子不難破。你剃掉翳子，口袋裏裝滿上等雪茄，今天下午三點鐘在沃爾多夫飯館同我碰頭。」

米克斯答應了。他在那裏找到了馬林斯。他們要了一瓶酒，偵探問了幾個關於失蹤女人的問題。

「你知道，」馬林斯說，「儘管紐約是個大城市，但是我們的偵探業務是一體化的。有兩個辦法找你的姐姐。我們先試一個。你說她五十二歲？」

「稍稍過了一點，」米克斯說。

偵探把這個西部佬帶到了一家最大的報紙的廣告辦公室分部。在那裏，他擬了下面這個廣告，交給了米克斯。

急招——一百名迷人的合唱隊姑娘，參加新音樂喜劇演出。二十四小時接待。地點：百老匯大街——號。

米克斯勃然大怒。

「我姐姐，」他說，「是個賣力幹活的窮老太婆。我不明白這樣的廣告怎麼會幫助我找到她。」

「好吧，」偵探說。「我想你不了解紐約。不過既然你抱怨這個計劃，我們就試一下另外一個吧。那個很有把握，但你花的錢更多。」

「別在乎費用，」米克斯説，「我們來試試。」

偵探又把他帶回沃爾多夫飯館。「訂下兩個房間和一個客廳，」他建議道，「我們到上面去吧。」

一切安排定當。兩人被帶到了四樓一個高級套間。米克斯一臉莫名其妙的樣子。那偵探一屁股坐進絲絨扶手椅，掏出了雪茄盒子。

「我忘了向你建議了，好傢伙，」他説，「你本該按月訂下房間。要不然，他們不會那麼容忍你。」

「按月！」米克斯喊道。「你這是甚麼意思？」

「啊，這場遊戲這麼玩法很費時間。我告訴過你，會讓你花更多錢。我們得等到春天。到那時，新的城市指南出來了，很可能你姐姐的名字和地址都在裏面呢。」

米克斯立刻把城市偵探打發走了。第二天，有人建議他向薩姆洛克·喬爾尼斯諮詢一下。他是紐約有名的私人偵探，要價高得驚人，但在解決疑案和犯罪案件方面，卻屢創奇蹟。

米克斯在這個大偵探公寓的前廳等了兩個小時，才被領到他面前。喬爾尼斯穿着紫色晨衣，坐在一張鑲嵌的象牙棋桌旁，面前放了本雜誌，在苦苦地解謎。這個著名偵探瘦削睿智的臉龐，富有穿透力的眼睛，以及一字千金的價格，已是人所共知，不必再描繪了。

米克斯說明了來意。「要是成功，費用是五百塊，」薩姆洛克·喬爾尼斯說。

米克斯點頭同意這個開價。

「我願意接你這個案子，米克斯先生。」喬爾尼斯最後說。「這個城市有人失蹤，對我來說，這始終是個有趣的問題。我記得有個案子，一年前我成功地破了。一個姓克拉克的家庭，突然從他們居住的一小套公寓中消失了。我對公寓大樓細看了兩個月，想找到個線索。一天，我突然發現一個送牛奶的人和一個雜貨舖幫工送東西上樓時總是倒着走。順着這一觀察得到的思路，通過歸納，我立刻找到了這個失蹤的家庭。原來他們已經搬到了過道對面的公寓裏，而且把姓改成了克拉爾克。」

薩姆洛克·喬爾尼斯和他的顧客到了瑪麗·施奈德住過的經濟公寓。偵探要求帶他去看她原來的房間。自從她失蹤後，這裏還沒有房客搬進來過。

房間又小又暗，沒有甚麼陳設。米克斯沮喪地在一條破椅子上坐了下來，而這位大偵探在牆上、地板上和幾個搖晃的舊傢具上搜尋着線索。

半小時後，喬爾尼斯收集到了幾件似乎令人費解的東西——一根廉價的女帽飾針、從劇院節目單上撕下的一角紙頭，以及一小張撕毀的名片的碎片，上面寫有「左」字和字母「C十二」。

薩姆洛克．喬爾尼斯在壁爐上倚了十分鐘，腦袋靠在手上，睿智的臉上露出專注的表情。末了，他興奮得叫了起來：

「過來，米克斯先生，問題解決了。我可以直接帶你去她的住地。你不必擔心她的生活，因為她不缺錢用——至少目前是這樣。」

米克斯驚喜交集。

「你是怎麼知道的？」他問，欽慕之情溢於言表。

也許，喬爾尼斯的唯一弱點，在於對自己高明的歸納有一種職業的自豪感。他隨時準備描繪自己的方法，讓他的聽眾吃驚和着迷。

「採用排除法，」喬爾尼斯說，把他的線索攤到了桌面上，「我排除了城市的部份地區，認為那些地方施奈德太太是不可能搬去住的。你看到了這枚飾針了？那就排除了布魯克林地區。每個想登上布魯克林橋汽車的女人都很有把握，知道該戴着怎樣的飾針去找自己的座位。現在，我要演示給你看，她不可能搬到哈勒姆地區。

這扇門後面的牆上有兩個鈎子。一個是施奈德太太掛帽子的；另一個掛她的披肩。你會觀察到，懸掛的披肩下端，天長日久在粉牆上留下了一長條污漬。印子的周邊很整齊，說明披肩沒有流蘇。那麼，一個中年婦女，圍着披肩，登上了哈勒姆火車，披肩上居然沒有流蘇來勾住大門，以擋住身後的旅客，這種情況可能嗎？因此我們排除了哈勒姆地區。

「為此，我們得出結論，施奈德太太並沒有搬到離這兒很遠的地方去。在這張撕下來的名片上，你看到了『左』字，看到了字母『C』和號碼『十二』。而我恰恰知道C大街十二號是一幢一流的寄宿房，遠遠超出你姐姐的經濟條件——我猜想。但是，我發現了這一角劇院節目單，揉成了奇怪形狀。這傳達了甚麼信息呢？對你來說，很可能甚麼也沒有，米克斯先生。但是，對一個訓練有素，養成了習慣的人來說，是很有說服力的，因為他能識別最細小的東西。

「你告訴過我，你姐姐是個清潔女工，清洗辦公室和門廳的地板。讓我們設想，她找到了劇院這份工作。值錢的珠寶，在甚麼地方最可能經常遺失呢，米克斯先生？當然是劇院。看看那個節目單殘片吧，米克斯先生。觀察一下紙片上圓圓的凹陷。這個紙片曾經包過一個戒指——也許是昂貴的戒指。施奈德太太在劇院幹活的時候發現了戒指，匆匆撕下節目單，小心地把它包起來，塞進懷裏。第二天，她把戒指處理掉了。隨着收入的增加，她環顧左右，想找一個更舒適的地方居住。當我深入這一連串事情的時候，就覺得去C街十二號居住不是不可能的。在那兒，我們會發現你姐姐，米克斯先生。」

薩姆洛克．喬爾尼斯像一個成功的藝術家那樣微微一笑，結束了他令人信服的講話。米克斯的佩服之情難以言表。兩人一起到了C街十二號。這是一幢老式的褐色石頭房子，坐落在一個富裕體面的地區。

他們按了門鈴，經詢問，得到的回答是，不知道有施奈德太太這個人，新來的房客住進去還不到六個月。

他們返回人行道，米克斯把來自姐姐老房子的線索又研究了一遍。

「我不懂偵探這一行，」他將節目單殘片湊近喬爾尼斯的鼻子，說，「但是我好像覺得包在紙裏的不是戒指，而是圓圓的薄荷糖。而這個印有地址的紙片，在我看來像是座位票的一截，寫着：左邊過道，C排十二號。」

薩姆洛克．喬爾尼斯雙眼神情恍惚。

「我想你還是諮詢一下賈根斯吧，」他說。

「賈根斯是誰？」米克斯問。

「他是，」喬爾尼斯說，「新現代偵探派的領袖。他們採用的方法跟我們的不同，但據說，賈根斯破了幾樁極其疑難的案件。我帶你上他那兒去。」

他們在賈根斯的辦公室找到了這位更偉大的偵探。他小個子，淺色頭髮。正專心地看着納撒尼爾·霍桑的一部小資作品。

兩個不同派別的大偵探，禮節性地握了握手，米克斯受到了引見。

「說一下事實吧，」賈根斯說，繼續看他的小說。

米克斯剛把話說完，這個更偉大的偵探便合上書說：

「你看我這麼理解對吧，你的姐姐五十二歲，鼻子一邊有一顆大痣。是一個很窮的寡婦，靠當清洗工勉強過日子，相貌和身材都很一般。」

「那正是我姐姐的樣子，」米克斯承認。賈根斯站起來，戴上了帽子。

「十五分鐘後，」他說，「我會拿了她現在的地址回來。」

薩姆洛克·喬爾尼斯一下子臉色發白了，但擠出了一個笑容。

在答應的時間內，賈根斯回來了，手裏拿了一個小紙條，看了看上面的內容。

「你的姐姐瑪麗·施奈德，」他不動聲色地宣告，「可以在奇爾頓街一六二號找到。她住在靠後面過道的房間裏，五個台階之上。她的房子同這兒不過相隔四個街區，」他繼續對米克斯說。「你不妨去核實一下，然後再回到這兒來。喬爾尼斯先生會等你的，我敢說。」

米克斯匆匆離開了。二十分鐘後，他回來了，笑容滿面。

「她確實在那兒，而且很好！」他叫道。「説一下費用吧！」

「兩塊錢，」賈根斯說。

米克斯付了錢走掉後，薩姆洛克·喬爾尼斯拿着帽子，站在賈根斯面前。

「如果這不是多嘴，」他吞吞吐吐——「要是你能給予方便——你不會反對——」

「當然不會，」賈根斯愉快地說。「我告訴你我是怎麼做的。你還記得對施奈德太太的描繪嗎？你碰到過這樣的女人嗎，她擁有一張自己的蠟筆肖像畫，而且是放大的，卻又不必每週分期付款？國內製作這類畫像最大的工廠就在附近街角。我去了那裏，從登記簿上找到了她的地址。就是這麼回事。」

薩姆洛克·喬爾尼斯的冒險經歷

我很幸運，能把紐約大偵探薩姆洛克·喬爾尼斯歸入朋友之列。喬爾尼斯是城市偵探隊伍的所謂「知情人」。他是位使用打字機的高手。一旦有「謀殺謎案」需要解決，他的職責就是坐在總部的枱式電話機旁，記下那些「怪人」傳來的信息，這些人往往打電話進來，交代自己所犯的罪行。

但是，在「休息日」，來交代的人不很頻繁，而且三四家報紙也追查到了同樣數量的各類罪犯，於是喬爾尼斯就會帶了我在街上晃悠，顯示一下他驚人的觀察力和推斷力，也使我感到很愉快，並深受教益。

幾天以前，我闖進了總部，發現大偵探若有所思地盯着一根緊緊繞着小手指的繩子。

「早安，瓦茨阿普與，[1]」他說，沒有抬頭。「很高興，我注意到你家終於裝了電燈。」

「請你告訴我，」我驚奇地說，「你怎麼知道的？我肯定沒有向誰提起過這件事，佈線也是緊急訂貨，早上才完成的。」

「再容易不過了，」喬爾尼斯親切地說。「你進來的時候，我聞到了你吸的雪茄煙味兒。我熟悉昂貴的雪茄，也知道在如今的紐約，能吸得起雪茄又付得起煤氣賬單的人不會超過三個。這太簡單了。但我剛才思考的是自己的小問題。」

「你手指上怎麼繞了一根繩子？」我問。

「問題就在這兒，」喬爾尼斯說。「今天早上，我太太在我手指上紮了這根繩子，提醒我把一件東西送回家。坐下，瓦茨阿普，請原諒我耽擱你一會兒。」

這位名偵探走到掛壁電話那兒，把聽筒貼着耳朵，有十來分鐘。

「你在聽人交代嗎？」他回到椅子上的時候，我問。

「差不多，」喬爾尼斯笑了笑說，「可以算作這類事。坦白告訴你吧，瓦茨阿普，我戒掉了毒品。好長一段時間以來，我在增大劑量，結果嗎啡對我已不起甚麼作用。我得有更刺激的東西。我剛才去聽的電話，連接着沃爾多夫的一個房間，那裏有人正朗讀着作品。好吧，回到這根繩子上來吧。」

經過五分鐘的沉思默想，喬爾尼斯瞧着我笑了笑，點了點頭。

「多了不起的傢伙！」我喊了起來，「已經解決了？」

「很簡單，」他說，抬起手指。「你看到那個結了？那是為了防止我忘記。因此，就是毋忘我，『毋忘我』是一種花。那就是叫我送一袋麵粉[2]回家！」

「精彩！」我佩服得禁不住叫了起來。

「我們出去走一走吧，」喬爾尼斯建議。

「現在，手頭只有一個重要案件。麥卡迪老人，一百零四歲，因為香蕉吃得太多，死了。但有明顯證據，這是黑社會幹的。警察包圍了二號街卡曾加莫．甘布林納斯第二俱樂部，幾小時之後就可抓住兇手，沒有向偵探力量求援。」

喬爾尼斯和我出門到了街上，朝一個可以乘到地面車輛的角落走去。走了半個街區，我們碰上了一個熟人，叫萊因捷爾德，他在市政廳供職。

「早安，萊因捷爾德，」喬爾尼斯說，停下腳步。

「今天，你吃的早飯不錯。」

我始終留意偵探傑出的推斷能力，看見喬爾尼斯的眼睛一閃，落在對方胸前襯衫上濺着的一長條黃色污漬，以及下巴上更小的黃點——無疑，兩者都是蛋黃污漬。

「啊呀，這是你們的偵察天性，」萊因捷爾德說，笑得身子直搖晃。「行啊，我用飲料和雪茄打賭，你猜不出我早飯吃了甚麼。」

「好，」喬爾尼斯說，「香腸、黑麵包和咖啡。」

萊因捷爾德承認，他的推測是對的，並付了賭注。我們繼續往前走的時候，我對喬爾尼斯說：

「我想，你是看了濺在下巴上和襯衫前胸上的雞蛋汁了。」

「我是看到了，」喬爾尼斯說。「也正是從這裏開始推斷的。萊因捷爾德是個省吃儉用的人。昨天市場上雞蛋的價格，跌到了二十八美分一打。今天的報價是四十二美分。萊因捷爾德昨天吃了雞蛋，今天又回到了往常的食品。這樣的區區小事算不得甚麼，瓦茨阿普，屬於初等數學課的內容。」

我們上車時發現已沒有空位——佔座的主要是女人。喬爾尼斯和我站在車後部平台上。

靠近車子中間的地方，坐着一個上了年紀的男人，蓄着灰白的短鬍子，看上去十足是個穿着講究的紐約人。一連幾個街角，有女人上車。很快便有三四個女人聳立在那男人面前，抓住手把，眼睛意味深長地瞟着這個人，就是他佔了別人都想的座位。但是，他端坐不動。

「我們紐約人，」我跟喬爾尼斯議論道，「幾乎喪失了禮貌，看他們在公共場合的舉動就知道。」

「也許如此，」喬爾尼斯輕描淡寫地說，「不過顯然你指的那個人，恰恰倒是個謙恭有禮的紳士，來自古老的弗吉尼亞，同妻子和女兒在紐約待了幾天，今天晚上動身去南方。」

「你認識他？」我吃驚地問。

「上這輛車之前，我從來沒有見過他，」偵探微笑着說。

「啊，真神哪！」我叫道，「要是從他的外表，就能推斷出這些，你幹的就是黑人藝術了。」

「愛觀察的習慣使然——沒有別的原因，」喬爾尼斯說。「要是這位老先生在我們之前下車，我可以演示給你看我推斷的正確性。」

過了三條街，這位先生站起來準備下車。喬爾尼斯在門邊對他說：

「對不起，先生，你是弗吉尼亞州諾福克的亨特上校嗎？」

「不是，先生，」回答很有禮貌。「我的名字，先生，叫埃利森——溫菲爾德·R·埃利森少校，菲爾法克斯縣人，同是弗吉尼亞州。我認識諾福克的很多人——

古德里奇夫婦、托里弗夫婦和克雷布特里夫婦，先生，但無緣見你的朋友亨特上校。我很高興地說，先生，我和妻子及三個女兒，在你們的城市度過了一週，今天晚上要回弗吉尼亞了。十天後，我要到諾福克。要是你能把你的大名告訴我，我會很樂意尋找亨特上校，告訴他你問候他，先生。」

「謝謝，」喬爾尼斯說，「請你告訴他，雷諾茲問他好。」

我瞥了一眼這位紐約大偵探，看見他清晰的面容露出極為懊惱的神色。細小的失誤也總是讓薩姆洛克．喬爾尼斯惱火。

「你說你的三個女兒？」他問這位弗吉尼亞先生。

「是的，先生，我的三個女兒。在菲爾法克斯，都是很出色的，」他回答。

說完，埃利森少校讓車子停下，開始走下踏步。

薩姆洛克．喬爾尼斯抓住了他的胳膊。

「等一等，先生，」他請求道，說話的口吻彬彬有禮，只有我能覺察出內中的焦急——「我想其中的一個女兒是領來的，我說得對嗎？」

「對，先生，」少校承認。這時他已下了車。「不過，我倒說不上來，你究竟怎麼知道的，先生。」

「連我也說不上來呢，」車子往前開動後，我說。

喬爾尼斯從明顯的失敗中攫取了勝利，恢復了鎮定、平靜和洞察力。於是，下了車後他邀請我進了一家咖啡店，答應向我披露他最近的不朽功績。

「首先，」我們舒舒服服地坐定後，他開口了，「我知道這位先生不是紐約人，因為儘管他沒有起立讓座，但面對站着的幾個女人，還是漲紅了臉，顯得坐立不安。從他的外表我斷定他是南方人，而不是西部人。

「其次，我想到了他為甚麼很想讓座給一位婦女，卻並沒有覺得非做不可。我很快做出了判斷。我注意到，他的一隻眼角被嚴重刺傷，出現紅腫，臉上佈滿了沒有削過的鉛筆般大小圓點。而且，在他的漆皮皮鞋上，有幾個深深的印子，呈橢圓形，但末端是方的。

「如今，紐約只有一個地區可能讓男人出現這類傷疤、傷痕和印記——那就是第二十三街的人行道，以及它南面第六大道的一部份。從他腳上留下的法國鞋跟的印記，以及臉上被購物區婦女用雨傘和陽傘戳下的纍纍傷痕，我知道，他跟一群好鬥的傢伙發生過衝突。像他這樣外表聰明過人的男子，除非被自己的女人硬拖進去，是不會甘冒這種危險的。所以，他上車的時候，仍然為剛才的遭遇憋着一肚子氣，於是也就不顧南方傳統的騎士風度，堅持不讓座了。」

「這都言之有理，」我說，「可是你為甚麼咬住他女兒呢——特別是兩個女兒？為甚麼他妻子單獨就不能帶他去購物呢？」

「必須得有女兒，」喬爾尼斯鎮靜地說。「要是只有妻子，沒有別人，年齡又同他相仿，他盡可以哄她讓她一個人去。如果他倆是老夫少妻，那他妻子會喜歡自己一個人去。這就是解釋。」

「這我同意，」我說，「可是，現在，為甚麼兩個女兒呢？還有，我始終不明白，他告訴你有三個女兒時，你怎麼猜中有一個是養女？」

「別說『猜』，」喬爾尼斯說，不無得意之情。「在推理詞典中沒有這樣的詞彙。埃利森少校的鈕孔中，插着一朵康乃馨、一個玫瑰花蕾，襯着一片天竺葵葉子。沒有一個女人會把康乃馨和玫瑰花蕾組成鈕孔花。閉上你的眼睛，瓦茨阿普，運用一下你想像的邏輯。你難道看不到，可愛的阿黛爾把康乃馨繫在爸爸衣服翻領上，讓他上街的時候開心些，然後，伊迪絲·梅鬧鬧嚷嚷，帶着姐妹常有的嫉妒跳着來到跟前，在原有的裝飾上加了玫瑰花蕾？」

「還有，」我叫道，開始來了勁，「他說有三個女兒時——」

「我明白，」喬爾尼斯說，「躲在後面的一位，沒有添甚麼花。我知道，她一定是——」

「養女！」我插嘴了。「我完全相信。可是你怎麼知道他今晚動身去南方？」

「在他的胸袋裏，」大偵探說，「隆起了一個又圓又大的東西。火車上不大有好酒，而從紐約到費爾法克斯路程又很長。」

「我又得佩服你了，」我說。「還有這件事，你也說給我聽聽，消除我最後一絲疑慮。你是怎麼斷定他來自弗吉尼亞的？」

「沒有明顯的跡象，我承認，」薩姆洛克·喬爾尼斯回答，「但是受過訓練的觀察者肯定會發現車內薄荷的味道。」

註釋：

[1] 瓦茨阿普：原文為「Whatsup」意為「甚麼事」。此處作者有意用作人名，影射《福爾摩斯探案》中的 Watson。

[2] 麵粉，英文為 flour 與 flower（花）同音，所以此處由「花」想起了麵粉。

推理和獵狗

我有個老朋友，名叫J．P．布里傑，是熱帶地區人，當了美國駐拉頓納島的領事，不久之前來到城裏。我們開懷暢飲，盡情狂歡，看到了熨斗大樓，卻兩個晚上都沒見到那夥不喝雞尾酒的人。然後，曲終人散，我們沿着一條仿造的百老匯大街走去。

一個女人從我們身旁走過，容貌標致，帶有幾分俗氣，手裏牽着一條黃毛哈巴狗。這條狗搖搖擺擺，一副兇相，呼哧呼哧喘着粗氣。哈巴狗纏住了布里傑的腿，氣咻咻地咆哮着，在他腳踝上咬了一小口。布里傑露出愉快的笑容，踢了這畜生一腳，弄得它透不過氣來。那女人立刻將考慮周全的形容詞，雨點般灑向我們，明確表達了我們在她心目中的地位。我們繼續往前走，十碼遠的地方有一個老太婆，頭髮又白又亂，在乞討，而破爛的披肩下秘藏着銀行存摺。布里傑停下腳步，從假日西裝背心裏，好不容易摸出二十五分幣給了她。

在下一個街角，站着一個體重足有四分之一噸的男人，衣着考究，搽了粉的下頦又白又胖，手裏牽着一條面目猙獰的叭喇狗，前腿短小，跟達克斯獵狗差不多，很是少見。一個矮小的女人，戴一頂上個季節的帽子，對着那男人哭泣，顯然是無可奈何，而他則用低沉、甜蜜、老練的聲調咒罵那女人。

布里傑又笑了——完全是暗笑——這一回，他掏出了一本記事簿，作了一下記錄。按理，不作適當解釋他無權這麼做，我照實說了。

「這是一個新推理，」布里傑說，「是我在拉頓納的時候撿來的。我一面轉悠，一面為此收集證據。時機還沒有成熟，但是——嗯，我會告訴你，然後你可以回憶一下碰到過的人，看你從中能悟出個甚麼道理來。」

於是，我執意與布里傑面談，地點在一個有人造棕櫚樹和酒的地方。他把下面的故事告訴我，我用自己的話敍述，但故事內容由他負責。

一天下午三點，在拉頓納的一個島上，一個男孩在沙灘上奔跑着，大聲尖叫，「飛鳥號到了，嗨！」

這麼一來，他讓人知道了他聽覺的靈敏，以及分辨音調的準確性。

在拉頓納，誰第一個聽到並口頭宣佈輪船駛近的汽笛聲，而且還準確地叫出了輪船的名字，誰就是小英雄，直到第二艘輪船到來。為此，拉頓納的赤腳少年你爭我奪，競當英雄，不少人還上了當，錯把帆船柔和的海螺號當作了汽笛聲。因為帆船進港時發出的聲音，同遙遠的汽笛聲驚人地相似。可是有人卻不一樣，在你遲鈍的耳朵聽來，船隻的叫聲並不比吹過椰子樹的颯颯風聲更響時，他已經能告訴你這艘船的名字了。

但在今天，宣佈飛鳥號到來的人獲得了這份榮譽。拉頓納人側耳傾聽。很快，深沉的汽笛聲越來越響，越來越近。最後，拉頓納人目光越過「低窪地」的棕櫚樹，看到了緩緩向港口駛來的水果船的兩個黑色煙囱。

你得知道，拉頓納是個島嶼，在某個南美共和國南面二十英里，是該共和國的一個港口，甜甜地沉睡在微笑着的海面上，紋絲不動，熱帶地區豐富的生物哺育着它，那兒一切都「成熟，停滯，走向墳墓」。

八百人遠離塵囂，聚居在綠蔭遮蔽的小村裏，做着生活的夢。那個小村分佈在小巧的港口馬蹄形曲線上。他們大多為西班牙人和印第安人的混血兒，少數為聖地亞哥的黑人，極少數為純血統西班牙官員，還有寥寥三四個華而不實的白人先驅者。沒有別的船，只有水果運輸船抵達拉頓納，載着路過這裏去沿海的香蕉檢查員。他們在島上留下星期日報紙、冰塊、奎寧、熏鹹肉、西瓜和牛痘苗，這就是拉頓納與外部世界的全部聯繫。

飛鳥號停泊在港口，在浪濤上沉甸甸地搖晃着，送出白色的浪花，在船與岸之間光滑的水面上追逐。來自村裏的兩艘划艇，朝輪船駛來，已經到了半路。一艘運送水果檢查員；另一艘呢，來甚麼裝甚麼。

運送檢查員的那條划艇，被拉到了大船上。飛鳥號離岸駛向大陸，裝載水果。另一艘划艇回到拉頓納，裝載着從飛鳥號上卸下的貨物——冰塊、和往常一樣的一卷報紙，以及一個旅客——泰勒．普倫基特，肯塔基州查塔姆縣的治安法官。

美國駐拉頓納領事布里傑，在他的小棚屋官邸擦着槍。小棚屋建在一棵麵包樹下，離海港水域二十碼。這位領事居於自己政黨遊行隊伍的尾部，隱約聽得見遠處樂隊車的音樂，而掌權的油水落到了別人手中。布里傑所得的好處——拉頓納的領事——不過是一個李子——一顆來自公共糧倉寄宿舍的乾李子。但是，九百塊錢的年薪在拉頓納是豐厚的。另外，布里傑愛去領館附近的鹹湖，射殺鱷魚，所以也自得其樂。

他仔細檢查了槍保險，抬起頭來，看到一個身材魁梧的人堵住了房門。這人虎背熊腰，行動遲緩，沒有聲響，曬黑的臉就像用染料染過一樣。四十五歲年紀，穿着整潔的土布衣服，淡色的頭髮已十分稀少，棕灰色的鬍子剪得很短，淡藍的眼睛裏透出和善與單純。

「你是布里傑先生，這兒的領事吧，」虎背熊腰的人說。「他們把我引到這裏來了。水邊那些看上去像羽毛撣子的樹上，長了大串葫蘆一般的東西，能告訴我那是甚麼嗎？」

「坐在那張椅子上吧，」領事說，一面把擦槍布重新蘸了油。「不，另外一張椅子——那張竹椅撐不住你。呵，那是椰子——青椰子。還沒有成熟的時候，椰子殼總是淡綠色的。」

「謝謝，」另一個男人說，小心地坐了下來。「我不想告訴國內的人這是橄欖，除非很有把握。我的名字叫普倫基特，肯塔基州查塔姆縣的治安法官。我口袋裏有引渡證，有權逮捕島上的一個人。證件由國家總統簽字，已經完備。這人名叫韋德．威廉斯，從事椰子種植業。之所以要逮捕他歸案，是因為兩年前他殺了妻子。甚麼地方能找到他呢？」

領事瞇起眼睛，從槍筒裏看出去。

「島上沒有人自稱為『威廉斯』的，」他說。

「我也並不指望有，」普倫基特和氣地說。「只要是他，就是用了其他名字也一樣。」

「除我之外，」布里傑說，「在拉頓納只有兩個美國人——鮑勃·里夫斯和亨利·摩根。」

「我要找的人是賣椰子的，」普倫基特提示說。

「看到了嗎，那條椰子大道一直伸展到岬角？」領事說，朝開着的門揮了揮手。「那兒屬於鮑勃·里夫斯。摩根佔有島上背風處一半的椰子樹。」

「一個月之前，」治安法官說，「韋德·威廉斯寫了一封絕密信，給查塔姆縣的朋友，告訴他自己在甚麼地方，日子過得怎麼樣。這封信丟了，撿到的人洩露了秘密。他們派我來追蹤他，我帶了文件。我估計，他肯定是你這兒做椰子生意的人。」

「當然，你有他的照片嘍，」布里傑說。「可能是里夫斯，也可能是摩根。不過我討厭這麼想。他們就像你整天開車出行碰到的人那樣，都是好人。」

「沒有威廉斯的照片，」普倫基特疑惑地回答，「一張都找不到了。我也沒有見過他本人。我當治安法官才一年。不過，我掌握這人確切的容貌特徵。身高大約五英尺十一，黑頭髮，黑眼睛，羅馬鼻子。肩膀厚實，牙齒齊全，又白又堅固，愛笑，健談，很能喝酒，卻從不喝醉。説話時直視對方眼睛，年齡三十五歲。你這兒的人有誰符合這樣的特徵？」

領事咧開嘴笑了。

「我告訴你怎麼辦，」他説，放下槍，套上褪了色的黑羊駝毛外衣。「來吧，普倫基特先生，我帶你去看看小夥子們。要是你能分辨出其中一個比誰都像你描繪的那個人，那你就贏了。」

布里傑帶着治安法官出了門，順着堅硬的海灘走去。村子裏的房子很小，都分佈在近海灘的地方。緊靠村後，樹木茂密的小山拔地而起。領事帶着普倫基特，踏上從堅硬的泥土中開出來的台階，往一座小山爬去。山崖上，棲息着一座木屋，裏面有兩個房間，屋頂是茅草蓋的。一個加勒比女人在房子外面洗衣服。領事把治安法官帶到俯瞰港口的房間門口。

兩個穿襯衫的男人，正要在鋪好的晚餐桌旁坐下。彼此在細微處並不很像，但兩人都符合普倫基特指認的大體容貌特徵。身高、髮色、鼻形、身材、舉動，都很吻合。他們是這樣一類很不錯的美國人：心情愉快，頭腦機敏，心胸開闊，在異國的土地上相互吸引，結為夥伴。

「你好，布里傑！」他們一見領事便異口同聲說。「來，一起吃晚飯！」隨後，他們注意到了緊跟其後的普倫基特，便既好奇又殷勤地走上前來。

「先生們，」領事用不大習慣的一本正經口氣說，「這是普倫基特先生。普倫基特先生，這是里夫斯先生和摩根先生。」

椰子大王們高興地跟來客打着招呼。里夫斯似乎比摩根高一英寸，但他的笑聲卻沒有摩根的響亮。摩根的眼睛深棕色，里夫斯的是黑色。里夫斯是主人，忙着給客人端椅子，叫加勒比女人添餐具。他們解釋說，摩根住在「背風」的竹子披棚裏，但兩個朋友天天一起吃飯。主人忙着照應的時候，普倫基特一動不動站着，淡藍色的眼睛隨和地東張西望。布里傑看上去既抱歉又不安。

兩套新添的餐具終於擺好，賓主排定了座位。里夫斯和摩根並排站着，與客人隔着桌子。里夫斯和善地點了點頭，示意所有的人入座。接着，普倫基特突然舉起手，做了個官氣十足的手勢，目光直逼里夫斯和摩根。

「韋德．威廉斯，」他平靜地說，「你犯謀殺罪被捕了。」

里夫斯和摩根立刻歡快地交換了眼色，其實是表示疑問，也夾雜着一絲驚異。隨後，他們同時轉向說話人，目光裏透出了困惑和直率的抗議。

「我們不明白你的意思，普倫基特先生，」摩根愉快地說。「你是說『威廉斯』嗎？」

「開甚麼玩笑呀，布里傑？」里夫斯笑着轉向領事。

布里傑還來不及回答，普倫基特又開腔了。

「我來解釋，」他不動聲色地說。「你們中的一個已經不需要解釋，我要說的是針對另外一個的。這個人，是肯塔基州查塔姆縣的韋德·威廉斯。兩年前的五月五日，你謀殺了妻子。在此之前，你虐待和侮辱她達五年之久。我口袋裏帶了有關文件，要押你回去，你得走。我們要乘水果運輸船回去，船明天過來，經過這個島嶼，放下水果檢查員。我承認，先生們，我沒有把握，你們哪個是威廉斯。不過，韋德·威廉斯明天必須回查塔姆縣。我要你們明白這點。」

摩根和里夫斯捧腹大笑，聲音在靜靜的港口回響。停泊在那兒的帆船上，兩三個漁人抬頭看着小山上美國佬的房子，不知道是怎麼回事。

「親愛的普倫基特先生，」摩根壓下剛才的興奮勁兒叫道，「晚飯要涼了，我們坐下來吃吧。我正急着要把調羹伸到魚翅湯裏去呢。公事等會兒再談。」

「請坐下，先生們，」里夫斯愉快地補充道。「我敢肯定，普倫基特先生是不會反對的。也許多一點時間有利於他確定想要拘捕的人。」

「不會反對，毫無疑問，」普倫基特說，重重地坐在椅子上。「我也餓了。我得把醜話說在前頭，才能領受你們的好客，就這麼回事。」

里夫斯把酒瓶和杯子放在桌上。

「有法國白蘭地，」他說，「茴香酒，蘇格蘭『冒牌酒』和黑麥威士忌酒，你隨意挑選。」

布里傑選了黑麥威士忌，里夫斯給自己倒了三指深的蘇格蘭「冒牌酒」，摩根取了同樣的酒。治安法官不顧別人的再三反對，從水瓶裏倒了一杯水。

「為威廉斯先生的胃口而乾杯，」里夫斯舉起杯子說。摩根大笑，碰杯之際咯咯地笑得喘不過氣來。大家都埋頭用飯，菜燒得十分可口。

「威廉斯！」普倫基特猛地厲聲叫道。

大夥兒全都驚奇地抬起頭來。里夫斯發覺治安法官溫和的目光落在他身上，不由得微微漲紅了臉。

「你明白，」他沒好氣地說，「我名叫里夫斯，我不要你——」然而，這件事的喜劇色彩幫了忙，他終於一笑了之。

「我想，普倫基特先生，」摩根說，一面小心地給鱷梨加調味品，「你心中有數，要是你抓錯了人——也就是說，任你抓誰回去，都是自找麻煩，肯塔基州後患無窮。」

「謝謝你的謹慎，」治安法官說。「啊，我得帶個人回去。這人就是你們兩人中的一個。不錯，我知道，出了差錯，我的損失可大了。不過，我會盡力抓該抓的人。」

「我告訴你怎麼辦，」摩根說，往前探了探身子，眼睛裏閃着愉悅的光。「你把我帶走吧。我走不礙事。今年的椰子生意不好，我想從保證人那兒賺點外快。」

「那不公平，」里夫斯插話了。「上一批貨，一千個只拿到十六塊。還是把我帶走吧，普倫基特先生。」

「我會帶走韋德．威廉斯，」治安法官耐心地說，「或者非常接近於這個人。」

「這很像同鬼一起進餐，」摩根議論道，身子假裝抖了抖。「而且，是一個謀殺者的鬼魂！哪一位把牙籤傳給調皮的威廉斯鬼魂好嗎？」

普倫基特似乎有些漠然，彷彿是在查塔姆縣自家飯桌旁用餐。他身材魁梧，胃口很好。奇奇怪怪的熱帶食品，刺激了他的味覺。他笨重、平庸，行動近乎遲緩，似乎缺少偵探應有的機敏與警覺。他甚至不再用敏鋭或分辨的目光觀察這兩個人，其中的一個，他以驚人的自信認定犯了殺妻重罪，一定要帶走。説真的，他面前擺着一個難題，解決得不好，他就會一敗塗地。然而，他還是坐在那兒，品嚐着蜥蜴烤肉排的新奇味兒，一面當着眾人苦苦思索。

領事明顯感到不快。里夫斯和摩根都是他很要好的哥兒們。可是肯塔基來的治安法官，無疑有權得到他公務上的幫助和道義上的支持。結果，布里傑在飯桌上一言不發，而竭力琢磨着這件怪事。他得出結論，如他所知，里夫斯和摩根非常機敏，普倫基特宣佈來意後——剎那之間——都設想對方可能是有罪的威廉斯，彼此當即決定忠實保護夥伴，使其免遭懸近在眼前的滅頂之災。這是領事的推測。如果他是這場生命和自由的智力競賽中的賭注登記員，他會以很大的賠率，來賭笨手笨腳的肯塔基查塔姆治安法官。

吃完飯，加勒比女人過來端走了盤子，撤掉了枱布。里夫斯把絕好的雪茄攤在桌上。普倫基特和其他人一樣，心滿意足地點上了一支。

「也許我比較愚鈍，」摩根說，向布里傑眨了眨眼，咧嘴而笑。「但我還是想知道，是不是確實這樣。嗨，我說呀，這完全是普倫基特先生編造的玩笑，嚇唬兩個森林中的孩子。這個『威廉森』可是當真？」

「『威廉斯，』」普倫基特嚴肅地糾正道。「我平生從來不說笑話。我知道，要是不把韋德．威廉斯帶回去，那豈不是跨越二千英里來開一個低級玩笑，我是不會幹這種事的，先生們！」治安法官把話說下去，讓自己和善的目光不偏不倚地在兩人之間游移。「你們自己瞧吧，這個案子是不是一個玩笑。此刻，韋德．威廉斯在傾聽我說話。不過出於禮貌，我提到的時候把他作為第三者。整整五年，他讓妻子過着狗一樣的生活——不，我收回這句話。在肯塔基，沒有一條狗過他妻子那種日子。他蕩光了妻子賺來的錢——花在賽馬上，牌桌上，馬匹和狩獵上。在朋友面前，他是條好漢；在家裏，卻是一個冷酷陰險的魔鬼。他握緊拳頭——那隻手像石頭一樣硬——打他妻子——那時她因為吃足苦頭，又病又弱——結束了她五年的受虐待生活。第二天，她死了。而他呢，逃走了。這就是事情的經過，夠清楚的了。我從沒見過威廉斯。不過我認識他妻子。我這人不喜歡遮遮掩掩。她遇見威廉斯的時候，我同她在交朋友。她去了一趟路易斯維爾，在那裏見到了威廉斯。我承認，威廉斯立刻搶走了我的機會。我那時住在坎伯蘭山邊上。韋德．威廉斯殺死妻子後一年，我被選為查塔姆縣的治安法官。我的公務讓我來這裏追蹤他，但是我承認，這裏也牽扯到個人的情感。他得跟我回去。呃——里夫斯先生，把火柴遞給我好嗎？」

「威廉斯太魯莽了，」摩根說，抬起腳來靠着牆上，「竟然打肯塔基女人。我聽說好像她們都愛打架。」

「威廉斯真糟糕，」里夫斯說，又倒了些蘇格蘭「冒牌酒」。

儘管兩人說話很輕鬆，領事看到，也感覺到了緊張的氣氛，以及他們言行的謹慎。「好兄弟們，」他暗自思忖：「他們都不錯。彼此就像小教堂牆上的磚頭，相互支撐。」

就在這時候，一條狗進了他們落座的房間——一條帶深褐色斑點的黑獵狗，長耳朵，懶洋洋，自以為會受到大家的歡迎。

普倫基特轉過頭來，瞧着這條自信的畜生，在離他椅子幾英尺的地方轉悠。

突然，治安法官吐出一聲深沉而洪亮的咒罵，離開了座位，用他笨重的鞋子，對準那條狗惡狠狠地踢了一腳。

傷心的獵狗大為震驚，甩着耳朵，捲起尾巴，發出了一聲痛苦而驚奇的尖叫。里夫斯和領事端坐不動，沒有開口。但是，這位性情隨和的查塔姆縣人，出人意料地那麼耐不住性子，讓他們感到驚奇。

然而，摩根，突然臉色發紫，跳了起來，虎視眈眈地在客人頭上掄起胳膊。

「你——畜生！」他極其激動地喊道，「你幹嗎要這樣？」

不一會兒，眾人又彬彬有禮了。普倫基特含糊地咕噥着，表示歉意，並重又落座。摩根顯然竭力壓下怒氣，也回到了自己的座位上。

隨後，普倫基特猶如猛虎下山，縱身一躍，跳到了桌子對角，咔嚓一聲，把手銬銬在了摩根的手腕上。摩根完全癱瘓了。

「獵狗的朋友，女人的殺手！」他叫道，「準備見你的上帝去吧。」

布里傑説完了故事後，我問道：

「他抓對人了嗎？」

「抓對了，」領事説。

「他怎麼知道的呢？」我問，總覺得有些摸不着頭腦。

「他把摩根帶到划艇上，」布里傑説，「第二天送上飛鳥號。普倫基特停下來同我握手告別，這時我問了同一個問題。

「『布里傑先生，』」他說，『我是肯塔基州人，見過很多男人，也見過不少動物。男人們對馬和狗十分溺愛，對女人卻冷酷無情。』」

響亮的號召

這個故事一半見於警察局的記載，另一半見於一家報紙經營部幕後。百萬富翁諾克羅斯在其公寓被入室搶劫犯所殺害。兩星期後的一個下午，殺人犯在百老匯大街轉悠，突然遇見了偵探巴尼·伍茲。

「是你呀，喬尼·克南，」伍茲問道，在公眾場合，他犯近視眼已經五年了。

「正是，」克南熱情地說。「如果你不是巴尼·伍茲，不久前和早期的老聖約翰僱員，那你得拿出證據來。你在東部幹甚麼呀？那些綠色貨物的傳單發得那麼遠嗎？」

「我到紐約已經幾年了，」伍茲說。「在市偵探部門。」

「呵，呵！」克南說，露出愉快的笑容，拍了拍偵探的胳膊。

「到馬勒咖啡館去坐坐吧，」伍茲說，「找一張安靜的桌子。我想同你聊一會兒。」

這時是四點缺幾分，生意潮尚未退去。他們在咖啡館裏找了個僻靜的角落。克南穿着考究，看上去頗為得意，也很自信，坐在矮小的偵探對面。這位偵探蓄着淡黃色的髫子，瞇着眼睛，穿着現成的粗紡厚呢西裝。

「你在幹甚麼行當呀？」伍茲問。「你知道，你比我早一年離開聖約翰。」

「我在一個銅礦銷售股份，」克南說。「我可能會在這兒建立一個辦公室。呵，呵，原來老巴尼成了紐約偵探。你一直有這樣的稟賦。我離開後，你在聖約翰當警察，是嗎？」

「當了六個月，」伍茲說。「我還有一個問題，喬尼。自從你在薩拉托加犯了旅館的案子後，我一直密切跟蹤着你。我從來不知道你以前動過槍。你為甚麼要殺諾克羅斯呢？」

克南凝神看了一會高杯酒裏的一片檸檬，隨後，打量起偵探來，突然間露出燦爛卻有點彆扭的笑容。

「你怎麼猜中的，巴尼？」他欽佩地問道。「我發誓，我以為像剝洋葱那樣，這活兒幹得乾淨利落。我甚麼地方留了尾巴嗎？」

伍茲把一支小小的金鉛筆，原本是手錶的飾物，放在桌上。

「這是我送給你的，我們在聖約翰的最後一個聖誕節那會兒。我還保存着你送我的剃鬚杯。我是在諾克羅斯房間裏，地毯的一個角落下找到的。我警告你說話要當心。我手頭有你這個把柄，喬尼。我們過去是好朋友，可是我必須盡職。你殺了諾克羅斯，犯了死罪。」

克南大笑起來。

「我的運氣還是不錯，」他說。「誰能想得到巴尼老兄在跟蹤我呢！」他的一隻手伸進了外套。不容分說，伍茲已經把槍抵在他腰上了。

「拿開，」克南皺了皺鼻子說。「我不過是檢查一下，呵哈！人要靠衣裝，但也要會打扮。那件西裝背心口袋有個洞。我從錶鏈上卸下金鉛筆，放進口袋，生怕打鬥起來會丟掉。把你的槍收起來，巴尼，讓我告訴你為甚麼殺諾克羅斯。這老傻瓜順着過道來追我，用一把口徑零點二二的小手槍，朝我外衣背後的鈕扣開了槍，我不得不制止他。那個老婦人倒蠻可愛，躺在床上，眼睜睜看着價值一萬二千美金的鑽石項鏈給拿走，一聲都不吭。還像叫花子一樣，懇求我還給她一個薄薄的小金戒指，裝飾着石榴石，只值三塊錢。我沒有猜錯，她嫁給老諾克羅斯，是奔錢去的。可是，她們總是抓住這些小首飾不放，手下敗將給的小首飾，是不是？那一次一共搞到六個戒指、一對手鐲和一隻掛錶，總價值一萬五千。」

「我警告過你別説話，」伍茲説。

「呵，行呀，」克南説。「那些東西放在旅館，我的手提箱裏。現在，我告訴你為甚麼我要説話。就因為很安全。我在跟一個我了解的人談話。你欠我一千美金，巴尼．伍茲，你就是想逮捕我，也下不了手。」

「我沒有忘記，」伍茲説。「當時你二話不説，數出了二十張五十美金票面的錢。將來我會還你的。那一千美金救了我——是呀，我回家的時候，他們已經把傢具堆到人行道上了。」

「所以，」克南往下説，「你是巴尼．伍茲，生來忠實可靠，勢必會按照白人的遊戲規則行事，不會下手逮捕一個有恩於你的人。啊，幹我這一行，不僅要研究耶爾鎖和窗子鉸鏈，而且還要研究人。好吧，別開口，我來按鈴叫招待。一兩年來，我一直嗜酒，真讓我有點擔心。要是我有一天被捕，那個幸運的偵探該與酒老兄分享榮譽。幹了一場之後，我可以問心無愧地同老朋友巴尼彎肘共飲了。你要喝甚麼？」

招待來了，送來一個小飲料瓶和吸管，又撇下他們走了。

「你言中了，」伍茲說，若有所思地在食指上轉動着那支小金鉛筆。「我不得不放過你。我下不了手。要是我還了那筆錢——可是我沒有，那就沒有甚麼可說的了。我真不走運，喬尼，可是又無法躲避。你以前幫過我，需要我以恩報恩。」

「我明白，」克南說，舉起酒杯，臉頰泛紅，得意地笑了笑。「我能看人。為巴尼乾杯——因為他是個大好人。」

「要是我們之間兩清了，」伍茲低聲往下說，彷彿在自言自語，「我不信紐約所有銀行裏的錢，能把你從我手中買走。」

「我知道買不走，」克南說。「正因為這樣，我明白在你手裏很安全。」

「大多數人，」偵探繼續說，「對我這一行側目而視。他們不把它同藝術和專業行當放在一起。可是我卻始終懷有自豪感，而且癡心不改。正因為這樣，我就完蛋了。我想，我首先是個人，其次才是偵探。我得放你走，隨後就辭職，退出偵探界。我想，我可以去開快運車。你那一千塊錢就更難還清了，喬尼。」

「呵，別介意，」克南神氣活現地說。「我倒願意把這筆債務一筆勾銷，但我知道你不會同意。對我來說，你借錢的那一天真是個幸運日子。現在，我們擱下這個話題吧。我要乘早上的火車去西部。我知道那裏有個地方，可以把諾克羅斯的鑽石出手。喝完這杯酒，巴尼，忘掉你的煩惱。警察們在為這個案子大傷腦筋的時候，我們可以快活快活。今天晚上，我的酒癮發作了。好在我沒有落在警察手裏，卻在我的老朋友巴尼手裏。我甚至連做夢都不會見到警察。」

然後，隨着克南的手指動不動按鈴，讓招待忙個不迭，他的弱點——極端的虛榮和傲慢利己——開始暴露無遺了。他講了一樁又一樁成功的搶劫、狡猾的陰謀、無恥的犯法，直弄得熟悉罪犯的伍茲，面對這個曾是他恩人的窮兇極惡的傢伙，內心產生了冷冷的厭惡。

「當然，我是無能為力了，」伍茲最後說。「不過我建議你還是躲一陣子好。報紙可能會報道諾克羅斯案。今年夏天，夜盜案和謀殺案頻頻發生。」

克南聽了這番話，悶在心裏的憤怒和狠毒一下子發作出來了。

「去他——的報紙，」他咆哮着。「他們舞文弄墨，自吹自擂，連哄帶騙，能幹出甚麼來呀？設想他們真的接手一個案子——又能怎麼樣？警察太容易上當，而報紙幹甚麼呢？他們派一大群傻瓜記者到現場。這些人呢，直奔最近的酒吧，去喝啤酒，一面讓酒吧招待的大女兒穿上夜禮服，給她拍張照，刊登在報上，算作第十個故事中某個青年的未婚妻，這個青年說，謀殺案發生的那天晚上，他聽見樓下有動靜。報紙追蹤夜盜先生，差不多就是這麼幹的。」

「哎呀，我不知道，」伍茲沉思着說。「有些報紙，這一行幹得不錯。譬如《火星晨報》，在警察放棄追蹤的情況下，復活了兩三條線索，抓住了案犯。」

「我來讓你看看，」克南說，站了起來，舒展了一下胸部。「我來讓你看看，我對一般的報紙，以及你特別提到的《火星晨報》是怎麼看的。」

離他們桌子三英尺的地方，有一個電話亭。克南走到裏面，坐在電話機旁邊，讓門開着。他在電話簿上找到了號碼，取下話筒，對接線員說明了要求。伍茲默默地坐着，瞧着那張譏諷、冷酷、警惕的臉緊貼話筒，傾聽着話從惡毒的薄嘴唇裏吐出來。那張嘴唇嘶着，露出輕蔑的微笑。

「是《火星晨報》嗎？……我要跟總編說話……喂，你告訴他，有人要同他談諾克羅斯謀殺案的事。

「你是總編嗎？……好，……我就是那個殺了老諾克羅斯的人。……等一下！不要掛斷，我不是那種神經有毛病的人……呵，一點危險都沒有。我剛同我的一個偵探朋友討論過這個問題。十三天以前，凌晨兩點三十分，我殺了這個老頭子……同你一起喝酒？嘿，那種話，你留給你的小丑說不是更好嗎？人家是在戲弄你呢，還是為你們這種像揩枱布一樣枯燥乏味的報紙，提供最轟動的獨家新聞？這你都分不清嗎？……不錯，就是那麼回事。這是半截獨家新聞——但是，你不能期望我在電話裏說出我的名字和地址……哈哈！嗨，因為我聽說你們擅長於破獲連警察都犯難的神秘犯罪案件。……不，話還沒有說完。我要告訴你們，要跟蹤一個聰明的殺人犯，或者攔路搶劫犯，你們這家愛說謊、不值錢的爛報紙，同一條瞎眼的鬈毛狗一樣沒有用……甚麼？……啊呀，不，我這兒不是一家同行報紙的辦公室。你會搞清楚的。諾克羅斯是我幹掉的。我把鑽石放在手提箱裏，在——『旅館的名字不得而知』——你知道這話的意思，是不是？我以為你們是知道的。這個說法，你們用得夠多了。一個神秘的壞蛋，打電話給你們這個法力無邊的龐大機構，這個公正合法、管理有方的機構，說你們都是些誇誇其談的窩囊廢，讓你惱火了吧，是不是？……不談那個了，你還不至於那麼傻——不，你並不認為我在欺詐，從你的口氣裏聽得出來……現在，你聽着，我給你一個暗示，證明我不在欺詐。當然，你已經叫你手下那些機靈的小笨蛋，在調查這樁謀殺案。諾克羅斯老太睡衣的第二個紐扣，已經碎了一半。我把石榴石戒指從她手指上勒下的時候看到的。我以為那是紅寶石……別說了！說也沒有用。」

克南露出魔鬼似的微笑，轉向伍茲。

「我讓他忙開了。現在他相信我了。他沒有遮住話筒就叫人用另一部電話接上總機，查詢我們的電話號碼。我要再挖苦他一下，然後想法『逃走』。

「喂！……是的，我聽着呢。你不會認為，我會撇下一張靠人養着，動不動出賣別人的破報紙，自己逃命，是不是？……四十八小時之內把我關進去？嘿，別開玩笑了好不好？好吧，你別來打擾大人了，去忙你自己的事吧，搜集離婚案件，街頭的車禍，印發骯髒的緋聞去吧，你們就靠這些過日子。再見，老傢伙——對不起，我沒有時間拜訪你了。在你們愚蠢的密室，我百分之百安全。特拉拉拉！

「他像一隻貓丟掉了老鼠那樣氣瘋了，」克南掛上電話，走出來說。「現在，巴尼老弟，我們去看一場演出，享受享受，看到該睡覺的時候。我睡四個小時，然後就去西部了。」

兩人在一家百老匯飯店吃了晚飯。克南很是得意，花起錢來像小說中的王子。隨後，他們去看了怪誕華麗的音樂喜劇。之後，他們在一家烤菜館裏吃了夜宵，喝了香檳。克南志得意滿到了極點。

凌晨三點半，兩人坐在一家通宵咖啡館角落，克南仍在吹牛，東拉西扯，枯燥乏味；而伍茲呢，悶悶不樂地想，他身為一個執法者，到頭來居然無能為力。

然而，他想着想着，眼睛忽地一亮，射出了冒險的光芒。

「我不知道這有沒有可能，」他自言自語地說，「我不知道這有沒有可能。」

咖啡館外面，清晨的相對寂靜被不知甚麼微弱聲響所打破，那似乎是螢火蟲的鳴叫，忽高忽低，忽響忽沉，夾雜在隆隆的牛奶車聲和偶爾的汽車聲中，一旦逼近，便顯得有些尖利。這個城市數以百萬計沉睡的居民，醒來聽見這些熟悉的聲音，覺得內中有着豐富的含義。這種意味深長的微弱鳴叫，給這個悲喜相生、張弛交替的世界增加了重量。對那些暫時蜷縮在暗夜的保護傘下的人來說，這聲響捎來了可怕的消息：白晝就要來臨；對另一些耽於幸福沉睡的人來說，這聲音宣告：比夜晚更黑暗的早晨即將到來；對很多富人來說，它送來了一把掃帚，把星星閃耀時原屬於他們的東西掃掉；而對窮人來說，它不過意味着又一個日子。

整個城市喧聲刺耳，預示着時間的步伐將創造機會，分配給被命運所左右的沉睡者。日曆上新的一天給他們帶來了盈利和酬報、復仇和滅亡。這些聲響尖利而悲哀，彷彿那些年輕的生命在擔心，他們不負責任的手掌握的惡太多，善太少。於是，在這個無助的城市的街道上，響起了神明最新發出的號令，也就是報童的叫喊——

報紙的響亮號召。

伍茲扔了十分錢硬幣給招待，對他說：

「給我買一張《火星晨報》。」

報紙一到，他便瞥了一眼首頁，隨後從自己的記事簿上撕下了一張紙，開始用那支金鉛筆寫起來。

「有甚麼新聞？」克南打着哈欠說。

伍茲把寫好字的紙條扔給他：

紐約《火星晨報》：

請把因為我逮捕約翰．克南並將其定罪有功，而獎賞給我的一千美金，支付給約翰．克南。

巴納德．伍茲

「被你狠狠作弄了一番之後，」伍茲說，「我想他們會這麼做的。好吧，喬尼，跟我上警察局。」

吉米・海斯和穆麗爾

I

晚飯後，軍營裏一片沉寂，士兵們用玉米穗外殼捲着香煙。水潭襯着黑色的泥土閃閃發光，好似掉在地上的一方天空。森林狼嚎叫着。小種馬挨近青草，傳來沉悶的馬蹄聲。因為怕牠們走失，這些馬的腿被捆綁着，只能像木馬一樣行進。得克薩斯巡警的邊防營裏，有一半人圍着篝火。

營帳上方濃密的灌木叢中，傳來了熟悉的聲響，抖動的灌木擦着僵硬的馬鐙的聲音。巡警們警惕地豎起耳朵，聽見了響亮輕快的說話聲，話音裏充滿了撫慰。

「打起精神來，穆麗爾。老姑娘，我們快到了。對你來說，這麼長途奔馳很夠嗆，是不是，你這個討厭洪水的傢伙，你這枚活的地毯釘？嗨，不要吻我！別緊貼着我的脖子——讓我告訴你，這匹花馬可支撐不住。要是不當心，我們倆都會給摔下來的。」

兩分鐘後，一匹疲憊的小種花馬踏着快步進了軍營。一個瘦長而笨拙的二十歲青年，懶洋洋地坐在馬鞍上，剛才他說話的對象「穆麗爾」，卻不見蹤影。

「嗨，夥計們！」這位騎手興沖沖地喊道。「這裏有一封信，是給曼寧少尉的。」

他下了馬，取下馬鞍，丟下成卷的拴馬繩，從鞍頭取下絆馬索。指揮員曼寧少尉看信的時候，新來的那個人將一圈圈絆馬索悉心地擦上乾土，顯出對自己坐騎前腿的關切。

「小夥子們，」少尉對巡警們揮了揮手說，「這位是詹姆斯·海斯先生，我們連的一個新兵。麥克萊恩上尉從埃爾帕索把他送到這裏來。海斯，等你把馬腿捆綁好了，小夥子們會照應你吃晚飯的。」

新兵受到了熱烈歡迎。不過，大家警惕地觀察着他，暫時不作判斷。在邊境挑選一個夥伴，比姑娘選擇心上人要謹慎十倍。因為你的性命多次都繫於你好友的膽略、忠誠、志向和冷靜。

海斯飽飽地吃了頓晚飯，便加入了圍着篝火的吸煙夥伴。他的外表並不能消除兄弟巡警們心中的疑慮。他們看到的，不過是個不慌不忙的瘦小夥子，淡黃色久經日曬的頭髮，漿果褐色的面容。人看上去很機靈，始終浮着好奇和善的微笑。

「夥計們，」新巡警說，「我來向大家介紹一位我的女性朋友。沒有聽說過有人叫她美人兒嗎？不過你們都會承認，她的確有動人之處。來吧，穆麗爾！」

他敞開藍色絨布襯衫的前襟。襯衫裏爬出了一條蜥蜴。尖尖的脖子上繫着一根漂亮鮮紅的絲帶。蜥蜴爬到主人膝蓋上，一動不動地坐在那裏。

「這位穆麗爾，」海斯說，像演說家似地揮了揮手，「很有素質。她從來不回嘴，老是守在家裏，無論平常日子，還是星期天，一件紅衣服就心滿意足了。」

「瞧那該死的昆蟲！」一個巡警咧着嘴笑了笑說。「我見過的蜥蜴可算多了，可從來沒有見過誰把它當作自己搭檔的。這個鬼東西能分得清你和其他人嗎？」

「拿過去，自己瞧吧，」海斯說。

這條又短又粗的小蜥蜴是無害的。它像史前怪獸那樣面目可憎，也是那種怪獸退化了的後代。但是，它比鴿子還溫順。

那巡警從海斯膝蓋上拿過穆麗爾，回到自己用毯子捲起來的座位上。這個俘虜在他手上扭動着，舞動腳爪，使勁掙扎。巡警握住了一會兒後，把蜥蜴放在地上。它那四條腿古怪地爬動着，笨拙卻迅速，到了海斯的腳邊。

「你行啊，好傢伙！」另一個巡警說。「這小傢伙可認識你。從來沒有想到昆蟲也有這樣的靈性！」

II

吉米．海斯成了巡警營的寵兒。他永遠是那麼好脾氣，又不乏適合軍營生活的柔性幽默。他總是帶着那條蜥蜴。騎馬時掖在胸前襯衫裏；在軍營時放在膝蓋上，或是肩上；夜裏則在他毯子底下。這醜陋的小畜生從不離身。

吉米是南部和西部農村常見的一類幽默家，沒有甚麼別出心裁取悅人的技巧，也沒有機智敏慧的想法。他看中了一個逗笑的主意，而且虔誠地信守着。為了逗朋友樂，身邊帶一條脖子上纏紅絲帶的蜥蜴，吉米覺得很滑稽。但既然這念頭能給人帶來愉快，為甚麼不堅持到底呢？

吉米和蜥蜴之間的感情很難確定。一條蜥蜴能維持長久的感情，這個話題我們沒有討論過。猜測吉米的感情比較容易些。穆麗爾是他智慧的傑作，正因為這樣，他很珍愛它。他捉蒼蠅餵它，為它遮擋驟起的強勁北風。但是，他這麼關愛一半出自私心。到時候，它會給予千倍的回報。其實，別的穆麗爾們的回報，也遠遠超過了別的吉米們微不足道的關心。

吉米·海斯並沒有立即和戰友們建立起兄弟之情。他們喜歡他的純樸和滑稽，但他頭上始終懸着一把利劍，那就是他們暫時不説對他的想法。在軍營裏，搞笑不是巡警的全部生活。他們要跟蹤偷馬賊，追捕鋌而走險的罪犯，與暴徒搏鬥，擊潰叢林土匪，頂着槍口維持治安。吉米「是一個很普通的牛仔」，他說。在巡警戰術上沒有經驗，因此巡警們挖空心思地考慮，他如何能經受戰火的考驗。因為説白些，巡警連的榮譽和尊嚴，取決於每個成員的無畏。

兩個月裏，邊界平安無事。巡警們在軍營閒蕩，無精打采。隨後，這些生鏽的邊防衛士們聽到了喜訊——塞巴斯蒂安·薩爾達，墨西哥一個臭名昭著的亡命之徒和牲口賊，率領匪幫越過了格蘭德河，開始蹂躪得克薩斯邊境。跡象表明，吉米·海斯很快有機會顯示自己的勇氣。巡警們巡邏不息，十分機警，可是薩爾達手下人都像洛金伐爾[1]那樣騎着馬，很難抓到。

一天傍晚，夕陽西下，巡警們在長途奔襲之後歇腳吃飯。他們的馬匹站着直喘粗氣，馬鞍沒有卸下。士兵們煎着熏鹹肉，煮着咖啡。突然間，塞巴斯蒂安·薩爾達這群匪幫竄出叢林，開着左輪槍，高喊着向他們撲來。這是一次巧妙的突襲。巡警們怒不可遏地咒罵着，用連發步槍開火還擊。但是，這次攻擊純粹是墨西哥式的突然襲擊。華而不實地表演一番之後，襲擊者們絕塵而去，沿河一路喊叫。巡警們騎馬追趕，但是追了不到兩英里，身下的坐騎已經疲憊不堪。於是曼寧少尉下令放棄追趕，返回軍營。

這時候，發現吉米·海斯失蹤了。有人記得，攻擊開始時見他跑着去找馬，但從那以後，誰也沒有見過他。清晨來臨時，仍不見吉米。巡警們搜索了附近鄉間，推測他可能已被打死，或者受了傷，但毫無結果。然後，他們跟蹤了薩爾達匪幫，但匪徒們似乎已無影無蹤。曼寧得出結論，那個狡猾的墨西哥人殺了個回馬槍，戲劇性地告退以後，再度越過了河道。說也奇怪，打那以後再也沒有人報告被劫掠了。

這就使巡警們有時間去想心頭的痛楚了。像前面說過的那樣，巡警連的榮譽和尊嚴，取決於每個成員的無畏。而現在他們相信，吉米·海斯在墨西哥人噓噓的子彈面前成了懦夫。沒有別的推測。巴克·戴維斯指出，在看見吉米跑去找自己的馬後，薩爾達匪幫沒有開過一槍。因此他不可能被擊中。不，他第一仗就臨陣脫逃了。此後，他決意不回來，心裏明白，夥伴們的嘲笑比槍林彈雨更難受。

於是，在邊防營麥克萊恩連曼寧分隊裏，戰士們都悶悶不樂。這是分隊的第一個污點。在部隊的歷史上，巡警中還不曾有過懦夫。而大家全都喜歡吉米．海斯，這就更加糟糕了。

幾天，幾週，幾個月過去了，關於懦夫的疑雲仍然懸在軍營上空，使人難以釋懷。

III

過了大約一年——其間，巡警們轉戰各地，跋涉幾百英里，擔任警戒和保衛——曼寧少尉和分隊中的幾乎同一些人，被派往某地打擊走私，同一年前河畔老營地相距僅為幾英里。一天下午，他們騎馬出巡，經過茂密的牧豆樹平原，來到一塊開闊的草原沼澤地，瞧見了一場沒有記載的悲劇。

在這個巨大的沼澤地，躺着三具墨西哥人的枯骨。唯一能分辨他們身份的是身上的服裝。最大的一具是塞巴斯蒂安．薩爾達的。他昂貴的大寬邊帽，沉甸甸地掛滿了金飾品，在格蘭德河一帶曾遠近聞名，此時已掉在地上，被三顆子彈所擊穿。在沼澤地邊緣，有幾支生鏽的溫切斯特連發步槍，是墨西哥人的，都指着同一個方向。

巡警們騎馬朝那個方向走了五十碼，發現在一塊小小的低窪地，躺着另一具枯骨，他的步槍依然瞄準着那三個墨西哥人。這裏曾發生過一場殲滅戰。現在已無法辨認這個孤獨的自衛者。他衣服的碎片仍依稀可辨，似乎是牧場主和牛仔一類人穿的。

「某個孤身遭襲的牛仔，」曼寧說，「好樣的，他是打了一個漂亮仗後，才被擊中的。那就是為甚麼塞巴斯蒂安先生從此銷聲匿跡了！」

隨後，從死者雨淋日曬破破爛爛的衣裳底下，鑽出了一條蜥蜴，脖子上繫着一根褪了色的紅絲帶，坐在久已沉默的主人肩上。它默默地講述着一個故事，告訴我們這位初出茅廬的青年和那匹速度奇快的花斑矮種馬，那天在追擊墨西哥土匪時，如何超越所有的夥伴，又如何為了維護連隊的榮譽而終於倒下。

巡邏部隊聚集在一起，同時發出了狂叫。這叫喊是輓歌，是致歉，是墓誌銘，也是勝利的凱歌。你也可以説，這是為倒下的戰友而唱的一支獨特的安魂曲。不過，要是吉米·海斯地下有知，他是能理解的。

註釋：

[1] 洛金伐爾（Lochinvar），英國作家司各特敘事詩《瑪密恩》中的男主人公。

哲理象徵小說

女巫的麵包

瑪莎·米查姆小姐在街角上開了一家麵包店（就是往上走三個台階才到，一開門鈴就響的那種店）。

瑪莎小姐四十歲，銀行存摺上顯示有兩千塊存款。她有兩顆假牙和一顆富有同情的心。很多機遇不如她的人都結婚了。

有一個顧客，一週要來兩三次，瑪莎小姐開始對他產生了興趣。他是個戴眼鏡的中年人，蓄着精心修剪過的褐色鬍子。

他說的英語，德國口音很重。他的衣服很舊，上面不是打了補釘，就是縐巴巴，鬆垮垮的，但顯得很整潔，人也很有風度。

他總是買兩筒不新鮮的麵包。新鮮麵包五分錢一筒。不新鮮的五分錢兩筒。他到店甚麼也不買，只買不新鮮麵包。

有一次，瑪莎小姐看到他手指上有一個紅色和褐色的污漬，於是便肯定這人是個藝術家，而且很窮。毫無疑問，住在閣樓上，在那兒作畫，一面吃着不新鮮的麵包，一面垂涎瑪莎小姐麵包房裏的好東西。

每當瑪莎小姐坐下來，吃着排骨、鬆軟的麵包卷、果醬，喝着茶的時候，她總會嘆息，並希望這位文質彬彬的藝術家能分享她可口的飯菜，而不必在漏風的閣樓裏啃麵包屑。正如我們所言，瑪莎小姐很富有同情心。

一天，為了測試一下對這人的職業的推測，她從房間裏搬來了一幅畫，是大減價時買來的。她把畫靠在麵包櫃枱後面的貨架上。

這是一幅威尼斯風景畫。一個金碧輝煌的大理石宮殿（畫上是這麼説的）聳立在前景——或者不如説靠前的水中。其餘便是幾艘平底船（一位女士的手伸進了水裏）、雲彩、天空，以及多處用明暗對照技法畫的東西。一個藝術家不會不注意到這幅畫。

兩天後，這位顧客來了。

「請拿兩筒過陳麵包。

「你這幅畫真漂亮，夫人，」她把麵包包起來的時候，他説。

「真的？」瑪莎小姐説，對自己要的小花頭很得意。「我確實崇拜藝術（不，說『藝術家』為時過早）和繪畫，」她用「藝術」代替了「藝術家」。「你認為這幅畫畫得很好嗎？」

「那個宮殿，」顧客說，「畫得不好。透視效果不真實。再見，夫人。」

他拿了麵包，欠了欠身子，匆匆走了。

不錯，他肯定是個藝術家。瑪莎小姐把這幅畫搬回自己的房間。

他眼鏡後面的那雙眸子多溫存，多慈愛！他的眉毛多寬！一眼就能看出透視的問題——卻靠陳麵包為生！可是天才在得到承認之前總是要苦苦掙扎的。

要是天才有兩千存款、一家麵包店和一顆富有同情的心來支撐，這對藝術和透視該多好呀？但是，這不過是白日夢，瑪莎。

現在他上店裏來，常常會隔着櫥櫃聊一會兒，似乎渴望瑪莎愉快的談話。

他一直買陳麵包。從來不買蛋糕，不買餡餅，不買可口的莎莉倫餅。

她覺得他開始顯得更消瘦，更灰心了。她很想在他購買的寒酸物品中，加點甚麼好東西，但沒有勇氣這樣做。她不敢冒犯他。藝術家的自尊心，她是明白的。

站櫃枱時，瑪莎小姐開始穿藍點絲綢背心；在後房時，她用榲桲籽和月石熬製成神秘的合劑，很多人都是用這來改善皮膚的。

一天，這位顧客照例進了店，把硬幣放在櫥櫃上，要買陳麵包。瑪莎小姐去拿麵包的時候，喇叭聲和鈴聲大作，一輛救火車隆隆駛過。

那顧客急忙跑到門邊去看個究竟，誰都會這樣做。瑪莎小姐靈機一動，抓住了機會。

櫃枱後面的貨架底層，有一磅新鮮黃油，十分鐘之前乳品店的人剛送到。瑪莎小姐用麵包刀在每筒麵包上深深劃了一刀，嵌進大量黃油，再把麵包壓緊。

那位顧客返回時，她正用紙把麵包包好。

她跟那人小聊了一會，異乎尋常地愉快。他走後，瑪莎小姐顧自笑了起來，但心裏不無慌亂。

她是不是太放肆了些？他會生氣嗎？但當然不會。食品不會說話。黃油並不表明她直率得有失女人體統。

那天，這件事久久徘徊在她腦際。她想像着他發現了這小手腕後的情景。

他會放下畫筆和調色板。那裏豎着他的畫架，畫架上是他正在作的畫，畫的透視無可指責。

他會準備中飯，乾麵包和水。他會切開麵包——啊！

瑪莎小姐漲紅了臉。他吃麵包的時候，會不會想到那隻放了黃油的手呢？他會——

前門的門鈴惡狠狠地響了起來。有人進來了，聲音很響。

瑪莎小姐匆匆趕到前門。那兒有兩個人，一個很年輕，吸着煙斗——這人她從來沒見過。另一位是她的藝術家。

他滿臉通紅，帽子推到了後腦勺，頭髮狂亂。他捏緊雙拳，對着瑪莎小姐，氣勢洶洶地揮舞着。竟對着瑪莎小姐！

「笨蛋！」他拔直喉嚨叫道；隨後用德語喊了聲「見鬼」或者類似這樣的話。

那年輕人竭力要把他拉開。

「我不走，」他憤怒地説，「我要同她説個明白。」

他像敲大鼓似地敲着瑪莎小姐的櫃枱。

「你害了我，」他大聲叫道，眼鏡後面的藍色眸子直冒火星。「告訴你吧，你是隻多管閒事的老貓。」

瑪莎小姐無力地靠在貨架上，一隻手搭着藍點絲綢背心。年輕人抓住了另外一個人的衣領。

「走吧，」他說，「該說的話你也都說了。」他把那個發怒的人拉到門外人行道上，然後又返回來。

「我想還是得告訴你，夫人，」他說，「究竟為甚麼吵鬧。他叫布盧姆伯格，建築繪圖員。我同他在同一個事務所工作。

「他辛辛苦苦幹了三個月，為新市政廳繪製平面圖，參加有獎競賽。昨天，那張圖剛上了墨。你知道，繪圖員總是先用鉛筆打草稿，完成後，再用幾把陳麵包屑把鉛筆線擦掉。麵包屑比印度橡皮效果好。

「布盧姆伯格一直是在這兒買的麵包。可是，今天——啊呀，你知道，夫人，那黃油——是呀，布盧姆伯格畫的平面圖，除了打碎做鐵路上的夾層板，已經毫無用處了。」

瑪莎小姐走進後房，脫去藍點絲綢背心，換上過去常穿的那件舊棕色嗶嘰。然後把榲桲籽和月石汁合劑扔進了窗外的垃圾桶。

天上和地下

如果你是位哲學家，那就不妨這麼試一下：爬上高樓的樓頂，俯瞰三百英尺之下的同類，把他們視為螻蟻。他們就像夏天池塘裏不承擔責任的黑色水蜻，愚蠢地爬着，轉着，忙忙碌碌，沒有目的，沒有方向。他們的行動甚至還不及螞蟻那麼聰明，那麼令人欽佩，因為螞蟻總是知道甚麼時候該回家。螞蟻雖然卑微，但當你還在為功名利祿蠅營狗苟的時候，牠常常已經到家，準備歇息了。

因此，對於登上屋頂的哲學家來說，人似乎不過是可鄙的爬行甲蟲。經紀人、詩人、百萬富翁、擦皮鞋工、美人、泥瓦匠和政治家們，在比大拇指寬不了多少的大街上，都成了小黑點，避讓着更大的黑點。

從這樣的高處往下看，城市本身便淪為模糊不清的塊狀物，大樓扭曲，視野難辨。令人敬畏的海洋成了鴨子戲水的池塘，地球本身變成了遺失的高爾夫球。生活中細微的東西不見了。哲學家凝視頭上浩渺無際的天空，讓心靈在新的視野中擴張。

他覺得自己是永恆的繼承人，是時間之子，對亙古不滅的遺產享有繼承權，所以連空間也是屬於他的。有一天，他的同行將跨越星球之間神秘的空中道路，一想到這點，他便興奮不已。他腳下是一個小小的世界，那裏聳立着的摩天鋼鐵建築，猶如一粒灰塵落在喜馬拉雅山上——那不過是無數此類旋轉着的原子中的一個。在微不足道的城市上空和周圍，是寧靜而浩瀚的宇宙，跟這相比，那些騷動不安的黑色蟲豸的文治武功和野心愛慾，又算得了甚麼？

哲學家必然會有這些想法。此類想法是直接由世界各種哲學匯集而成的，結尾還有適當的詰問，代表身居高位的深刻思想家們一成不變的思考。哲學家乘電梯下樓後，思路便更為開闊，心情轉為平靜，他的宇宙起源的概念，就跟夏季奧林牌皮帶扣子一樣狹窄了。

但是，如果你的名字碰巧叫戴西，在第八大街開一家糖果店，住在寒冷狹小的過道臥室，僅八英尺長，五英尺寬，每週掙六美元，吃一角錢的午飯，年齡十九歲，六點半起床，幹到晚上九點，從來沒有研究過哲學，你若是從摩天大樓頂上看下來，見到的也許就不一樣了。

有兩個人相中了與哲學無緣的戴西。一個叫喬，經營着紐約最小的商店，跟

D·P·W的工具箱差不多大小，像個燕子窩那樣，緊貼鬧市區一座摩天大樓的角落。出售的貨物有水果、糖果、報紙、歌本、香煙和應時的檸檬汽水。當嚴冬搖撼凍結了的門鎖，喬不得不讓水果和自己躲進屋內的時候，店鋪裏便只容得下店主、貨物，以及醋瓶子那麼大小的火爐和一個顧客了。

喬不是來自一個讓我們永遠熱衷於賦格曲和水果的國家。他是個能幹的美國青年，積攢着錢，希望戴西同他一起花。他已經三次向她示愛。

「我積了點錢，戴西，」這便是他的情歌，「你知道我多麼需要你。我的店不很大，不過——」

「呵，是嗎？」這個不懂哲學的人會這麼回答。「哎呀，我聽説沃納梅克公司在想辦法，讓你明年轉租部份店面給他們。」

戴西每天早晚都路過喬的角落。

「嗨，兩尺寬四尺長！」平時她總是這麼打招呼。「我覺得你的店鋪好像空些了，一定是賣掉了一大包口香糖。」

「確實，裏面沒有多大地方了，」喬會悠然一笑，這麼回答，「除了還容得下你，戴西。我和店鋪都等着你接管呢，你甚麼時候來都可以。你覺得不久就能來嗎？」

「店鋪！」戴西的鼻子翹得高高的，明確表示不屑——「沙丁魚罐頭一樣的地方，你說等着我？哈哈！你得先扔掉一百磅糖果，我才擠得進去呢，喬。」

「我可不在乎這麼等量交換，」喬恭維着說。

戴西的生活條件也是夠差的。在糖果店裏，她得側着身子，才能游走於櫃枱和貨架之間。在她的過道臥室裏，小巧舒適成了擁堵。牆壁靠得如此之近，牆紙發出嘈雜的聲響。她可以一手點煤氣，一手關門，一面還可以看着鏡中自己褐色的高捲式頭髮。她把喬的照片裝在塗金鏡框裏，放在梳妝枱上，有時還不免——不過，她往往立即又想到喬滑稽的小店鋪，像肥皂箱一樣緊貼在那座大樓旁。於是她的情感也在清風似的笑聲中遠去了。

戴西的另一位求婚者一連幾個月跟蹤着喬。他來到戴西的膳宿房搭伙。他是位哲學家，大名叫戴伯斯特爾，年紀輕輕，卻才華橫溢，就像新澤西州帕薩克牌手提箱上的小標籤，一望就知。他的知識獵自百科全書和信息手冊。他的智慧，該怎麼說呢，若是戴西的汽車開過，他會用鼻子嗅嗅，卻連車牌號碼都沒看見。他能告訴你，也會告訴你，水的化學比例、豌豆和小牛肉的纖維質、《聖經》中最短的詩，告訴你二百五十六塊牆面板貼在離瀉水坡四英寸的地方，一共需要幾磅牆面板釘子，告訴你伊利諾斯卡納基縣的人口、哲學家斯賓諾莎的理論、麥凱·特溫布萊家第二客廳內男僕的名字、胡塞克隧道的長度，告訴你甚麼是雞孵蛋的最佳時間，賓夕法尼亞州德里夫特伍德和雷德班克熔爐之間鐵路郵差的薪水是多少，貓的前腿有幾根骨頭。

博學並沒有給戴伯斯特爾帶來不便。他的統計數字就像歐芹的細枝，用來裝飾閒聊的盛宴。要是他認為這樣的閒聊對你胃口，他會主動搭訕。此外，在膳宿房的征戰中，他會把這些統計數字用作護身的矮牆，射來一梭子數字，說出 5×23/4 英寸條形鐵直線底部的重量，以及明尼蘇達斯內林堡的平均年降雨量。而當你好不容易鼓足勇氣，怯生生地問他為甚麼母雞會穿過馬路時，他會乘機用叉子刺中盤子裏最好的一塊雞。

戴伯斯特爾頭腦機靈，長相不錯，頭髮油光，屬於下午三點購物的一族。看來，經營着小人國商店的喬，面對的是一個鋼鐵般頑強的情敵。可是，喬與鋼鐵無緣，即使有，小店裏也放不下。

某個星期六下午，大約四點，戴西和戴伯斯特爾先生在喬的舖子前停了下來。戴伯斯特爾戴着一頂絲帽——而戴西呢，畢竟是女人，那頂帽子非得讓喬看一眼不可。這次來訪的用意一目了然，是來要一根菠蘿味口香糖。喬見了帽子並沒有大驚失色，也沒有張口結舌。

「戴伯斯特爾先生要帶我上大樓頂部看一看風景，」戴西介紹了這位愛慕者後說。「我從來沒有上過摩天大樓，我猜想上面一定很好看，很有意思。」

「哼！」喬哼了一聲。

「大樓頂部所看到的全景，」戴伯斯特爾先生說，「不僅崇高，而且很有教益。等待着戴西小姐的，必定是心情愉快。」

「上面的風也很大，跟下面一樣，」喬說。「你穿得夠暖和嗎，戴西？」

「當然！我把衣服都穿上了，」戴西說，看着他陰鬱的眼神羞怯地笑了笑。「你看上去就像盒子裏的木乃伊，喬。你不打算再進一品脱花生或是一個蘋果？你的房間看來大大超載了。」

戴西開了一個自己很得意的玩笑，哧哧地笑了起來，而喬呢，只好跟着笑起來。

「你的住處是狹了一點，呃，呃，先生，」戴伯斯特爾議論道，「我是說，跟這幢大樓的面積相比。我知道大樓側面的面積是三百四十乘一百英尺。按比例，你該佔有的面積相當於把一半的卑路支[1]加在落基山以東的美國領土上，再加安大略省和比利時。」

「真的嗎，少爺？」喬和氣地說。「不錯，在數字上你自以為無所不知。可是我問你，如果一頭蠢驢停下來不叫，保持一又八分之五秒的沉默，能吃掉多少平方磅的成捆稻草呢？」

幾分鐘後，戴西和戴伯斯特爾走出電梯，到了摩天大樓的頂層。隨後，上了又短又陡的樓梯，出門到了樓頂。戴伯斯特爾領着她到了屋頂上的矮牆，從那兒可以看到下面街上移動着的黑點。

「那些是甚麼呀？」她顫抖着問。她從來沒有登過這麼高的地方。

隨後，戴伯斯特爾在高樓上必須扮演哲學家的角色了，引領她的靈魂去迎接無限廣闊的空間。

「二足動物，」他嚴肅地說。「甚至在三百四十英尺的小小高度上，瞧它們變成甚麼了——不過是爬行的昆蟲，來來往往，毫無目的。」

「呵，他們根本不是那樣，」戴西突然喊道——「他們是人。我看到了一輛汽車。哎呀呀，我們有那麼高嗎？」

「到這邊來，」戴伯斯特爾說。

他指給她看這個大城市，在很遠很遠的底下，像玩具那樣排列得整整齊齊。時候儘管還早，但冬日下午第一批燈塔的光，已經把城市照得到處星星點點。隨之，南面和東面的海灣和大海，神秘地融進了天空。

「我不喜歡，」戴西坦率地說，藍眼睛裏露出了憂慮。「好吧，我們下去吧。」但是，哲學家的這個機會可不容剝奪。他要讓她看看自己思想的博大，對宇宙的控制，對統計數字的記憶。往後，她決不會滿足於從紐約最小的商店裏買口香糖了。於是，他開始吹噓人類的渺小，說是即便從地球上取出一星半點的東西來，也會使人類及其業績顯得微乎其微，即使三倍估算，看上去也只有一塊錢硬幣的十分之一。他說，一個人應當考慮整個恒星的體系以及愛比克泰德[2]的格言，並因此感到安慰。

「別帶我了，」戴西說。「哎呀，我覺得那麼高怪可怕的，人看上去就像跳蚤。其中一個人可能就是喬。呵，吉米，我們還不如在新澤西好。哎呀，在上面我怕！」

哲學家虛幻地笑了笑。

「地球本身，」他說，「在宇宙中只不過和一顆麥粒差不多大。你往上面看。」

戴西不安地往上看。短暫的白晝過去了，星星正在天空露頭。

「那邊的一顆星，」戴伯斯特爾說，「是金星，晚上才出來。它離太陽六千六百萬英里。」

「胡說！」戴西說，刹那間打起精神來，「你想我從甚麼地方來——布魯克林嗎？我們店裏的蘇瑟·普賴斯——她的兄弟寄給她一張票子，去舊金山——那也不過三千英里。」

哲學家放縱地笑了起來。

「我們的世界，」他說，「距離太陽九千一百萬英里。有十八顆星屬於第一星等，這些星星同我們之間的距離，比太陽同我們的距離要遠二十一萬一千倍。如果其中一顆星滅了，我們需要三年才能看到它的光消失。有六千顆星屬於第六星等。其中任何一顆星的光要到達地球都需要三十六年。我們用十八英尺的望遠鏡能看到四百三十萬顆星星，包括那些第十三星等的星，這些星的光需要二千七百年才能到達我們這裏，每顆這樣的星——」

「你在撒謊，」戴西憤怒地叫道。「你想嚇唬我。你已經這麼做了。我要下去！」

她頓了頓足。

「牧夫座a星——」哲學家開口了，表示撫慰。可是，他被茫茫天際出現的景象打斷了。那天空，他是用記憶而不是心靈在描繪。在大自然的心靈闡釋者看來，星星懸掛蒼穹，向底下幸福地閒逛着的戀人，徑直灑下柔和的光。要是某個九月的夜晚，你和你胳膊上的意中人踮起腳來，幾乎用手就可觸及星星。而它們的光，卻需要三年才能抵達我們，真是！

西邊竄出一顆流星，把摩天大樓的屋頂，照耀得如同白晝，映着東邊的天空，勾勒出了火一樣的拋物線，嘶嘶地響着遠去。戴西尖叫起來。

「帶我下去，」她聲嘶力竭地叫道，「你——你用心算術蒙人！」

戴伯斯特爾把她帶進電梯。她怒目而視。電梯緩慢下降時她顫慄着。

在摩天大樓的旋轉門外，哲學家找不到她了。她已經不見蹤影。哲學家站着，迷惑不解，數字或者統計都幫不了他。

喬忙裏偷閒，在貨物之間蠕動着，終於點起一支煙，把一隻冰冷的腳擱到了漸漸冷卻的爐子上。

門猛地被推開了，戴西笑着，叫着，把糖和水果撒了一地，跌進了喬的懷裏。

「哎，喬，我上過摩天大樓了。你這裏既舒服又暖和，這才像個家呢！我已經準備好了，喬，你甚麼時候要我都可以。」

註釋：

[1] 卑路支（Baluchistan），巴基斯坦最西部一省。

[2] 愛比克泰德（Epictetus, 55?-135?），古羅馬斯多葛派哲學家，奴隸出生的自由民，宣揚宿命論，認為只有意志屬於個人，對命運只能忍受。

命運之路

命運之路

我在很多條路中尋找，
哪一條
最堅實，最可靠，有愛照耀，
能否在
我指揮、避讓、抵擋、塑造的戰鬥中，
承受我的命運？

戴維・米格諾未發表的詩

歌唱完了。戴維寫的歌詞，鄉間的氛圍。旅店餐桌上，眾人盡情鼓掌，因為酒錢是年輕詩人付的。只有文書帕皮諾聽罷微微搖頭，因為他博覽群書，又沒跟其他人一起喝酒。

戴維出門到了村子的街道上，夜間的空氣驅散了腦袋中的醉意。他於是想起來，那天和約妮吵了一架，決定當晚出走，去闖蕩外面的大世界，追逐榮耀。

「我的詩一旦家喻戶曉，」他自言自語地説，很是興奮，「也許她會想起那天説話太刻薄。」

村民們都上床了，只有酒店裏的人還在鬧鬧嚷嚷地作樂。戴維輕手輕腳鑽進臥房，那是個披間，搭在父親的茅屋邊。他把衣服打成小包，用一根木棍挑着，上路離開維諾伊。

他經過父親的羊群。夜晚，羊在欄裏縮成了一團。他每天牧羊，顧自在紙條上寫詩，任羊群四散覓食。他看見約妮的窗子還亮着燈，突然間心一軟，想改變主意了。也許，那燈光表明，她無法入睡，懊悔對我發了火。也許到了早晨——可是，不行！他的決心已下。維諾伊不是他待的地方。在這兒，他的想法沒有人呼應。他的命運和未來，在外面的那條路上。

離開月色幽暗的原野三里格，就是那條路，像犁夫腳下的犁溝那麼筆直。村裏人都相信，這條路少説也通往巴黎。詩人一面走，一面念叨着這個地名。戴維從來沒有離開過維諾伊。

左面的支路

這條路往前伸三里格，便成了一個謎團。右側，同另外一條更大的路相接。戴維猶猶豫豫，站了片刻，隨後卻走了左側的路。

在這條更為重要的路上，灰土裏有車輪的印跡，是剛剛經過的車子留下的。半小時以後，那些車輪印子得到了證實，只見一輛笨重的馬車，陷在陡峭的小山腳下一條小溪的泥潭裏。車夫和左馬馭者吆喝着，拉着轡頭。路邊站着一個黑衣大漢，以及一個苗條女子，身上裹着長長的薄斗篷。

戴維見僕人們使起勁來不懂竅門，便不聲不響攔過活來，指揮侍從停止對馬大叫大嚷，把力氣用在輪子上，讓趕車人單獨用熟悉的嗓子來吆喝馬。戴維則用厚實有力的肩膀，在車子後部使勁。大家合力一拖，大車便上了堅實的地面。侍從們爬到了各自的位置上。

戴維用一條腿站了片刻。那位大個子紳士招了招手。「你進車子來吧，」他説話像戴維一樣，嗓子很響，但由於習慣和講究，卻很圓潤。在這樣的嗓子面前，是沒有人不服從的。儘管詩人的遲疑十分短暫，但對方的又一次命令進一步縮短了他的遲疑。戴維跨上了台階。黑暗中，他朦朧看到了後座一個女人的影子。他正要在對面落座，那嗓音又響了起來，迫使他就範。「你坐在那女子旁邊。」

那位紳士沉重的身軀移向前座。馬車上了小山。那女子默默地縮在角落裏。戴維無法估計她是老婦還是姑娘，但她的衣服散發出淡雅的清香，激發了他詩人的想像，深信神秘中蘊含着可愛。這就是他經常設想的艷遇。但他沒有進門的鑰匙，因為他同這些無法溝通的旅伴坐在一起的時候，沒有說過一句話。

一小時後，戴維朝窗外望瞭望，發覺馬車行駛在一個小鎮的街道上。隨後，車子在一座黑黑的，門窗緊閉的房子前面停了下來。車夫下了車，不耐煩地使勁敲起門來。上面的一扇格子窗開了，裏面探出一個頭來，戴着睡帽。

「誰呀？這麼晚了還來打攪良民百姓？門已經關了。太晚了，有利可圖的遊客也不該在外面活動了。別敲門了。你走吧。」

「開門！」車夫氣急敗壞地大叫，「給德博佩爾蒂侯爵大人開門。」

「哎呀！」樓上的聲音叫道。「真是一萬個對不起，大人。我不知道——那麼晚了——我馬上開門，房子聽候您大人安排。」

裏面傳來門鏈和門閂的叮噹聲，門忽喇喇打開了。銀酒壺客棧的老闆站在門口，連衣服都來不及穿好，手裏拿着蠟燭，因為寒冷和不安瑟瑟地發抖。

戴維跟着侯爵出了馬車。「扶一下女士，」侯爵命令道。詩人聽從了吩咐，扶她下車時，覺得她纖細的手在顫抖。「進屋去，」侯爵下了第二道命令。

這房間是酒店的一個長餐廳，順着長邊擺放着一張大橡木餐桌。大個子紳士在近頭的椅子上坐了下來。那女子一副疲態，坐在靠牆的另一張椅子上。戴維站着，思忖着怎樣就此告別，走自己的路。

「大人，」老闆說，朝地板屈膝，「要是能料到有這般榮幸，我早就恭候招待了。現在有酒，冷盤雞，也許還有——」

「蠟燭，」侯爵說，伸出白白胖胖的手，張開手指做了個手勢。

「是，是，大人。」他拿來六根蠟燭，點着了，放在桌子上。

「要是大人，也許，肯屈尊嚐一嚐勃艮第酒——倒是有一桶——」

「蠟燭，」大人說，張開手指。

「一定，一定——馬上拿來——我這就跑過去，大人。」

於是又拿來了十二根蠟燭，一一點上，照亮了大廳。侯爵巨大的身軀把椅子塞得滿滿的。除了手腕上和脖子上雪白的飾邊，他的衣着從頭到腳都是黑的。甚至連劍柄和劍鞘也不例外。他露出那種譏誚自恃的表情，髭子往上翹着，末梢幾乎觸及嘲諷的眼睛。

那女人一動不動坐着。這時戴維才發覺她很年輕，有着迷人的悲愴美。他正思忖着她哀婉的美麗，卻被侯爵甕聲甕氣的嗓音驚呆了。

「你叫甚麼名字？甚麼職業？」

「戴維．米格諾。我是個詩人。」

侯爵的髭子翹得更接近眼睛了。

「靠甚麼過日子？」

「我還是個羊倌，照看父親的羊群，」戴維回答，頭抬得高高的，但臉頰緋紅。

「那麼羊倌和詩人先生，聽着，今晚由於陰差陽錯，你走了運。這個女子是我的姪女，露西．德．瓦雷納小姐。她是貴族的後裔，有權享受一萬法郎年俸。至於她的美貌，你自己觀察就是。如果這份清單讓你這個羊倌動心，那麼她馬上就是你的妻子了。別打斷我。今天晚上，我把她送到德．維爾默的莊園，因為她和他訂了婚。賓客已經到場，牧師正在等候。雙方門當戶對，眼看就要完婚。在聖壇上，這位如此溫順的姑娘，像雌老虎一樣向我撲來，指控我殘酷無情，罪大惡極，當着目瞪口呆的牧師，撕毀了我為她訂下的婚約。我當場對着惡魔發誓，一定要讓她嫁給我們離開莊園後碰到的第一個人，不管他是王子，還是燒炭翁，或者小偷。你，羊倌，是我們第一個碰到的。這位小姐今晚必須成婚。不是你，就是別人。給你十分鐘時間作決定。別說話，也別發問，否則我會生氣。十分鐘，羊倌，時間過得很快。」

侯爵蒼白的手指擂鼓似地大聲敲打着桌子。他開始等候，態度變得含糊。彷彿一座大廈，門窗緊閉，外人無法得進。戴維本想開口，但這個大塊頭的舉止讓他閉了嘴。他於是站在姑娘的椅子旁邊，欠了欠身子。

「小姐，」他說。他覺得很驚奇，面對這位優雅美麗的女子，自己說話還那麼流暢。「你已經聽我說啦，我是個羊倌，不過，有時候我也幻想，自己是個詩人。要是詩人須得憐香惜玉來考驗，那麼現在，這種幻想就更加堅實了。我能為你効勞嗎，小姐？」

年輕女子抬頭看他，眼睛乾澀而憂傷。羊倌的臉坦率紅潤，但表情轉為莊重，因為這是一次嚴重的冒險；他的身材強壯挺拔；他的藍眼睛裏噙着同情的淚花；況且她也許急需久違的幫助和善意；這一切把她打動得落淚了。

「先生，」她低聲說，「你看來忠實善良。他是我的叔叔，我父親的弟弟，我唯一的親戚。他愛我的母親，卻痛恨我，因為我像我母親。他把我的生活變成了漫長的噩夢。我見他那樣子就怕，以前也從來不敢違抗他。但是今天晚上，他要把我許配給一個年齡比我大三倍的男人。請你原諒，先生，我把這樣的煩惱帶給了你。當然，你會拒絕他強加於你的瘋狂行為。但是，讓我至少對你那番慷慨的話表示感謝。很久以來，沒有人同我說過話。」

在詩人的眼睛裏出現了某種超越慷慨的東西。他必定是個詩人，因為他已忘掉了約妮，被這位高雅鮮活的新歡所傾倒。她身上的幽幽清香，激起了他一種奇怪的心情。他用溫柔的目光熱烈地看着她。她渴望這樣的目光。

「十分鐘裏，」戴維說，「要我做幾年才能做到的事情。我決不會說我憐憫你，小姐。那不是事實——我愛你。我現在還不能向你求愛，但讓我先把你從這個惡人手中解救出來。到時候，愛會隨之而來。我認為，我前程遠大，我不會永遠當羊倌。眼下，我會一心一意珍愛你，使你的日子不會過得這麼悲慘。你願意將你的命運託付給我嗎，小姐？」

「呵，你因為憐憫而作自我犧牲！」

「因為愛。時間差不多到了，小姐。」

「你會後悔的，而且瞧不起我。」

「我活着只為了使你愉快，並讓我自己配得上你。」

她纖細的小手從斗篷底下伸進他的手裏。

「我會把我的生命，」她喘了口氣，「託付給你。而且——而且——像你所想的那樣，愛也不會太遠了。你去告訴他吧，因為一旦脱離他眼睛的威壓，我可能會忘記。」

戴維走過去，站在侯爵面前。黑色的人影動了動，譏諷的眼睛瞥了一眼廳裏的大鐘。

「還剩兩分鐘。一個羊倌居然需要八分鐘，來決定是否接受漂亮的新娘和收入！說吧，羊倌，你同意成為這小姐的丈夫嗎？」

「小姐，」戴維説，自豪地站着，「讓我不勝榮幸，遷就了我的要求，願意成為我的妻子。」

「説得好！」侯爵説。「你倒有奉承拍馬的本事，羊倌先生。畢竟，小姐有可能得到更糟的獎賞。現在，盡快把事情辦掉，教會和魔鬼允許多快就多快！」

他用劍柄使勁敲着桌子。店主出來了，雙膝發抖。他又拿來了一些蠟燭，希望能預先滿足這位大人的衝動。「去把牧師叫來，」侯爵說，「牧師，你明白嗎？十分鐘裏把牧師叫到這裏，要不——」

店主丟下蠟燭，飛也似地走了。

牧師來了，眼皮沉重，頭髮零亂。他讓戴維·米格諾和露西·德·瓦雷納結為夫婦，把侯爵丟給他的一枚金幣放進口袋，拖着腳步消失在暗夜裏。

「拿酒來，」侯爵吩咐道，向店主張開不祥的手指。

「倒酒，」酒拿來後他說。燭光下，他站在那張桌子的頭上，像一座黑色的大山，惡毒而高傲，目光落在他姪女身上的時候，眼睛裏有一種表情，像是記憶中的舊愛化成了新恨。

「米格諾先生，」他說，舉起了酒杯，「等我說了下面這些話以後就喝酒：你已經娶了這個人做妻子，她會讓你過骯髒倒霉的日子。她身上流的血繼承了黑色的謊言和紅色的毀滅。她會給你帶來恥辱和焦慮。她惡魔附身，那魔鬼顯現在她的眼睛中、皮膚裏、嘴巴上，那些部位甚至不惜欺騙一個農民。詩人先生，你答應讓她過幸福日子。喝酒！小姐，我終於擺脱了你。」

侯爵把酒喝下。小姐彷彿突然受到了傷害，嘴裏冒出小聲痛苦的叫喊。戴維手持酒杯，往前走了三步，直面侯爵。他的舉止絲毫不像一個羊倌。

「剛才，」他鎮靜地説，「你給了我面子，叫我『先生』。因此，我可不可以指望，因為我同小姐結了婚，我就——譬如説，在地位上仰仗她接近了你，以至於在我想到的某件小事上，讓我有權同你先生平起平坐？」

「你可以這麼指望，羊倌，」侯爵很不屑。

「那麼，」戴維説，隨手把酒潑到了他那露出嘲弄和蔑視目光的眼睛裏，「也許你會放下架子同我決鬥。」

大人勃然大怒，突然咒罵了一聲，彷彿號角嘶鳴。他從黑色的劍鞘裏拔出劍來，對着守候在近旁的店主大叫：「拿劍來，給鄉巴佬！」他哈哈大笑，轉向那女子。那笑聲讓她寒心。他説，「你夠煩人的，小姐。看來，我在同一個晚上得給你找個丈夫，同時又讓你變成寡婦。」

「我不懂劍術，」戴維説。他紅着臉向他妻子坦白。

「『我不懂劍術，』」侯爵學着他的話。「我們是不是像農民那樣，用櫟樹棍棒決鬥？好啊！弗朗克斯，把我的手槍拿來！」

一個侍僕從馬車的手槍皮套裏取來兩把大手槍，上面裝飾着銀雕，閃閃發光。侯爵將一把槍扔在桌上，戴維的手邊。「到桌子的那頭去，」他叫道，「連羊倌也能扣扳機。他們難得有這樣的禮遇，能死在德博佩爾蒂的槍口下。」

羊倌與侯爵面對面站在長桌的兩頭。店主嚇得盡打寒顫，抓住時機，結結巴巴地說，「先—先—先生，看在上帝面上，別在我的房子裏！——別濺出血來——那會斷送我的主顧——」見了侯爵虎視眈眈的樣子，他的舌頭僵住了。

「膽小鬼，」德博佩爾蒂老爺叫道，「要是可能，牙齒別那麼打顫，把鬼話說出來。」

店主撲通一聲跪在地上。他一句話也沒有，連聲音都發不出來了。但是，他做着手勢，希望看在房子和顧客面上，祈求和解。

「我來下令，」那女子用清脆的嗓音說道。她走到戴維面前，給他一個甜蜜的親吻。她的眸子晶瑩閃亮，臉頰恢復了血色。她背靠牆站着，兩個男人為了她舉起了手槍。

「一——二——三！」

兩聲槍響幾乎同時傳出，那些蠟燭只閃了一次。侯爵站着，臉露笑容，左手攤開，擱在桌子的一頭。戴維依舊筆直站着，慢慢地轉過頭來，眼睛搜索着妻子。隨後，彷彿一件衣服從懸掛的地方落下似的，倒了下來，縮成一團，掉在地上。

那位成了寡婦的女子，絕望和恐懼地輕輕叫了一聲，跑過去朝他彎下身子，發現了他的傷口。她抬起頭來，露出原先蒼白憂鬱的表情。「穿過了心臟，」她低聲說，「呵，心臟！」

「過來，」響起了侯爵低沉粗重的聲音，「出去，到馬車上去！天亮前我得脫手。今晚你得再嫁，嫁一個活的丈夫。接下來碰到的那個，管他是攔路搶劫的強盜，還是農民。要是路上碰不到人，那就嫁給替我開門的賤人。出去，到馬車上去！」

這一群人——冷酷無情、身材魁梧的侯爵、又一次包裹在神秘斗篷裏的女子和拿着手槍的侍從，都出門到了等候的馬車上。沉重的車輪滾滾向前，在沉睡的村落中發出了回響。銀酒壺飯店的大廳裏，心煩意亂的店主站在被殺的詩人的屍體旁邊，搓着雙手。二十四根蠟燭的火焰在桌子上閃耀跳動。

右面的支路

這條路往前伸三里格，便成了一個謎團。右側，同另外一條更大的路相接。戴維猶猶豫豫，站了片刻，隨後走了右邊的路。

這條路通往何處，他並不知道。但他決心那天晚上遠離維諾伊。他走了一里格路，後來經過一個大莊園，那兒有跡象表明，剛剛招待過客人。每扇窗戶都亮着燈光；巨大的石門外，灰土中有一條車輪的軌跡，是客人的馬車留下的。

他又走了三里格，覺得累了，便把路邊的松枝當床，躺下來睡了一會。隨後又起來繼續趕路，沿着一條未知的路往前走去。

於是，他在大路上走了五天，睡的是大自然芬芳的懷抱，或是農夫的柴堆；吃的是殷勤送上的黑麵包；喝的是溪水，或是牧羊人奉送的杯水。

最後，他走過一座大橋，踏進一個笑臉相迎的城市，這裏扼殺或加冕的詩人，比世界任何其他地方都多。他的呼吸加快了，因為巴黎表示對他問候，輕聲唱起了生氣勃勃的歌——人聲、腳步聲和馬車聲。

在孔蒂路戴維到了高處一座老房子的屋檐下，付了住宿費，在一條木椅上坐下，寫起詩來。這條街曾是要人的居所，現在已讓位給了隨其衰落而來的人。

房子很高，雖然被毀，但仍不失其高貴。其中很多幢，除了灰塵和蛛網，裏面都是空的。到了晚上，這裏響起了金屬的撞擊聲，以及不安地徘徊於旅店之間的取鬧者的叫聲。這裏曾經是文人雅士的住所，現在卻被荒唐無度粗魯發臭的人所佔領。戴維覺得，這類住房跟自己羞澀的錢囊很相配。白日裏和燭光下，他都展紙走筆。

一天下午，戴維出去尋找食物後，返回這個低賤的世界，手裏拿着麵包、煉乳和一瓶低度酒。暗洞洞的樓梯剛上了一半，他便遇到了——或者説碰上了，因為她在樓梯上休息——一個絕色少婦，她的美麗讓詩人的想像顯得無能為力。她寬鬆的黑斗篷敞開着，露出底下艷麗的裙服。眼睛隨思緒起伏而忽閃，剎那間可以像孩子的眼睛那樣滾圓單純，也可以像吉普賽人的眼睛那樣長長的很有誘騙力。她一手提起裙服，一手脱下一隻小小的高跟鞋，鞋帶垂着，散開了。她顯得那麼神聖，那麼不適宜彎腰，那麼有資格迷人和吩咐別人。也許她已經看到戴維過來了，在那裏等着他幫忙。

呵，先生，能原諒佔了樓梯吧，可是這鞋子！——討厭的鞋子！哎呀，鞋帶就是不聽使喚，偏要散開。啊，要是先生有這分善心！

詩人繫着不聽話的鞋帶，手指直發抖。他真想從她那兒脱身，逃離危險。但是，她的眼睛變得像吉普賽人的那樣，長長的，很有誘惑力，把他勾住了。他倚着欄杆，緊緊抓住那瓶劣酒。

「你待我那麼好，」她微微一笑說。「也許先生也住在這樓裏？」

「是的，小姐。我——我想是的，小姐。」

「那麼，也許在三樓？」

「不，小姐，還要高些。」

那小姐晃動了一下手指，做了個手勢，絲毫沒有顯得不耐煩。

「對不起。當然我那麼問你是不太審慎的。先生能原諒我嗎？要是我問你住在哪裏，那當然是不適宜的。」

「小姐，別這樣說。我住在——」

「不，不，不，別告訴我。現在我知道自己錯了。可是，我對這幢房子和這裏面的一切，還是那麼感興趣。這裏曾經是我的家。我常常到這裏來，不過是為了再一次沉湎於那些愉快的日子。你能讓我把這當作借口嗎？」

「那麼讓我告訴你，你根本不需要借口，」詩人結巴着說。「我住在頂樓——

樓梯轉角上的那個小房間裏。」

「前房？」小姐問，把頭轉向旁邊。

「後房，小姐。」

小姐嘆了口氣，如釋重負。

「那麼，我不耽擱你了，先生，」她說，動用了自己天真的圓眼睛。「請照看好我的房子。哎呀，現在所屬於我的，只有關於這房子的記憶了。再見，你那麼謙恭有禮，請接受我的謝意。」

她走了，留下的只是一個笑容和游絲般的清香。戴維彷彿睡着了似的爬上了樓梯。可是醒來之後，那笑容和清香還在，以後也似乎永遠拂之不去。這個他一無所知的女人，使他的眼睛成了一首抒情詩，唱起歌來，頌揚一見鍾情，歌頌鬈髮，讚美纖纖小腳上的拖鞋。

他必定是個詩人，因為他已經忘掉了約妮，被這個鮮活高雅的新歡所傾倒。她身上的幽幽清香，激起了他一種奇怪的心情。

某天晚上，在同一幢房子三層樓的一個房間裏，三個人圍着一張桌子。三條椅子、一張桌子和桌子上點着的蠟燭，便是房間裏所有的東西。其中一人是個大個子，渾身着黑，露出嘲弄蔑視的表情。他的鬍子往上翹着，末梢幾乎觸到了譏諷的眼睛。另外一個是位年輕美貌的小姐，眼睛能像孩子的那樣滾圓單純，也能像吉普賽人的那樣長長的，具有誘騙力。第三個人是個行動者，鬥士，一個大膽而急躁的執行人，火氣大，性格烈。別人都叫他德斯羅勒斯上尉。

這人的拳頭捶着桌子，雖是耐着性子，但言辭依然激烈：「今天晚上，今天晚上，他正好去望彌撒。我討厭一事無成的謀反，討厭暗號，討厭密碼，討厭秘密會議和這類交易。我們明人不做暗事，說變節就是變節。要是法國想除掉他，那就公開把他幹掉，別設計甚麼圈套去捕獵。我說，今天晚上就動手，說到做到。我親手來幹。今天晚上，他去望彌撒的時候下手。」

那女人熱情地看了他一眼。不過女人嘛，一旦捲入陰謀，對魯莽的舉動總是俯首聽命的。大個子男人摸着往上翹的鬍子。

「親愛的上尉，」他說，嗓門很大，卻習慣性地轉為柔和，「這回我同意你的看法。光是等待會一無所獲。宮廷衛士中有很多我們的人，足以保證這次行動的安全。」

「今天晚上，」德斯羅勒斯上尉重複着，又敲了敲桌子。「你聽見我說了吧，侯爵。我親手來幹。」

「不過現在，」大個子輕聲說，「有一個問題。我們要傳話給宮裏的愛國者，約定一個暗號。皇家馬車必須由我們最忠誠的人來護送。這個時候，甚麼樣的信使能一直潛入到南門呢？里包特駐紮在那兒。一旦把話傳給他，就大功告成了。」

「我去傳話，」那女子說。

「你，女伯爵？」侯爵皺起眉頭說。「你很忠誠，我們知道，不過——」

「聽着！」那女子站起來，雙手放在桌子上，大叫道，「這座房子的閣樓上，住着一個年輕人，是從外省來的，像他看管的羊那樣天真和溫存。在樓梯上，我碰見過他兩三次。我詢問過他，擔心他住得離我們經常碰頭的房間太近。只要我開口，他會聽我的。他在閣樓裏寫詩，而且，我認為做夢也想着我。他會照我說的去做。得讓他把信送到宮裏。」

侯爵從椅子上站起來，欠了欠身子。「你沒有讓我把話說完，女伯爵，」他說。「我想說的是：『你非常忠誠，但你的智慧和魅力卻更驚人。』」

這些陰謀家們正在策劃的時候，戴維在潤色獻給樓梯小愛神的詩句，他聽見了膽怯的敲門聲，過去開了門，一時心怦怦亂跳，看見她在門口，直喘粗氣，彷彿身陷絕境。她眼睛睜得大大的，像孩子那樣，非常單純。

「先生，」她透了口氣說，「我在痛苦萬分的時候來找你。我相信你善良真誠，而我又得不到別的幫助。我好不容易穿過街道，躲過那些神氣活現的傢伙。先生，我的母親快要死了，我的舅舅是皇宮裏國王的衛隊長。得有人趕快去把他找來，我可不可以希望——」

「小姐，」戴維打斷她的話說，兩眼放光，渴望為她効勞。「你的期望就是我的翅膀，告訴我怎麼能找到他。」

那女子把一個封好的文件塞到他手裏。

「到南門去——記住，南門——告訴那裏的衛士，『獵鷹已經離開巢穴。』他們會放你過去。你就直奔皇宮南入口。重複一下那句話，把這封信交給回答『他甚麼時候出擊就讓他出擊』的人。這是我舅舅託付給我的暗號，先生。現在到處兵荒馬亂，很多人都在謀反，要國王的命。沒有暗號，天黑之後是進不了皇宮的。如果你肯幫忙，先生，那就請你把這封信送給他，這樣，母親就能在閉眼之前見一見舅舅了。」

「把它給我吧，」戴維迫不及待地說。「可是這麼晚了，我能讓你一個人穿過街道回家嗎？我——」

「不，不——你快走吧。分分秒秒都很寶貴。到時候，」這女人說，眼睛變得長長的，像吉普賽人的那樣，很有誘騙力，「我會盡力感謝你的幫忙。」

詩人把信塞進懷裏，三步並作兩步，下了樓梯。他一走，那女人便回到了下面的房間。

侯爵富有表情的眉毛詢問着她。

「他走了，」她說，「把信送去了，像他的羊那麼快，那麼笨。」

在德斯羅勒斯上尉拳頭的敲擊下，桌子再次抖動起來。

「天哪！」他叫了起來，「我忘了帶手槍了。我誰都不相信。」

「拿着，」侯爵說，從斗篷下取出一把大傢伙來，裝飾着銀雕，閃閃發光。「貨真價實，無與倫比。不過要小心看管，上面有我的紋章和標記，我已經被懷疑了。至於我嘛，今晚我得遠離巴黎。明天我必須在我的莊園裏。你先走，親愛的女伯爵。」

侯爵吹滅了蠟燭。這個女人把斗篷蓋得嚴嚴實實，和兩個男人輕輕走下樓梯，融進了徘徊在孔蒂路狹窄人行道上的人群中。

戴維走得很快。在國王住宅南門，一根戟直指他胸前。他推開戟尖，說：「獵鷹已經離開巢穴。」

「過去吧，兄弟，」衛士說，「快走。」

在宮廷南面的台階，衛士們過來抓住了他，但是暗號再一次騙過了他們。其中一個走上前來，開始說「讓他出擊——」可是，衛士中間一陣騷動，說明出了意外。一個目光敏銳，步履堅定的人，突然衝過人群，一把抓過戴維手中的信。「跟我來，」他說，帶着他進了大廳。隨後，他把信撕開，讀了起來。他招呼一個正好走過的穿制服的火槍手軍官。「泰特羅上尉，逮捕南入口和南門的衛士，把他們關起來。選用忠誠的人接替他們。」他又對戴維說：「跟我來。」

他領着他走過走廊和前廳，來到一個寬敞的房間。一個衣着灰暗、悶悶不樂的人，坐在一把大皮椅上，在思考着甚麼。他對那人說：

「陛下，我同你說過，宮廷裏的叛徒和間諜，就跟下水道裏的耗子一樣多。你認為，陛下，那只是我的想像罷了。這個人在他們的默許下，一直潛入到了你的大門口。他帶了一封信，已經被我截獲。我把他帶到這裏來了，這樣，陛下就不會覺得我的想法是多此一舉。」

「我來審問他，」國王在椅子上動了一下，説。他打量着戴維，眼皮沉重，厚重的雲翳使目光顯得遲鈍。詩人屈了屈膝。

「你從哪裏來？」國王問。

「維諾伊村，厄爾—盧瓦爾省，陛下。」

「你在巴黎幹甚麼？」

「我——我要成為一個詩人，陛下。」

「你在維諾伊幹甚麼？」

「看管父親的羊群。」

國王在椅子上又動了一下，眼睛裏的雲翳不見了。

「呵！在田野？」

「是的，陛下。」

「你住在田野裏，涼爽的早晨走出去，躺在草地上的樹籬中間。羊群各奔東西，散落在小山上。你飲着流動的溪水，在樹蔭下吃着甜甜的黑麵包，一面傾聽着烏鶇在樹叢中歌唱。難道不是這樣嗎，羊倌？」

「是這樣，陛下，」戴維回答，嘆了口氣，「而且還傾聽蜜蜂在花叢中嗡嗡飛舞，也許還有採葡萄人在山上唱歌。」

「不錯，不錯，」國王不耐煩地説，「也許你傾聽着他們。不過傾聽烏鶇是肯定的，牠們常在樹叢中鳴囀，是不是？」

「陛下，沒有一個地方的烏鶇唱得像厄爾—盧瓦爾的那麼動聽。我努力在我的一些詩中表達牠們的歌聲。」

「你能背誦一下那些詩嗎？」國王焦急地説。「很久以前，我傾聽過烏鶇。要是能準確闡釋牠們的歌，那比一個王國還強。夜晚，你把羊群趕到羊圈裏，隨後，平平靜靜坐下來，開開心心吃你的麵包。能背誦那些詩嗎，羊倌？」

「這些詩句是這樣的，陛下，」戴維説，懷着敬仰和熱忱。

懶散的羊倌，瞧瞧你的羊羔，
欣喜若狂，在草地上跳躍，
瞧那樅樹，在微風中起舞，
聽那潘神，吹着他的蘆笛。
聽見我們在樹頂上叫喚，

看見我們撲向你的羊群，
羊群產羊毛溫暖我們的窩，
在——支流——

「要是這讓陛下高興，」一個沙啞的嗓音打斷了朗誦，「我想問這個打油詩人一兩個問題。時間很緊了，陛下，要是我為你的安全擔憂，卻因此冒犯了你，那就懇請你原諒。」

「多馬勒公爵的忠誠，」國王說，「是鐵打的事實，因此談不上甚麼冒犯。」他一屁股坐在椅子上，眼睛又蒙上了雲翳。

「首先，」公爵說，「我要把他帶來的信唸給你聽：

今晚是王儲去世一週年。如果他照例要在半夜去望彌撒，為兒子的靈魂祈禱，那麼獵鷹就要出擊，地點在埃斯普朗德路轉角。如果他的確想去，那就在宮廷西南角樓上的房間點起紅燈，讓獵鷹看到。

「農民，」公爵嚴厲地說。「你聽到這些話了吧，這封信是誰交給你帶來的？」

「公爵大人，」戴維誠懇地說，「我願意告訴你。一個女人交給我的。她說她母親病了，這上面寫的會讓她舅舅來到她床邊。我不知道信裏說了甚麼，但我發誓，她很漂亮，很好。」

「描繪一下這個女人，」公爵命令道，「你是怎麼上她當的。」

「描繪她！」戴維溫存地笑了起來。「你需要掌握創造奇蹟的詞彙。她嘛，是陽光和陰影做的。她像樹木一樣苗條，舉動像樹木一樣優雅。你凝視她眼睛的時候，她的眼睛會起變化，一會兒圓圓的，一會兒半閉着，就像太陽在兩朵雲之間向外窺視。她來的時候，周圍全是天堂；她走的時候，周圍一片混沌，還有山楂花的味道。她來到我那兒，孔蒂路二十九號。」

「那就是我們一直監視着的房子，」公爵轉向國王說，「虧得這詩人的舌頭鬆，我們掌握了臭名昭著的女伯爵蓋伯多的情況。」

「陛下和公爵老爺，」戴維誠懇地說，「但願我雖然笨嘴笨舌，說的卻並沒有離譜。我仔細打量過她的眼睛。我以我的生命打賭，不管有沒有這封信，她都是個天使。」

公爵目不轉睛地看着他。「我要讓你證實一下，」他慢吞吞地說。「你自己打扮成皇帝，今晚坐馬車去望彌撒。你接受這個試驗嗎？」

戴維笑了。「我仔細打量過她的眼睛，」他說。「我已經掌握了證據。你們愛怎麼取證就怎麼取證吧。」

離十二點還有半小時，多馬勒公爵在宮廷西南窗親手點起了紅燈。十二點缺十分，戴維從頭到腳打扮成了國王，披了披肩，低着頭，由公爵攙扶着，慢步從皇家的寢房，走向等候着的馬車。公爵扶着他進了車，關上車門。馬車一路駛向教堂。

在埃斯普朗德路轉角的一所房子裏，泰特羅上尉帶了二十個人，高度警戒，準備等陰謀者一出現就猛撲上去。

可是，出於某種原因，謀反者稍稍改動了計劃。皇家的馬車到了克里斯托弗路，比埃斯普朗德路更近一個街區，德斯羅勒斯上尉和他手下的一幫陰謀弒君者衝了上來，襲擊了馬車。馬車上的衛士雖然對提早襲擊有些吃驚，但是都下車英勇還擊。雙方衝突的聲響，引起了泰特羅上尉部隊的注意，他們沿街趕來救援。但與此同時，鋌而走險的德斯羅勒斯撞開了國王的馬車車門，將武器頂住車內的黑影，開了槍。

此刻，附近開來了忠心耿耿的增援部隊，街上響起喊聲和鋼刀的碰擊聲，受驚的馬都已逃走。座墊上躺着假冒國王和詩人的屍體，被博蒂伊斯侯爵先生手槍的子彈所殺。

主幹道

這條路往前伸三里格，便成了一個謎團。右側，同另外一條更大的路相接。戴維猶猶豫豫，站了片刻，隨後，坐了下來在路邊休息。

這些路通往哪裏，他不知道。兩條路似乎都通向充滿機遇和危險的廣闊世界。後來，他坐在那裏，目光落在一顆明亮的星星上，他和約妮把它命名為他倆的星星。這讓他想起了約妮，心裏有些疑惑，覺得自己是不是太草率了。為甚麼兩人之間幾句過頭的話，就要離開她和自己的家呢？難道愛情就那麼脆弱，嫉妒，這愛的證據，就能把它摧毀？夜間的心病，早晨總能捎來治療的良藥。現在回家還來得及，維諾伊村子的人，都在甜蜜的睡夢中，誰也不知道。他的心是屬於約妮的。在老家，他可以寫詩，可以得到幸福。

戴維站起來，擺脱了不安情緒，以及誘人的胡思亂想。他堅定地順着過來的路走回去。走完這段回頭路後，遊蕩的念頭已經打消。經過羊欄時，晚來的腳步聲引起了羊群的騷動，發出嗒嗒嗒的聲音，樸實無華，很像鼓點，溫暖着他的心。他悄悄地鑽進小房間，躺在那裏，慶幸自己那晚免除了走生路的痛苦。

他多麼了解女人的心！第二天晚上，約妮站在路上的一口井旁邊，那裏匯集了很多年輕人，等候牧師來講道。約妮的眼角搜索着戴維，儘管緊閉的嘴巴顯得不依不饒。他看到了這個表情，勇敢地面對那張嘴，終於讓對方拋棄前嫌，還在兩人回家的路上討得了一個親吻。

三個月後，他倆結婚了。戴維的父親很精明，也很有錢。他為他們舉辦的婚禮驚動了三里格以外的人。村子裏，大家都喜歡這兩個年輕人。街上安排了遊行，草地上舉辦了舞會。還從德勒請來了牽線木偶和雜技，招待賓客。

過了一年，戴維的父親去世了。羊群和房子傳給了戴維。在村子裏，他的妻子是最漂亮的。約妮的牛奶桶和銅茶壺鋥亮——哎呀，你在太陽下走過，簡直連眼睛都會發花。不過，你得瞧瞧她的院子，裏面的花圃那麼整齊，那麼鮮艷，你的視力會因此得到恢復。你還會聽到她唱歌，是呀，聲音一直傳到佩爾·格呂諾鐵匠鋪上面一棵特大的栗子樹。

可是有一天，戴維從一直關着的抽屜裏取出一張紙，開始咬起鉛筆頭來。春天又來了，打動了他的心。他一定是個詩人，因為約妮已被忘得一乾二淨。大地重新變得那麼可愛，那麼迷人，那麼優雅，他着實為之傾倒。林木中和草地上散發出的清香，奇怪地撩撥着他。本來，他天天帶着羊群出去，晚上安全地把牠們趕回來。而現在，他在樹籬下伸開四肢，在紙條上拼湊詩句。羊們走散了。狼們發現，詩歌一難寫，羊肉就容易到手，於是便冒險鑽出森林，來偷羊羔。

戴維的詩稿增多了，羊群減少了。約妮的鼻子尖了，脾氣躁了，說話生硬了。她的平底鍋和茶壺，逐漸變得灰暗，但她的眼睛看到了光亮。她向詩人指出，他的疏忽使羊群縮小了，也給家裏帶來了災難。戴維僱了一個男孩看管羊群，自己關進樓上的小房子，繼續寫詩。這男孩也有詩人氣質，只是沒有寫作的機會，所以一有時間就睡覺。狼們立刻發現，詩歌和睡覺實際上是一回事。於是羊群持續縮小，約妮的脾氣也同步見長。有時候，她會站在院子裏，透過高高的窗子怒斥戴維。甚至佩爾·格呂諾鐵匠舖上面的一棵特大栗子樹那兒，也聽得見她的罵聲。

默·帕皮諾是個善良、聰明、愛管閒事的老公證員。他知道了這件事。凡鼻子所到之處，他甚麼都知道。他吸了一大撮鼻煙，壯了壯膽，然後去看戴維。

「米格諾朋友，你父親的結婚證，是我蓋的圖章。如果我不得不公證一個文件，宣告他兒子破產，那會讓我很痛苦。但是，你快落到了這個地步。作為老朋友，我同你説説。好吧，你聽我講。我發覺，你一心要寫詩。我在德勒有個朋友，一個叫布里爾先生的人——喬治·布里爾。他生活在滿房子書當中一個小小的空間裏。他很有學問，每年上巴黎，自己也寫過書。他會告訴你，地下墓地始於何時；星星的名字是如何發現的；鷳鳥為甚麼有一個長長的喙子。他熟悉詩歌的意義和形式，就像你熟悉羊的咩聲。我會讓你帶封信給他，而你得把詩歌帶去讓他看看。然後你會知道，該繼續寫下去呢，還是把精力集中在妻子和活計上。」

「寫信吧，」戴維説。「很遺憾你沒有早説。」

第二天太陽升起的時候，他已經在去德勒的路上，胳膊下夾着一卷寶貴的詩稿。中午時分，他在布里爾家門口，抹去了腳上的灰塵。那位學問家撕開了默·帕皮諾的信封，透過閃亮的眼鏡，像太陽吸水那樣吸完了信的內容。他把戴維帶進書房，讓他坐在一個被書的海洋沖擊着的小島上。

布里爾先生很正直。儘管詩稿有一指厚，捲成了無法變更的曲線，他還是沒有退縮。他在膝蓋上打開詩卷的背部，開始看起詩來。他甚麼都沒有放過，鑽進那一大堆東西，就像蟲子鑽進堅果，尋找內核。

與此同時，戴維孤零零坐着，在文學浪花的飛濺中瑟瑟發抖。浪濤在他耳邊咆哮。他在海洋中航行，沒有圖表，沒有指南針。他想，半個世界的人一定都在寫書。

布里爾先生鑽進了最後一頁詩稿。隨後，他取下眼鏡，用手絹擦起來。

「我的老朋友，帕皮諾好嗎？」他問。

「好極了，」戴維說。

「你有多少隻羊，米格諾先生？」

「我昨天數過是三百零九隻。羊群倒了霉，從八百五十隻減少到了那個數字。」

「你有妻有家，生活過得挺舒服。羊群給你帶來了很多東西。你趕着牠們上了田野，生活在新鮮的空氣中，滿意地吃着甜麵包。不過你得保持警覺，斜躺在大自然的懷抱裏，聆聽樹叢中烏鴉的鳴囀。到目前為止，我講得對嗎？」

「對的，」戴維說。

「你所有的詩，我都看了，」布里爾先生繼續說，目光在書的海洋中游弋，彷彿要熟悉彼岸，把這些書賣掉。「瞧那邊，從窗子裏看出去，米格諾先生。告訴我你在那棵樹上看到了甚麼。」

「我看到了一隻烏鴉，」戴維說，朝那邊瞧着。

「有一隻鳥，」布里爾先生說，「可以幫我處理好想推卸的責任。你知道那隻鳥，米格諾先生。牠是位空中哲學家。牠安於命運，非常愉快。牠的眼睛多變，牠的步履歡快，誰都沒有像牠那樣快活，或者有那麼充實的嗉囊。田野給了牠想要的東西。牠從來不因為羽毛不像黃鸝那麼鮮艷而發愁。米格諾先生，你聽到過大自然給予牠的鳴叫聲，是嗎？你認為夜鶯要比牠愉快嗎？」

戴維站了起來。烏鴉在那棵樹上沙啞地叫着。

「謝謝你，布里爾先生，」他慢吞吞地說。「難道在那些呱呱的叫聲中，就沒有夜鶯的調門？」

「我不可能疏忽，」布里爾先生嘆了口氣說。「每個字我都看了。體驗你的詩歌吧，老兄。別再寫了。」

「謝謝你，」戴維又說。「現在，我要回到我的羊群中去了。」

「如果你和我一起吃飯，」這位書蟲說，「而且忘掉痛苦，我會同你詳細說明理由。」

「不啦，」詩人說，「我得趕回田野，像烏鴉一樣吆喝羊群了。」

他胳膊下夾着詩稿，吃力地走着，一路返回維諾伊。到了村裏，他折進一個名叫齊格勒的人開的店裏。齊格勒是個猶太人，來自亞美尼亞城。凡是到手的東西，他甚麼都賣。

「朋友，」戴維說，「森林裏出了狼，騷擾我山上的羊群。我得買把槍保護牠們。你能供應甚麼？」

「今天，我的生意不好，米格諾朋友，」齊格勒雙手一攤，說，「因為看來我得賣給你一件武器，卻連原價的十分之一都要不回來。就在上個星期，我從一個販子手裏買來了一車貨，貨色是皇宮的一個看門人出手的。那些東西來自一個莊園，是一位爵爺的隨身物品。這位爵爺的稱號我不知道，只曉得他因為謀反皇上而被驅逐。那一堆東西裏，有些上好的武器。這把手槍——啊，只有王子才配得上佩戴——四十法郎就賣給你，米格諾朋友——如果因為這樁買賣，我要損失十法郎。也許一把火繩槍——」

「這把槍行了，」戴維說，把錢扔在櫃枱上。「上子彈了嗎？」

「我會給你上的，」齊格勒說。「火藥與彈丸，再加十法郎。」

戴維把手槍放進上衣底下，走回自己房子。約妮不在家。近來，她愛上鄰居家串門。不過廚房的爐子生着火，戴維打開爐門，把詩稿塞了進去放到了煤上。詩稿燒了起來，在煙道中發出嗤嗤的歌唱似的聲音。

「烏鴉的歌聲！」詩人說。

他上樓到了自己的頂樓房間，關上門。村子裏非常安靜，好多人聽見了那把大手槍的爆裂聲。他們一下子擁到那裏，上了樓。樓梯上冒出的煙引起了大家的注意。一個男人把詩人的屍體安放在床上，尷尬地擺弄着它，以遮掩這隻可憐的黑烏鴉被撕掉的羽毛。女人們嘰嘰喳喳，慷慨施與同情。有些人已跑去告訴約妮。

默·帕皮諾的鼻子讓他成為首先趕到那兒的人之一。他撿起武器，打量着槍上銀色的底座，同時帶着鑑賞和憂傷的表情。

「這紋章和飾章，」他向旁邊的牧師解釋道，「是德博佩爾蒂侯爵大人的。」

第三種成份

瓦勒姆博羅薩公寓房說是說公寓房，實際上並不是。它是由兩幢正面為棕色石頭的老式房子構成的。一邊的客廳地板，像女帽商的披肩和頭飾那麼艷麗；另一邊呢，卻顯得有些悲哀，猶如一個無痛牙醫巧舌如簧的允諾，以及到頭來可怕的演示。在那裏，你可以租一個兩塊錢一週的房間，也可以租一個二十塊錢一週的。瓦勒姆博羅薩的房客中，有速記員、音樂家、經紀人、女店員、按篇幅計酬的作家、藝校學生、電話竊聽者，以及那些門鈴一響就把身子探出欄杆的人。

我這裏所記敘的，與瓦勒姆博羅薩公寓裏的兩個人有關——儘管我無意怠慢其他人。

一天下午六點，赫蒂·佩帕回到了瓦勒姆博羅薩三樓後部三塊半一週的房間，鼻子和下頦比往常拉得更長了。你工作了四年的百貨公司解僱了你，而錢包裏只剩一角五分了，在這種情況下，你的五官會顯得更加輪廓分明。

現在，趁赫蒂正爬上兩級樓梯的時候，我們來簡略介紹一下她的身世。

四年前的一個早晨，她和另外七十五個姑娘一起，走進了最大的百貨商場，應聘內衣部櫃枱的一個工作。這個工薪階層的方陣，構成了一幅迷人的美景，那麼一大片棕色頭髮，足以證實一百個戈黛夫人[1]策馬奔馳是合乎情理的。

那是個謝頂的年輕人，目光冷靜，非常能幹，沒有人情味。他的任務是在競爭者中選定六個人。他周圍飄浮着手製的白色雲彩，令他感到一陣窒息，彷彿正被香水的海洋所淹沒。隨後，一片船帆飄到了眼前。赫蒂·佩帕相貌平平，鄙視的綠色小眼睛，巧克力色的頭髮，普通的細麻布套裝，實實在在的帽子。她站在那人面前，盡顯二十九年的生活經歷。

「你被選中了！」禿頂年輕人大叫道，終於得救。赫蒂就這樣被最大的百貨公司僱用了。她的工資升到八塊錢一週，其過程是赫拉克勒斯[2]、聖女貞德[3]、烏娜[4]、約伯[5]和小紅帽等多個故事的綜合，你可別從我嘴裏知道她的起步工資。關於這類事，有種情緒漸長。我不想讓百貨公司的百萬富翁業主爬上我公寓房的安全出口，從天窗把炸藥包扔進我的臥室。

赫蒂從最大的百貨公司被解僱的經過，幾乎是被僱傭的經過的翻版，單調得很。

在每家百貨公司，都有一個無所不知、無所不在、無所不讀的人，揣着一疊火車聯票，戴着一條紅領帶，人稱其為「買家」。百貨公司女店員的命運都掌握在他手裏，由他來決定她們每週的生活費（參見食品統計局）。

赫蒂的買家是個謝頂的年輕人，目光冷靜、非常能幹，沒有人情味。他走在百貨公司的走廊上，彷彿在香水的海洋中行船，周圍飄浮着機繡的白雲。甜食過多會讓人倒胃口。那麼多美人着實令人膩煩，所以他把赫蒂樸實的容貌、翡翠綠色的眼睛和巧克力色的頭髮，看作美貌的沙漠中一片值得歡迎的綠洲。在櫃枱的一個僻靜角落，他親切地擰了一下赫蒂的胳膊，也就是肘子以上三英寸的地方。赫蒂用肌肉發達卻並不像百合花那麼白的右手，狠狠地給了他一巴掌，把他搧到了三英尺之外。現在你就知道了，為甚麼赫蒂接到通知，三十分鐘內得離開最大的百貨公司，口袋裏只剩下了一角銀幣和五分鎳幣。

今天早晨的牛肋排報價為每磅（按肉店計量）六分。但是，最大的百貨公司「裁」掉赫蒂的那天，價格卻是七分半。這便成全了我們這個故事。要不然，那額外的四分就得——

不過，世界上的一切好故事都與缺錢而又無力支付有關。因此，這個故事也就無懈可擊了。

赫蒂提着牛肋排，上了三樓後部三塊五角一週的房間。有美味可口，熱騰騰的燉牛肉作晚餐，再好好睡上一覺，早上就能精神十足地再去求職，完成赫拉克勒斯、聖女貞德、烏娜、約伯和小紅帽的業績。

在房間裏，她從二乘四英尺的瓷器——我的意思是陶器壁櫥裏，取出陶器燉罐，開始在老鼠做窩的紙袋中間搜尋土豆和洋葱。她探出頭來，鼻子和下巴翹得更厲害了。

既沒有土豆，也沒有洋葱。光是牛肉，能燉出甚麼牛肉湯？沒有牡蠣可以燉出牡蠣湯；沒有甲魚可以燉出甲魚湯；沒有咖啡可以做出咖啡糕。但是沒有土豆和洋葱，卻燉不了牛肉湯。

不過，光是牛肉也能應急。就像一扇普通的松樹門，可以充當賭場通向貪婪的鑄鐵門。放上一點鹽和胡椒，再加一調羹麵粉（先用些許冷水攪勻），那牛肉湯就可以派上用場了——不像用紐堡醬做調料的龍蝦顏色那麼深，也不像節日裏教堂炸麵圈那麼氣派，但還是能將就了。

赫蒂把燉鍋拿到三樓過道的後部。根據瓦勒姆博羅薩的廣告，那裏能找到自來水。水慢慢地流出你、我和水錶之間的龍頭，好在這兒並不講究技術。此外，還有一個水槽，操持家務的房客常在這裏碰頭，把咖啡渣倒掉，或是相互瞧瞧對方的和服式晨衣。

在這個水槽旁邊，赫蒂看到一個姑娘在洗兩個很大的白土豆。她一頭濃密的金黃色秀髮頗富藝術性，一雙眼睛有些哀傷。赫蒂對瓦勒姆博羅薩瞭若指掌，跟所有的人一樣，雖然不具備「雙倍放大的眼睛」，卻洞悉內中的奧秘。和服式晨衣是她的百科全書，告訴她誰是幹甚麼的；是她的情報交流中心，給她傳遞新聞和來往人等的情況。那姑娘穿着和服式晨衣，玫瑰粉紅，鑲着尼羅綠飾邊，由此可以看出她是個微型人像畫家，住在閣樓一類的房間裏——或是「畫室」裏，他們喜歡這麼稱呼——在頂層。赫蒂鬧不明白微型人像是甚麼，但肯定不是房子，因為房子油漆工雖然穿着斑駁的工作服，在大街上將扶梯直往你臉上撞來，但誰都知道，在家裏他們盡情享受着豐富多彩的食品。

土豆姑娘很瘦小，收拾起土豆來，就像一個老單身叔叔對付一個剛出牙的小孩。她右手拿着一把鞋匠的鈍刀，開始削皮。

赫蒂同她搭訕，語氣審慎而嚴肅，是想在第二個回合跟人熱絡的那一種。

「對不起，」她說，「我實在是多管閒事，不過要是這樣削皮的話，你會浪費很多。那是百慕大群島新土豆。你可以把皮刮掉。我來刮給你看。」

她拿起土豆和刀，開始示範。

「啊，謝謝你了，」藝術家喘了口氣說。「我不知道。我真不想讓厚厚的皮去掉。那多浪費呀。不過我以為土豆總是要削皮的。只有土豆可以下肚的時候，皮也是要緊的，你知道。」

「喂，孩子，」赫蒂停下刀，說，「你的日子可沒有不好過吧？」

微型人像畫家微微一笑，露出挨餓的表情。

「我覺得日子不好過。藝術——或者至少按我的理解——似乎不大吃香。晚餐就只有這些土豆了。不過，煮一煮，熱熱的，放點兒黃油和鹽，也不算太壞。」

「孩子，」赫蒂說，笑了笑，讓生硬的五官放鬆了一下，「命運把我們倆拴在了一起。我也弄得焦頭爛額了，好在我房間裏還有一塊肉，足有小狗那麼大。我還想搞些土豆，除了祈禱，甚麼法子都想了。讓我們把給養湊在一起，燉個湯吧，就在我的房間裏燒。要是有一頭洋葱放進去該多好！聽着，孩子，你還有沒有兩分錢，是去年滑進海豹皮衣服裏子的？我可以下樓到街角，在老吉舍普的貨攤上買一頭洋葱。燉湯沒有洋葱，比看午場戲沒有糖果還糟糕。」

「你可以叫我塞西麗婭，」藝術家説。「我沒有錢啦，三天前就花掉了最後一分。」

「沒有洋葱可以切絲放進湯裏，那就只好捨棄了，」赫蒂説。「我可以向門房要一個，但我不想弄得沸沸揚揚，以為我在柏油路上跺腳，找活幹呢。不過，但願我們能有一頭洋葱。」

在女店員的房間裏，兩人開始準備晚飯。塞西麗婭的角色是無奈地坐在長榻上，懇求能做點甚麼，語氣像求偶的斑鳩。赫蒂拾掇好牛肋排，放進燉鍋中加了鹽的冷水裏，把燉鍋擺到單孔煤氣灶上。

「但願我們有一頭洋葱，」赫蒂一面刮着土豆皮，一面説。

長榻對面的牆上，張貼着一幅火辣辣艷麗無比的廣告畫，畫的是P·U·F·F鐵路的新渡船。那條鐵路把洛杉磯和紐約之間的時間，縮短了八分之一秒。

赫蒂一面不停地自言自語，一面轉過頭來，只見客人流着眼淚，呆呆地看着那張廣告畫，畫面上浪花纏繞的快速交通工具，完全被理想化了。

「嗨，聽着，塞西麗婭，孩子，」赫蒂説，停下手中的刀，「難道這畫藝術上那麼糟糕？我不是批評家，不過我想，房間卻因此亮麗多了。當然，一個修指甲[6]畫家一眼就看出來，這是劣等貨。你要是這麼說，我就把它拿掉。我真希望這頓神聖的家常便飯有一頭洋葱。」

然而，這位微小的微型人像畫家已經倒下，哭泣着，鼻子陷進了長榻結實的布料裏。粗糙的印刷品之所以造成傷害，是因為某種比藝術氣質更深層的東西。

赫蒂明白。很久以前，她就接受了這個角色。我們要描繪一個人的某種品質時，詞彙多麼貧乏！一旦需要抽象，就不知所措了。我們嘮嘮叨叨時，表達越接近本色，心裏就越明白。打個比方（讓我們就這麼説吧），有的人是胸部；有的人是手；有的人是頭腦；有的人是肌肉；有的人是腳；有的人是負重的背部。

赫蒂是肩膀。她的肩膀輪廓分明，肌肉發達。在她的一生中，無論是比喻還是事實，人家都把腦袋擱在她肩上，在那兒留下一半或是全部的煩惱。從解剖學角度（這個角度跟別的角度一樣好）看生活，她注定要做肩膀。她腰板比誰都硬。

赫蒂只有三十三歲。她的小苦頭還沒有吃夠，因為年輕的和美麗的腦袋總要倚在她肩上，尋求安慰。朝她的鏡子瞧上一眼便能立即止痛。她朝穿衣鏡投去蒼白的一瞥，那面鏡子掛在煤氣灶上端的牆上，佈滿了裂紋，已經有些年頭了。牛肉和土豆正在沸騰。她把燉鍋下的火調小了些，走向長榻，扶起塞西麗婭的頭，聽她訴說真情。

「說吧，告訴我，親愛的，」她說。「現在我明白，你擔心的不是藝術。你在渡船上碰到了他，是不是？往下說，塞西麗婭，孩子，把經過告訴你的——你的赫蒂姑姑。」

但是，青春和憂鬱得先耗盡剩餘的嘆息和眼淚，是它們將浪漫的小舟漂浮到快樂島嶼的港灣。眼下，在由發達的肌肉構成的懺悔台上，這個懺悔者——或者是不是聖火中光榮的信息傳遞者？——訴說了自己的故事，沒有藝術加工，也不含啟示。

「這不過是三天之前的事情。我乘渡船從澤西城回來。藝術經銷商老施拉姆先生告訴我，紐瓦克有個富翁，找人為她女兒畫微型人像。我去見他，給他看了我的一些作品。我告訴他價格是五十塊，他像鬣狗一樣大笑。他說，比這大二十倍的炭筆畫只花了他八塊錢。

「我口袋裏的錢，只夠買渡船票返回紐約。我彷彿覺得一天也不想再活了。我的表情一定同我的感覺一樣，因為我看到他坐在我對面的一排座位上，打量着我，彷彿看透了我的心思。他長得很漂亮，不過，最要緊的是看上去很友好。一個人感到疲倦，或者不幸，或者無望的時候，友好比甚麼都要緊。

「我那麼悲傷，簡直無法繼續掙扎下去了，便站起來，慢慢地走出渡船室的後門。那兒沒有人。我很快滑出欄杆，落到水裏。呵，赫蒂好友，水真冷，真冷！

「一時間，我卻希望回到古舊的瓦勒姆博羅薩了，不管是挨餓，還是有生機。隨後，我麻木了，甚麼都不在乎了。接着，我感覺到有人也在水裏，靠近我，把我舉起來。他一直尾隨着我，跳進水裏來救我。

「有人朝我們扔了一個東西，像是白色的大圈。他讓我把手伸進那圓圈。接着渡船又返回，把我們拉到船上。呵，赫蒂，我覺得很丟臉，自己那麼壞，竟要投水自盡。另外，我披頭散髮，渾身濕透，樣子真難看。

「然後，來了幾個穿藍衣服的人。他把名片遞給他們，我聽見他告訴他們，他看見我的錢包掉到了欄杆外的船邊上，我俯身去拿的時候落水了。當時我記得在報上看到過，想自殺的人同企圖殺害他人的人關在同一個牢房裏。我很害怕。

「不過，船上的幾位女士帶我到下面的鍋爐房，把我的衣服差不多烘乾了，頭髮也梳理好。船靠岸後，他來了，把我送進一輛出租車。他渾身都在滴水，可是哈哈大笑，彷彿這不過是場玩笑。他懇求我把名字和住址告訴他，但我沒有告訴，我太慚愧了。」

「你是個傻瓜，孩子，」赫蒂和氣地說。「等一下，讓我把火調大一些，老天在上，但願我們能有一頭洋葱。」

「隨後，他抬了抬帽子對我說，」塞西麗婭往下講，「『好吧。不過，我總會找到你的。我要去申明拯救的權利。』然後，他把錢給了出租車司機，告訴他把我帶到我想去的地方，說完就走了。甚麼叫『拯救』，赫蒂？」

「那就是一件東西，沒有鑲邊，」女店員說，「在這位英雄小孩看來，你一定顯得精疲力竭了。」

「已經三天過去了，」微型人像畫家呻吟道，「而他還沒有找到我。」

「再延些時間，」赫蒂說。「這個城市很大。想一想，他要認出你來，得先見過多少姑娘浸在水裏，披着頭髮呀。湯燉得挺不錯——不過，就缺洋葱！我甚至會用一頭大蒜，如果有的話。」

牛肉和土豆歡快地沸騰着，散發出令人垂涎欲滴的香味，不過香味中缺少了某種東西，味覺上留下了一種飢餓感，一種拂之不去的朦朧慾望，企盼某種已經喪失卻又很必要的成份。

「我差一點淹死在那條可怕的河裏，」塞西麗婭顫抖着說。

「那裏面該有更多的水，」赫蒂說，「我是指燉湯。我到水槽那兒去取些來。」

「好香呀，」藝術家說。

「那條討厭的老北河嗎？」赫蒂表示異議。「對我來說，聞起來像肥皂工廠，像濕透的長毛狗——哎呀，你說的是燉湯。是呀，我真希望有一頭洋葱可以燉湯。他看上去有錢嗎？」

「首先，他看上去很善良，」塞西麗婭說。「他肯定很有錢。可是那無關緊要。他取出皮夾子付錢給出租車司機的時候，你一眼看到裏面有幾百塊，幾千塊錢。透過出租車車門，我看到他坐車離開渡口，司機給他披上一塊熊皮，因為他濕透了。而這不過是三天前的事。」

「多傻呀！」赫蒂斷然說。

「呵，那司機身上並不濕，」塞西麗婭透了口氣說。「他利索地把車開走了。」

「我指的是你，」赫蒂說。「因為你沒有給他地址。」

「我從來不把地址給司機，」塞西麗婭高傲地說。

「但願我們有一個，」赫蒂不快地說。

「派甚麼用處？」

「燉湯用，當然——呵，我指的是洋葱。」

赫蒂拿了一個罐子，朝走廊盡頭的水槽走去。

這時，一個年輕人從上面走下樓梯，赫蒂正好在底下一級樓梯的對面。那人穿着大方，但臉色蒼白枯槁，由於某種肉體或是精神的傷痛，雙眼無神。他手裏提着一個洋葱——粉紅色，光滑，閃亮，結實，足足有九角八分錢一個的鬧鐘那麼大。

赫蒂停了下來。年輕人也止步了。女店員露出一種聖女貞德、赫拉克勒斯、烏娜式的表情和神態——她已經放棄了約伯和小紅帽的角色。年輕人站在樓梯腳下，心煩意亂地咳嗽起來。他有一種孤立無援，受到阻止，遭遇襲擊，被人扣押，遭到洗劫，受到處罰，在街上行乞，遭人白眼的感覺，儘管他不知道為甚麼。那是赫蒂的眼神造成的。在她的眼神裏，年輕人看到了一面海盜旗在桅頂飄揚，一個強悍的水手齒間咬着一把匕首，飛快地爬上繩梯，把匕首插在那兒。不過他還不知道，正是他手裏提着的貨色，差一點不由分說把他炸得飛離水面。

「對不起，」赫蒂說，她那種婉轉的酸溜溜語調，有意顯得盡可能甜蜜，「你是在樓梯上發現這洋葱的嗎？我的紙袋裏有一個洞，我剛出來找洋葱。」

年輕人咳了半秒鐘。這間隙也許給了他保護自己財產的勇氣。而且，他貪婪地緊緊抓住這辛辣的獎品，打起精神，直面可怖的攔路搶劫者。

「不是的，」他沙啞地說，「我不是在樓梯上撿到的，是住在頂樓的吉克·貝文斯給我的。你要是不信，可以去問問他。我在這兒等着你。」

「我知道貝文斯，」赫蒂酸溜溜地說。「他在樓上給收廢紙垃圾的人寫書。郵差把厚厚的信封送回來時嘲笑他，滿屋子都聽得見。聽着——你住在瓦勒姆博羅薩嗎？」

「我不住在這兒，」年輕人說。「我有時來看看貝文斯。他是我朋友。我住在西面，相隔兩條街。」

「你打算怎麼用這洋葱？——對不起，」赫蒂說。

「我打算吃掉。」

「生吃？」

「是的，一到家就吃。」

「有甚麼別的東西和洋葱一起吃嗎？」

年輕人想了一下。

「沒有，」他坦率地說，「在我的住處，已經找不到一丁點可吃的東西了。我想，吉克老兄的房間裏，食品也奇缺。他很不情願放棄這頭洋葱，但我的狀況使他擔憂，他終於割愛了。」

「小夥子，」赫蒂說，遞給他一個世事洞明的眼色，把一個瘦嶙嶙卻很動人的手指，戳到了他袖口，「你也吃過苦，是不是？」

「很多，」洋葱擁有者立即說。「不過這頭洋葱是我自己的財產，來路很正。請你原諒，我得走了。」

「聽着，」赫蒂說，因為着急，臉色有點發白。「生吃洋葱是一種很糟糕的吃法。燉牛肉湯沒有洋葱也一樣糟糕。好吧，如果你是吉克．貝文斯的朋友，我猜想，也是八九不離十。有一位小姑娘——我的一個朋友——在走廊盡頭我的房間裏。我們兩人很不巧，只有土豆和牛肉，已經在燉湯了。可是這湯沒有靈魂，還缺甚麼東西。生活中有些東西本意就是自然相配，不能拆開的。一種是粉紅色的乾酪包布和綠色的玫瑰；一種是火腿和雞蛋；一種是愛爾蘭人和麻煩。而另一種呢，就是牛肉、土豆和洋葱。此外還有一種，那就是有人面臨困難，而有人身處同樣困境。」

年輕人長時間一陣狂咳，一隻手把洋葱摟在懷裏。

「毫無疑問，毫無疑問，」他終於說。「不過，我剛才說過，我得走了，因為——」

赫蒂緊緊地拽住他的袖子。

「別像意大利佬，兄弟。不要生吃洋葱。共同來湊這頓晚飯吧，用你嚐到過的最好的燉湯填飽肚皮。難道非得要兩位女士把一位年輕的先生打倒，把他拖進去，享受與他共餐的榮幸？不會傷你一根毫毛的，小兄弟。放手，站到隊伍裏來吧。」

年輕人蒼白的臉鬆弛下來，轉成了微笑。

「請相信，我會順你的意思，」他說，顯得很高興。「要是我的洋葱可以充當證件，那我很高興接受你的邀請。」

「同證件一樣派用場，不過當調味品更好，」赫蒂說。「你過來站在門外，讓我問問我的女朋友，是不是反對。我出來之前，別帶着你的那封推薦信逃跑。」

赫蒂進了房間，關上門。年輕人等在外面。

「塞西麗婭，孩子，」女店員說，把她鋒利鋸子一般的嗓子，抹上盡可能多的油，「外面有一頭洋葱。附帶還有一個年輕人。我已經邀請他進來吃晚飯了，你不會把他踢出去吧，是嗎？」

「啊呀！」塞西麗婭說，坐直了，拍了拍她富有藝術性的頭髮。她憂傷地朝牆上的渡船招貼畫看了一眼。

「傻瓜，」赫蒂說。「不是他。現在，你把這當真了。我記得你說，你的英雄朋友很有錢，自己有車子。這個人是個窮光蛋，是個飯桶，除了一頭洋葱，甚麼吃的也沒有。不過，他好說話，蠻規矩的。我猜想他過去很闊，如今落難了。而我們也需要洋葱。我帶他進來好不好？我保證他規規矩矩。」

「赫蒂，親愛的，」塞西麗婭嘆了口氣說，「我餓極了。王子也罷，夜盜也罷，有甚麼區別呢？我不在乎。要是他有甚麼東西可吃，就帶他進來吧。」

赫蒂返回走廊。那個帶洋葱的人走掉了。她心裏一咯噔，陰沉的表情漫上了整張臉，除了鼻子和顴骨。但隨後，生命的潮水再次湧動，因為她看到他在走廊另一頭，探出正面的窗子。她急急地走上去。他在朝下面的人喊着。街上的喧鬧蓋過了她的腳步聲。她隔着他肩膀往底下張望，看看他在同誰說話，也聽到了他的話。他抽身離開窗台，看到她站在旁邊。

赫蒂的一雙眼睛，像兩個鋼鑽那樣直往他身上鑽進去。

「別對我說謊，」她鎮靜地說。「你打算怎麼處理你的洋葱？」

年輕人強忍住咳嗽，堅定地面對她，露出了像是受到強烈挑戰的姿態。

「我要把洋葱吃掉，」他說，明顯講得很慢，「就像我剛才同你說的一樣。」

「你家裏沒有別的東西可吃了？」

「一點也沒有。」

「你是幹甚麼的？」

「眼下我甚麼也不幹。」

「那為甚麼，」赫蒂說，把嗓子提得尖尖的，「探出窗子，吩咐下面街上綠色車子裏的司機？」

年輕人的臉漲得通紅，呆呆的眼睛一下子亮了起來。

「因為，夫人，」他說，語速漸漸加快，「我付司機工資，我擁有這輛汽車——也擁有這頭洋葱——這頭洋葱，夫人。」

他揮舞着洋葱，離赫蒂的鼻子才一英寸。女店員毫不退縮。

「那你為甚麼吃洋葱呢？」她說，顯得很不屑，「沒有別的了？」

「我從來沒有說過還有別的東西，」年輕人全力反駁。「我說過，我的住處沒有別的可吃了。我不是熟食店老闆。」

「那麼，」赫蒂緊追不捨，「為甚麼你要生吃洋葱？」

「我母親，」年輕人說，「總是讓我感冒的時候吃洋葱。請原諒，說起了自己的病痛，不過你恐怕注意到了，我的感冒很嚴重。我要吃掉洋葱，上床睡覺。我真弄不明白，為甚麼我得站在這兒為此向你道歉。」

「你是怎麼感冒的？」赫蒂疑惑地往下說。

年輕人的情緒似乎達到了高潮，要讓它平穩下來的方式有兩個——大發雷霆，或者向可笑的東西屈服。他做出了聰明的選擇。於是，空曠的走廊裏響起了他沙啞的笑聲。

「你真了不起，」他說。「我不責怪你那麼謹小慎微。我盡可以告訴你，我身上弄濕了。幾天前，我在北河渡口，那時一個女孩子跳水了。當然，我——」

赫蒂伸出手，打斷了他的故事。

「把洋葱給我，」她說。

年輕人把牙關咬得更緊了。

「把洋葱給我，」她重複道。

他笑了起來，把洋葱放在她手裏。

隨後，赫蒂露出了偶爾才有的陰冷憂鬱的笑容。她一手抓住年輕人的胳膊，一手指着她房間的門。

「小兄弟，」她說，「進去吧。你從河裏撈上來的那個小傻瓜在那裏等你。往前走，進去呀。我給你三分鐘，三分鐘後我再來。土豆已經放在裏面了，正等着。進去吧，洋蔥。」

他敲了敲門，進去了。赫蒂開始在水槽邊剝去蔥的皮，洗了起來。她面色陰沉地看着外面陰鬱的屋頂，她的臉一抽一抽地，笑容全然不見了。

「可是，是我們，」她冷冷地自言自語說，「是我們給牛肉找好了搭配。」

註釋：

[1] 戈黛夫人（Lady Godiva），十一世紀英國的一位貴婦，相傳為促使其丈夫減輕人民的賦稅，曾裸體騎馬經過考文垂的街道。

[2] 赫拉克勒斯（Hercules），羅馬神話中主神 Zeus 和 Alcmene 之子，力大無比，以完成十二項英雄業績聞名。

[3] 聖女貞德（Joan of Arc, 1412-1431），法國民族英雄，百年戰爭時率軍六千人，解除英軍對奧爾良城之圍，後被俘，火刑處死。

[4] 烏娜（Una），英國著名詩人斯賓塞（Edmund Spenser, 1552-1599）的長篇寓言詩《仙后》中一個代表真理的聖處女。

[5] 約伯（Job），《聖經》中人物，歷經危難，仍堅信上帝。

[6] 這裏，赫蒂想說「微型人像畫家」（miniature-painter），卻說成了「manicure-painter」（修指甲畫家）。

埋着的寶藏

世上有好多種傻瓜。現在，每個人都坐好了，等叫到你了再站起來好嗎？

除了一種傻瓜，我甚麼傻瓜都做過。我花光了遺產，也謊報過遺產；我玩過撲克，打過網球；還開過證券投機商號——用多種方式把錢快快花掉。唯有一種玩意兒，至今沒有嘗試過，那就是戴上繫鈴的小丑帽。那是一種尋寶遊戲。很少有人會感受到那種愉快的狂熱。不過，邁達斯國王[1]足跡的未來追隨者們，誰也沒有發現這種追尋會有那麼多愉悦。

但是，讓我離開正題片刻——凡是禿筆，都不得不如此——我是一個愛動感情的傻瓜。我一見梅·馬撒·曼格姆，便成了她的俘虜。她十八歲，皮膚雪白，猶如新鋼琴上白色的象牙鍵；她長得很漂亮，像質樸的天使那樣高雅端莊，有一種招人愛憐的魅力。這種人注定住在得克薩斯枯燥的草原小鎮裏。她有足夠的勇氣和吸引力，讓她可以從比利時或其他放蕩王國的王冠上摘取紅寶石，猶如摘樹莓那麼容易。不過她自己並不知道，我也沒有把這種前景告訴她。

你瞧，我想要梅．馬撒．曼格姆，為了擁有和保留。我要她同我住在一起，每天把我的拖鞋和煙桿放到晚上不被人發覺的地方。

梅．馬撒的父親是一個躲在絡腮鬍子和眼鏡後面的人。他為蟲子而生，蟑螂、蝴蝶，以及那些會飛，會爬，會嗡嗡叫，會從你的背上爬下來，或者跌進黃油裏的東西。他是個詞源學家[2]，或者類似那個意思的人。他花費畢生精力，為飛魚清潔空氣，那種魚屬綠花金龜目。他用大頭針穿過牠們的軀體，並給牠們命名。

他和梅．馬撒就是整個一家子。他像珍愛精緻的 racibus humanus 標本那樣寶貝她，因為她留意讓他不斷食品，衣服不穿錯，酒瓶裝滿酒。據說，科學家容易心不在焉。

除了我之外，還有一個人相中梅．馬撒．曼格姆。那就是古德洛．班克斯，一個剛從學校回家的年輕人。凡書本上能得到的學識，他都一一具備——拉丁文、希臘文、哲學，尤其是高等數學和邏輯。要不是他同誰說話都好抖露自己的知識和學問，我是會很喜歡他的。不過即便那樣，你會認為我們倆是好朋友。

我們一有機會就待在一起，兩人都想從對方掏出些話來，找到一根稻草，探測梅·馬撒·曼格姆的芳心所向——這個比喻有點不倫不類。古德洛·班克斯從來不為此感到內疚，情敵們向來如此。

你可以說，古德洛求助於書本、風度和文化，展示智慧和衣着。而我呢，會讓你想起棒球運動和星期五夜晚的辯論會——從文化的角度——也許還會想起一個優秀的騎手。

不過，無論是從我們兩人間的談話中，還是從造訪梅·馬撒以及和她的交談中，古德洛·班克斯和我都不知道她究竟喜歡誰。梅·馬撒生來態度不明朗，在搖籃裏就知道怎樣讓人猜測。

我說過，曼格姆老人總是心不在焉。過了很久，有一天他才發現——一定是一隻小蝴蝶告訴他的——兩個年輕人在張網圍捕這個年輕人，這個女兒，或者是某個這樣的技術助手，這人照顧着他的生活起居。

我從來不知道科學家也能從容應對這樣的局面。老曼格姆口頭上把古德洛和我本人輕易地列為脊椎動物中最低等的一種。而且用的是英文，而不是拉丁文，只不過提到了奧戈托里克斯，赫爾維蒂人的酋長[3]——以我而言，確實就是如此。他警告我們，要是再在房子周圍看到我們，他會把我們加到收集的標本中去。

古德洛·班克斯和我五天不敢上門，盼望風暴平息。我們大着膽子再次造訪的時候，梅·馬撒·曼格姆和她父親都已經走了。全走了！租來的房子大門緊閉。儲存的食品和一應雜物，也都搬走了。

梅·馬撒沒有對我們説過一句告別的話——沒有留下一張飄忽的便條釘在山楂灌木上；門柱上沒有任何粉筆記號；郵局裏也不見有明信片給我們一丁點線索。

兩個月裏，古德洛和我——分別行動——千方百計追蹤逃亡者。我們利用友情和影響，求助於票房代理人、代客養馬人、鐵路列車員，以及我們孤獨淒涼的治安員，但是毫無結果。

於是，我們成了更親密的朋友，越發針鋒相對的敵人。每天下午下班後，我們相聚在辛德爾酒館後室，玩多米諾骨牌遊戲，言談中各自施展花招，想從對方嘴裏知道甚麼新發現。情敵們向來如此。

如今，古德洛·班克斯用冷嘲熱諷的手法炫耀自己的學問，把我弄進小學生班，朗誦「可憐的簡·雷，她的鳥兒死了，她不能玩了」。不錯，我挺喜歡古德洛，卻瞧不起他的學究氣，而他總認為我性子好，所以我得耐着性子。我想方設法要知道他有沒有關於梅·馬撒的消息，因此我忍着和他在一起。

一天下午，一番詳談之後他說：

「設想你最後找到了她，愛德，你有甚麼好處呢？曼格姆小姐很有頭腦，也許只不過還沒有得到栽培，但她注定要過高尚的生活，而你卻提供不了。我交談過的人當中，誰都沒能像她那麼欣賞古代詩人和作家的魅力，欣賞這些人的現代崇拜者，他們吸收並實踐了古人的生活哲學。你不認為，找尋她是浪費時間嗎？」

「我認為，」我說，「一個幸福的家就是一幢八個房間的房子，安在得克薩斯草原一個泥塘邊上的櫟樹叢中。一架鋼琴，」我往下說，「客廳裏還有一個自覺彈奏者。籬笆下有三千頭牛，作為起步。還有一輛平板馬車和幾匹矮種馬，一直拴在馬樁子上，恭候着『夫人』——讓梅．馬撒．曼格姆隨意花費農場的收益，同時和我住在一起，把拖鞋和煙斗放到晚上不被人發覺的地方。事情，」我說，「就該這樣。你的那些課程呀，崇拜呀，哲學呀算得了甚麼，甚麼也不是！」

「她注定要過高尚的生活，」古德洛．班克斯又說了一遍。

「不管她注定會怎樣，」我回答，「眼下她可是缺錢的。我要盡快找到她，但不借助大學的學問。」

「遊戲玩不下去了，」古德洛說，放下一塊骨牌。於是我們喝了啤酒。

打那以後不久，一個我認識的青年農民來到鎮上，帶給我一個摺疊好的藍色文件。他說他祖父剛去世。我忍住了眼淚。他繼續說，老人將這個文件小心翼翼地守護了二十年，又把它作為家產的一部份，傳給了家人。其餘的財產是兩頭騾子和一長條無法耕種的土地。

那是一種陳舊的藍紙頭，是廢奴主義者反抗脱離聯邦主義者的時代使用的。上面的日期是一八六三年六月十四日。同時還描繪了藏寶地點。寶藏是夠十頭小驢馱的金元和銀元，價值三十萬元。老朗德爾——他孫子薩姆的祖父——從一個西班牙牧師那兒獲知這一情況，這個牧師參與了藏寶，並在幾年前去世——不，幾年後——死在老朗德爾的房子裏。老朗德爾記下了牧師的口述。

「你父親為甚麼不去尋寶呢？」我問小朗德爾。

「他還沒來得及尋眼睛就瞎了，」他回答。

「你自己為甚麼不去找呢？」我問。

「這個嘛，」他說，「我知道這件事才十年。開始忙於春耕，接着玉米地要除草，然後是搞飼料，很快冬天又來了。一年又一年，日子就這麼過去了。」

我覺得聽來似乎有理，便立即同小李·朗德爾着手這件事了。

文件上的提示很簡單。整個馱寶的驢隊從多勒斯縣一個古老的西班牙傳教團駐地出發，根據指南針朝正南方向前進，一直到阿蘭米托河。然後涉水過河，把寶埋在一座馱鞍形的小山頂上，那座小山位於並排兩座更高的山之間。藏寶地點用一堆石頭做了標記。幾天後，除了那位西班牙牧師，整群藏寶人都被印第安人所殺。秘密被獨家壟斷，在我看來這是好事。

李．朗德爾建議，我們要準備一套紮營設備，僱用一個勘測員，繪出一條起自西班牙傳教團駐地的路線，隨後花掉那三十萬元到沃斯堡去觀光。但是，儘管我受的教育不多，我卻知道一個省時省錢的辦法。

我們到了州土地管理局，找到了一張實用略圖，通常叫「工作圖」。從傳教團駐地到阿拉米托河的土地勘探情況，全都繪在上面了。在這張圖上，我畫了一條線，直指正南方向的河流。略圖上精確地標出了每條勘探線路，以及每塊土地的面積。根據這些，我們在河上找到了那個點，並把它給「連接」上，還連接了洛斯阿尼莫斯五里格勘測地上一個十分確定的重要角落，那五里格土地是西班牙菲利普國王饋贈的。

這麼一來，我們就不需要勘探員來劃線了，因而大大節省了費用和時間。

於是，李・朗德爾和我裝備了兩匹馬拉的貨車隊，以及一切輔助設備，行駛了一百四十九英里，到了奇科，離希望到達的點最近的一個小鎮。我們請了縣裏的一個副勘探員。他替我們找到了洛斯阿尼莫斯勘測地那個角落，根據略圖，往西跑了五千七百二十瓦拉，在那個點上放了塊石頭，喝了咖啡，吃了熏鹹肉，搭乘郵車返回了奇科。

我很有把握能拿到那三十萬元錢。李・朗德爾只能得三分之一，因為所有的費用都是我付的。我知道，有了二十萬元錢就能找到梅・馬撒・曼格姆，只要她還在地球上。有了這個錢，我可以讓曼格姆老頭的鴿棚飛起更多的蝴蝶。要是能找到寶藏該多好啊！

但是，李和我搭起了帳篷。河對面，有十幾座小山，長滿了茂密的雪松灌木，不過沒有一座像馱鞍。那倒並不礙事。表面的東西總帶有欺騙性。馱鞍跟美女一樣，只存在於看的人的眼中。

我和寶藏所有者的孫子查看着雪松覆蓋的小山，像一個女人找可惡的蝨子那麼仔細。河流上下兩英里內的每個山腰、山頂、表面，每個普通的山丘、山角、斜坡和山洞，我們統統都探測了一遍，花了四天時間。隨後，我們套好紅色的馬和褐色的馬，裝上剩下的咖啡和熏鹹肉，長驅一百四十九英里返回奇科城。

回程中，李·朗德爾使勁嚼煙。我忙於駕車，因為急着趕回來。我們空手而歸。一到家，古德洛·班克斯和我就相聚在辛德爾酒館後室，玩多米諾骨牌遊戲，探聽情況。我把尋寶之行告訴了他。

「要是我能找到那三十萬塊錢，」我對他說，「我準會把地球表面仔仔細細搜索一遍，找到梅·馬撒·曼格姆。」

「她注定要過高尚的生活，」古德洛說。「我自己會找到她。不過，告訴我，你是怎麼去找藏寶地點的？這個還沒有發掘卻已經增值的寶藏，埋得有些輕率。」

我一五一十告訴了他，還把製圖員繪製的略圖給他看，上面清楚地標出了距離。他擺出行家的架勢，把略圖瀏覽了一遍。隨後，往椅背上一靠，當着我的面爆發出高人一等，大學生派頭十足的嘲笑聲。

「哎呀，你是個傻瓜，吉姆，」回過神來能張口的時候他說。

「該你出牌了，」我說，耐心地摸着我的兩張「六」。

「二十，」古德洛說，用粉筆在桌上打了兩個叉。

「為甚麼是傻瓜？以前很多地方都找到過寶藏。」

「因為，」他說，「你在計算河上那個點，也就是你的線所指的地方，你忽略了允許的變量。那裏的變量是偏西九度。你把鉛筆給我。」

古德洛在一個信封背面很快計算起來。

「以西班牙傳教站為起點的線，確切地說南北直線距離是二十二英里。根據你的敍述，這是用一個袖珍羅盤推算出來的。如果我們把允許的變量計算在內，那麼阿拉米托河上尋寶的地點，確切地說應當在你確定的地點偏西六英里九百四十五瓦拉。呵，你多傻，吉姆！」

「你說的變量是甚麼？」我問。「我認為數字是從不說謊的。」

「磁羅盤的變量，」古德洛說，「來自地極子午線。」

他露出居高臨下的微笑。隨後，我看到他臉上浮起了尋寶人貪婪的表情，顯得那麼急切，那麼強烈，那麼罕見。

「有時候，」他說，擺出一副先哲的派頭，「這種藏寶的古老傳統不是沒有根據的。你不妨讓我看一下說明地點的文件。說不定我們可以——」

結果，古德洛和我，兩個情場上的對手，居然成了探險的夥伴。我們從鐵路可達的最近小鎮亨特斯堡乘驛車到了奇科。在奇科僱用了一組馬，拖着帶篷的輕便馬車和紮營的隨身物品。根據古德洛和他的「變量」的修正，讓早先那個勘測員計算出我們的距離，隨後打發他上路回家了。

我們到的時候是晚上。我餵了馬，在河邊生了火，做了晚飯。古德洛本可以幫忙，但他所受的教育使他不適宜於幹雜活。

但是，我忙着幹活的時候，他以千古流傳的偉大思想為我鼓勁，長篇累牘地引用譯自希臘文的片斷。

「阿那克里翁[4]，」他解釋道，「我朗誦的時候，曼格姆小姐最喜歡這一段。」

「她注定要過高尚的生活，」我把他的話重複了一遍。

「棲身於經典世界，生活在文化和學術的氛圍之中，」古德洛問，「還有甚麼比這更高尚呢？你總是詆毀教育。可是，由於你不懂簡單數學，你不是白費勞力了嗎？要不是我的知識指出了你的錯誤，你要多久才找得到寶藏呢？」

「我們先看一看河對面的那些小山，」我說，「看看能找到甚麼。我還是對變量表示懷疑。我這輩子就是相信指南針是對着地極的。」

第二天是個晴朗的六月早晨，我們很早起身吃了早飯。古德洛可高興了，在我烤着熏鹹肉時吟起詩來——我想吟的是濟慈，凱萊，或者是雪萊。我們準備穿過那條比淺溪大不了多少的小河，在對面長滿雪松、尖峰林立的小山上探尋。

「我的好尤利西斯[5]，」古德洛説，我在洗鐵皮早餐盤子的時候，他拍了拍我的肩膀説，「讓我再看一下那個令人陶醉的文件。我相信，上面會有怎麼爬上馱鞍形小山的指令。我從來沒有見過馱鞍。馱鞍是甚麼樣子，吉姆？」

「用你的文化弄到一個吧，」我説，「見了才知道。」

古德洛瞧着老朗德爾的文件，驀地吐出了一句最沒有學者風度的罵人話。

「過來，」他説，拿起文件對着太陽光。「瞧瞧那個，」他説，用手指着。

在這張藍色的紙上——我以前從來沒有注意到的地方——我看到了明顯的白色字母和數字：「Malvern, 1898」。

「這是怎麼回事？」我問。

「這是水印，」古德洛説。「這張紙是一八九八年製造的。紙上的文字寫於一八六三年。這是一個明顯的騙局。」

「呵，我可不知道，」我説。「朗德爾家族是些沒有受過教育的鄉下人，非常樸實可靠。也許造紙商企圖製造騙局。」

於是，古德洛·班克斯勃然大怒，他受的教育才使他沒有太放肆。他丟下鼻樑上的眼鏡，直瞪着我。

「我一直說你是個傻瓜，」他說。「你上了一個鄉巴佬的當。而且又逼我上當。」

「怎麼逼你上當？」我問。

「用你的無知，」他說。「我兩次發現了你計劃中的嚴重錯誤，這種錯誤，你只要受過中學教育就可以避免。而且，」他繼續說，「為了這次騙人的探寶，我花了付不起的冤枉錢。我可洗手不幹了。」

我站了起來，拿起一個剛從洗碗水裏撈上來的大錫鑞調羹，指着他。

「古德洛．班克斯，」我說。「你的教育，我一絲一毫都不在乎。在別人身上，我總是勉強忍受着，而在你身上，我很瞧不起。你的學問對你有甚麼用？無非是對你自己的詛咒，也被你朋友所厭惡。去你的，」我說，「去你的水印和變量。這些東西，我毫不在乎。他們無法改變我的追求。」

我用調羹指着河對面馱鞍似的小山。

「我要搜索那座山，」我繼續說，「為了尋寶。現在你決定吧，參加還是不參加。要是你想讓一個水印或者一個變量動搖你的靈魂，你就不是一個真正的探險家。決定吧。」

遠處河邊的路上，開始升騰起一團白色的塵霧。那是從赫斯帕拉斯到奇科的郵車，古德洛示意讓它停下。

「我跟騙局已經了結，」他不快地說。「現在，除了傻瓜，誰都不會注意那張紙頭了。是呀，你從來就是個傻瓜，吉姆。我只好讓你聽天由命了。」

他收拾好隨身行李，爬上郵車，慌張地整了整眼鏡，在一團塵霧中溜走了。

我洗了碟子，把馬拴到了另一片草地上，穿過淺淺的小河，慢悠悠地走過雪松灌木叢，到了馱鞍形小山的山頂。

這是一個天清氣爽的六月天。我有生以來從沒有看到過那麼多鳥，那麼多蝴蝶、蜻蜓、蚱蜢，那麼多帶翅膀和有螫刺的昆蟲，生活在空中和田野。

我把馱鞍形的小山從山腳到山頂搜索了一遍，發現根本沒有藏寶的記號，也沒有老朗德爾文件中說的那堆石頭，樹上沒有遠古的大火印記，沒有三十萬塊錢的絲毫證據。

我在午後的涼意中下了山。突然間，我出了雪松灌木叢，踏進了一個美麗的綠色山谷。在那裏，一條小小的支流匯入了阿拉米托河。

就在這個地方，我吃驚地以為看到了一個鬚髮蓬亂的野人，正在追逐一隻翅膀艷麗的大蝴蝶。

「興許他是一個出逃的瘋子，」我想，不明白他何以迷失，如此遠離教育和求學的場所。

接着，我又往前走了幾步，在一條小溪旁邊，看到了一間爬滿藤蔓的茅屋。在一小片芳草鬱鬱的林中空地，看見梅·馬撒·曼格姆在採摘野花。

她直起腰來看着我。自從認得她以來，我第一次看清了她的臉——那是一架新鋼琴白色琴鍵的顏色——轉成了粉紅色。我二話不說走近了她。她採集的花慢慢地從手中落到了草地上。

「我知道你會來，吉姆，」她毫不含糊地說。「爸爸不讓我寫信，可我知道你會來的。」

爾後發生的事，你可以猜想——我的車隊就在河對面。

我常常納悶，要是教育不為己用，受太多的教育又有甚麼用處。要是一切好處都給了別人，教育有何益？

梅·馬撒·曼格姆和我住在一起了。在櫟樹叢中有一幢八間房的房子，一架鋼琴和一個自覺演奏者，同時，籬笆下有三千頭牛，那是一個很好的開頭。

夜晚，我騎馬回家的時候，我的煙桿和拖鞋放到了人家找不到的地方。

可是那誰在乎呢？誰在乎——誰在乎？

註釋：

[1] 邁達斯國王（King Midas），希神，貪戀財富，能點石成金。

[2] 詞源學家（etymologist），此處應為「生態學家」（ecologist），作者故意讓敘述者弄錯，以顯示其缺乏文化。

[3] 赫爾維蒂人（Helvetii），原凱爾特民族，公元前二世紀受日耳曼人的壓迫，從日耳曼地區南部遷徙至現在的瑞士北部。公元前六十一年在酋長奧戈托里克斯領導下，遷往高盧西部。

[4] 阿那克里翁（Anacreon 570?-480?BC），古希臘宮廷詩人，詩作多以歌頌醇酒和愛情為主題。

[5] 尤利西斯（Ulysses），荷馬史詩《奧德賽》中的英雄。

天地外國經典文庫

①到燈塔去
[英] 弗吉尼亞·伍爾夫 著　瞿世鏡 譯

②鼠疫
[法] 阿爾貝·加繆 著　劉方 譯

③動物農場
[英] 喬治·奧威爾 著　榮如德 譯

④人間失格（附《女生徒》）
[日] 太宰治 著　竺家榮 譯

⑤美麗新世界
[英] 奧爾德斯·赫胥黎 著　陳超 譯

⑥都柏林人
[愛爾蘭] 詹姆斯·喬伊斯 著　王逢振 譯

⑦局外人
[法] 阿爾貝·加繆 著　柳鳴九 譯

⑧月亮和六便士
[英] 威廉·薩默塞特·毛姆 著　傅惟慈 譯

⑨柏拉圖對話集
[古希臘] 柏拉圖 著　戴子欽 譯

⑩愛的教育
[意] 埃德蒙多·德·亞米契斯 著　夏丏尊 譯

⑪ **一九八四**
［英］喬治·奧威爾 著　董樂山 譯

⑫ **老人與海**
［美］歐內斯特·海明威 著　李育超 譯

⑬ **泰戈爾散文詩選集**
［印度］羅賓德拉納特·泰戈爾 著　吳岩 譯

⑭ **荷風細語**
［日］永井荷風 著　陳德文 譯

⑮ **流動的盛宴**
［美］歐內斯特·海明威 著　湯永寬 譯

⑯ **最後一片葉子**
［美］歐·亨利 著　黃源深 譯

⑰ **面紗**
［英］威廉·薩默塞特·毛姆 著　張和龍 譯

⑱ **漂泊的異鄉人**
［英］D·H·勞倫斯 著　劉志剛 譯

⑲ **莎士比亞十四行詩集**
［英］威廉·莎士比亞 著　馬海甸 譯

⑳ **變形記**
［奧］弗蘭茨·卡夫卡 著　謝瑩瑩等 譯

天地
www.cosmosbooks.com.hk

書　　名　最後一片葉子（The Last Leaf）
作　　者　歐・亨利（O. Henry）
譯　　者　黃源深
編輯委員會　馬文通　梅　子　曾協泰
孫立川　陳儉雯　林苑鶯
責任編輯　陳幹持
美術編輯　郭志民
出　　版　天地圖書有限公司
香港皇后大道東109-115號
智群商業中心15字樓（總寫字樓）
電話：2528 3671　傳真：2865 2609
香港灣仔莊士敦道30號地庫／1樓（門市部）
電話：2865 0708　傳真：2861 1541
印　　刷　美雅印刷製本有限公司
香港九龍官塘榮業街 6 號海濱工業大廈4字樓A室
電話：2342 0109　傳真：2790 3614
發　　行　香港聯合書刊物流有限公司
香港新界大埔汀麗路36號中華商務印刷大廈3字樓
電話：2150 2100　傳真：2407 3062
出版日期　2019年9月／初版

ISBN ： 978-988-8548-33-0

本書譯文由上海譯文出版社有限公司授權繁體字版出版發行